Andrea Hirata

Der Träumer

Roman

Aus dem Indonesischen von
Peter Sternagel

Hanser Berlin

Der Träumer basiert auf einer vom Autor selbst vorgenommenen Überarbeitung der Romane *Sang Pemimpi* und *Edensor*, erschienen 2006 und 2007 bei Bentang Pustaka in Yogyakarta, Indonesien.

Die Veröffentlichung dieses Buchs wurde ermöglicht mit freundlicher Unterstützung durch das Übersetzungsförderungsprogramm des Ministeriums für Bildung und Kultur der Republik Indonesien.

1 2 3 4 5 19 18 17 16 15

ISBN 978-3-446-24791-8

Satz: Greiner & Reichel, Köln
Druck und Bindung: Friedrich Pustet, Regensburg
Printed in Germany

FSC www.fsc.org
MIX
Papier aus verantwortungsvollen Quellen
FSC® C014889

Der Träumer

1 Im Februar, nach einem letzten, heftigen Regenguss, erschien die Sonne wieder. Gotteslicht nennen die Malaien diese Lichtstrahlen, die wie Geschosse durch die Wolken brechen und auf die Wellenkämme treffen. Die Küstenlandschaft erstrahlte in wunderbarer Schönheit. Von leichter Brise getrieben, rollten die flachen Wellen an den Strand, langsam und harmlos wie eine Flotte, die nach verlorener Schlacht auf hoher See müde heimkehrt.

Auf den riesigen, jahrmillionenalten Granitfelsen, die hier an der Küste, nicht weit von unserer Siedlung, in den Himmel ragen, hatten sich Möwen niedergelassen, pickten nach Muscheln, stritten sich um die Futterreste, spielten unter lauten, langgezogenen Schreien mit den Plastiktüten, die die Einheimischen hier zurückgelassen hatten.

Die Budenbesitzer am Strand blickten enttäuscht aufs Meer, verwünschten stumm den Regen, der ihnen am Vormittag das Geschäft verdorben hatte. Gerade mal zwei Kunden für ihre Kokosmilch mit Eiswürfeln waren aufgetaucht. Keiner von ihnen erwartete an jenem Nachmittag noch etwas Außergewöhnliches.

Auf einmal aber wurde der Himmel tiefblau, und mit ihm verfärbte sich der ganze Strand, der Sand und die Felsen wurden blau, ebenso der Hafen, die Fischerboote, die Palmen und Verkaufsbuden, das Blau des Meeres wurde noch intensiver, auch Gras, Weiden und Hirten waren in Blau getaucht. Das Licht erfasste alles, die gesamte Küste war tiefblau, geheimnisvoll und unbeschreiblich schön.

Das war der »blaue Augenblick«. Nur an ganz, ganz wenigen Küstenstrichen in der Welt gibt es diese Naturerscheinung, und sie währt wirklich nur einen Augenblick, vielleicht eine halbe Minute lang, nicht länger, doch umso stärker ist ihr Zauber. Wissenschaftler führen die Erscheinung auf den Sonnenstand zurück, auf eine bestimmte Neigung der Erdachse, auf Wasserdampf in der Atmosphäre nach

Regenfällen, auf die Lichtbrechung und andere Faktoren, die ich desto weniger verstehe, je länger ich mich damit beschäftige.

Manche glauben, der blaue Augenblick zeige an, dass ein gutes Jahr bevorsteht, dass Regenzeit oder Trockenzeit nicht zu lange dauern werden, dass man Kummer leichter überwindet – und dass jemand, der für die Dauer des Augenblicks die Luft anhält, einen guten Ehepartner findet.

Das war jedenfalls der Grund, warum Hasani, ein junger Malaie, in höchster Eile angeradelt kam, um noch rechtzeitig den Strand im Westen zu erreichen. Seine Mutter drangsalierte ihn schon lange Jahre mit der Frage, wann er denn endlich heiraten wolle, und er hatte sich darin trainiert, spontan die Luft anzuhalten. Nicht nur dreißig Sekunden, sondern eine ganze Minute. Er war das fünfte von acht Geschwistern. Alle seine Brüder und Schwestern hatten längst eine Familie gegründet, nur er war mit seinen vierunddreißig Jahren noch allein, ein ewiger Junggeselle. Bei jedem Fest war er dem Spott des gesamten Ortes ausgesetzt. Hasani konnte das nicht mehr ertragen. Deshalb kam er in der Hoffnung, bald eine Braut zu finden, im Februar jeden Nachmittag an den Strand, um den blauen Augenblick nicht zu verpassen.

Und jetzt hatte er den Moment ungenutzt verstreichen lassen. Wütend warf Hasani sein Fahrrad in den Sand. Seinen Ärger teilte er mit Hamsyiah, die sogar noch nach ihm eingetroffen war.

Die beiden, die in der Liebe bisher kein Glück gehabt hatten, waren maßlos enttäuscht. Als die Dämmerung hereinbrach, fuhren sie wieder nach Hause.

»Also dann bis nächstes Jahr, Hasani!«

»Also dann bis nächstes Jahr, Hamsyiah!«

Der Regenguss am Nachmittag hatte die Regenzeit beendet. Über unsere Siedlung senkte sich die Dunkelheit der Nacht. Punkt sieben erscholl aus den TOA-Lautsprechern, die am Turm der Moschee in allen vier Himmelsrichtungen angebracht waren, der letzte Gebetsruf des Tages.

Gegen zehn Uhr ging der Mond auf. Noch nicht ganz voll, brachte er den Himmel zum Leuchten. Jetzt bestiegen die Sawang ihre Boote und fuhren hinaus zu den Korallenbänken. Es war die beste Zeit, um kleine Tintenfische zu fangen. Sie kamen rasch voran, denn das Meer war ruhig und sie hatten den Wind im Rücken. Die Chinesen dagegen hatten schon um acht Uhr abends ihre Clogs auf die Seite gestellt, die Öllampen ausgeblasen und waren zu Bett gegangen. Sie betrieben Gemüsestände, und der nächste Tag würde für sie in aller Frühe beginnen.

Um Mitternacht versammelten sich die Frauen und Männer der Sarong-Leute auf ihrem Hof, zündeten ein Feuer an, setzten sich im Kreis zusammen, schlugen die Trommeln und murmelten Mantras. Das war ihr Ritual vor jedem Vollmond. Früher hatten sie den Mond angebetet und noch immer verehrten sie ihn als die Instanz, die über Ebbe und Flut wacht. Die leise gesprochenen Zauberformeln wurden zu Gesang, der Gesang wurde zum Gebet.

Ein paar Malaien, die im Mondlicht ihren letzten Kaffee getrunken hatten, knallten das leere Glas auf den Tisch in der Verkaufsbude, schwangen sich aufs Fahrrad, machten noch eine letzte böse Bemerkung über die Regierung und fuhren dann nach Hause.

Soweit ich zurückdenken kann, hat mein Vater, der ja auch Malaie ist, nie einen Fuß in eine Kaffeebude gesetzt. Er hatte auch keine Lust, sich das Orkes Melayu, das malaiische Orchester, anzuhören oder eine der Filmvorführungen zu besuchen, die die Bezirksregierung einmal im Monat auf dem Fußballplatz veranstaltete, um den kleinen Leuten eine Abwechslung zu bieten. Gewöhnlich verbrachte er den Abend damit, im trüben Schein der Ölfunzel sein Fischernetz zu flicken und dabei Radio zu hören. Alle möglichen fremden Sprachen und seltsame Klänge aus fernen Ländern drangen unter schrecklichem Pfeifen und Knistern aus dem Gerät, auf dessen Seite man noch den silbern glänzenden Schriftzug PHI erkennen konnte, daneben die vier Buchstaben

LIPS, von denen allerdings die Farbe abgeplatzt war. Er hatte schon bessere Zeiten gesehen und einiges mitgemacht.

Dieses Radio war das erste und einzige elektrische Gerät in unserem Haus, batteriebetrieben, denn wir hatten noch keine Stromversorgung. Es war die einzige Quelle der Unterhaltung für meinen Vater und den Rest der Familie und abgesehen von einem klapprigen Fahrrad der chinesischen Marke Sim King, das noch von meinem Großvater stammte, auch das einzige Besitztum von Wert in unserem Haus. Oben auf einem kleinen Eckschränkchen im Wohnzimmer war sein Ehrenplatz – meine Mutter hatte eine Vase mit fünf Plastikrosen dazugestellt. Dieses Arrangement hätte Mister Philips sicher sehr gerührt.

Mein Vater war versessen darauf, besseren Empfang zu bekommen. Er hatte deshalb an einer Tahiti-Kastanie hinter dem Haus eine Eisenstange angebracht und diese mithilfe eines langen Kupferdrahtes an das Radio angeschlossen. Eines Abends fuhr der Blitz in die Antenne an dem Baum und ließ nur einen geschmolzenen Klumpen von ihr zurück. Mein Vater, der gerade mit Hingabe der legendären Stimme Louis Armstrongs mit »What a Wonderful World« gelauscht hatte, wurde von seinem Sitz geschleudert. Das Radio gab noch einen Klagelaut von sich, qualmte und verstummte.

2

Wie soll ich meinen Vater beschreiben? Wo fange ich an? Vielleicht am besten bei seinem ausgeprägten Aberglauben. Wie die meisten alten Leute bei uns glaubte mein Vater, dass ein Foto zu dritt Unglück bringen und einer der Beteiligten kurz darauf sterben würde. Dass bei einem Foto der Widerschein eines Blitzes das Leben um eine Minute verkürzte. Tatsächlich soll sich einmal ein lebensüberdrüssiger Malaie umgebracht haben, indem er eine Kamera kaufte und sich Tag für Tag einem Blitzlichtgewitter aussetzte.

Wenn ich versuche, in meiner Erinnerung bis zu dem Punkt zurückzugehen, vor dem alles im Dunkeln liegt, dann sehe ich meinen Vater. Damals muss ich wohl vier oder fünf Jahre alt gewesen sein. Ich saß mit zwei anderen Jungen aus der Nachbarschaft in einem Raum. Wir ärgerten einen kleinen Musang, den ein Jäger gerade gefangen hatte. Eine Reihe von Männern hockte ringsum im Schneidersitz auf Pandanusmatten. Ich erinnere mich noch, dass jemand die Sturmlampe über den Käfig aus Smilax hielt, in dem die kleine Schleichkatze vollgefressen und teilnahmslos saß. Unter den Fußbodenbrettern schnatterten Enten, und die Männer machten Scherze über uns.

Ich berührte den Musang an der Nase. Das Tier fuhr mich an, sperrte wütend sein Maul auf und zischte. Wir schreckten zurück, purzelten rückwärts auf den Boden und krabbelten so schnell wir konnten in den Kreis der Herumhockenden. Jeder von uns suchte Schutz bei seinem Vater. Mein Vater stand auf und kam mir hinkend entgegen. Er nahm mich in seine Arme und legte lächelnd seine Hand auf meine Brust, um mich zu beruhigen. Ich kann mich genau erinnern und habe bis heute seine Worte nicht vergessen:

»Ach, es ist ja nichts passiert, mein Junge. Es ist doch nur ein Musang, du brauchst keine Angst zu haben, dein Vater ist ja da …«

Das ist eine meiner frühsten Erinnerungen. Ich habe oft darüber nachgedacht, warum sich diese Worte meines Vaters mir so eingebrannt haben. Die Antwort lautet wohl: nicht deshalb, weil er mir damit so liebevoll Trost und Geborgenheit vermittelte, sondern weil er sonst immer schwieg. Mein Vater war der bescheidenste, verschlossenste und schweigsamste Mensch, den ich jemals kennengelernt habe. Daher hatte jedes seiner Worte einen besonderen Wert, war fast wie ein Vermächtnis, das ich sorgsam aufbewahrte.

Wenn meine Eltern zusammen waren, hielt meine Mutter stets Monologe, die nur einen Zuhörer hatten, meinen Vater. Es gab Tage, da hörte man ihn gar nicht. Wenn er seine Netze flickte, träumte er vor sich hin. Oft habe ich mich gefragt, was wohl in ihm vorging. Warum war er so schweigsam? War das seine natürliche Veranlagung, oder lag es an verstörenden Erlebnissen in der Vergangenheit, über die er nicht sprechen konnte? Als mein Vater ein Kind war, hatte die holländische Kolonialmacht auf Belitong Zinnlagerstätten entdeckt. Weil die Einwohnerzahl auf der Insel damals äußerst gering war, fiel es den Holländern schwer, genügend Arbeitskräfte zum Abbau der Bodenschätze zu finden. So wurde kurzerhand fast die gesamte männliche Bevölkerung zur Minenarbeit zwangsverpflichtet. Auch mein Vater. Er war zu der Zeit erst zwölf Jahre alt. Von der harten Arbeit unter unmenschlichen Bedingungen hatte er ein verkrüppeltes linkes Bein zurückbehalten: Am Knie saß eine Geschwulst so groß wie ein Tennisball, und er konnte sich nur hinkend fortbewegen. Als später die Japaner kamen und das holländische Regime ersetzten, zogen sie die männliche Bevölkerung abermals zur Zwangsarbeit heran, um Häfen anzulegen, Bunker und Straßen zu bauen. Diese Jahre bescherten meinem Vater drei steife Finger, sie standen ab wie die Zinken einer Gabel.

Ich war noch zu klein, um das alles wirklich zu begreifen. Aber ich bedauerte meinen Vater. Insgeheim beobachtete ich ihn oft, vor allem wenn er gerade schlief. Dann sah er aus wie ein Stück Eisenholz von einem Meter sechzig Länge. Die eine Schulter hing schief nach unten, weil er als junger Mann die schweren Säcke mit Zinnerz hatte schleppen müssen, Säcke, schwerer als er selbst. Seine Haut war bleich vom Schweiß, gemischt mit Rauch, Staub und Petroleum. Wenn er so dalag, wie gefällt, konnte man deutlich sehen, dass das eine Bein kürzer war als das andere. Seine Hände glichen dem Griff am Hebel einer Wasserpumpe, die Finger wie Eisenstäbe. Durch meinen Vater erkannte ich, dass ein schweigsamer Mensch mehr ausdrücken kann als ein Schwätzer. Dass Worte in Gesten verborgen sein können, dass Gesichtsausdruck und Augen eine eigene, unmissverständliche Sprache sprechen. Denn was das Gesicht sagt, kann durch Worte nicht in Frage gestellt werden, und was die Augen mitteilen, kann der Mund nicht entwerten. Worte haben oft ein schlimmes Schicksal, sie sind schutzlose Wesen, jeder Form der Manipulation ausgeliefert.

Mein Vater beherrschte die Kunst des sprechenden Schweigens, und von Kindheit an habe ich die Fähigkeit, seine Bewegungen und Haltungen, seinen Gesichtsausdruck zu lesen, immer weiter verfeinert.

Es begann mit ganz einfachen Dingen. Wenn er die Stirn runzelte, seine Hände schlenkerte, bedeutete das: »Wohin gehst du denn, mein Junge?« Oder schon etwas schwieriger, wenn er die Lippen zusammenpresste, an sein linkes Ohr fasste und die rechte Hand auf die Stirn legte: »Hast du schon die Matheaufgaben gemacht?« Hielt er sich dagegen mit der rechten Hand das Kinn, hieß das: »Hast du schon deine Englischvokabeln gelernt, mein Junge?«

Komplex wurde es, wenn er seinen Mund spitzte, die Schulter hob, die Augenbrauen hochzog, wenn sein Gesichtsausdruck zwischen ernst und froh wechselte und er sich mit der Hand an die Stirn schlug. Damit wollte er sagen: »Junge, es ist schon spät, vergiss nicht, die Eier aus dem Entenstall zu holen, den Stall zu reinigen und zuzumachen. Wir müssen das Regierungsprogramm zur Entenzucht unterstützen. Enteneier sind gut für Geist und Seele. Viele sind Minister geworden, weil sie schon in der Kindheit Enteneier gegessen haben.«

Am schönsten war es, wenn mein Vater Glückwunsch und Hochachtung ausdrücken wollte. Dann lächelte er übers ganze Gesicht, die Augen strahlten, er legte beide Hände auf die Brust und wackelte mit dem Kopf wie ein Kind, das gerade singt. Diese Geste liebte ich ganz besonders, nur leider konnten mein Vetter Arai und ich ihn nur selten durch unsere Leistungen dazu animieren.

3 Arai sah aus wie das Frühwerk eines jungen Künstlers, der noch ohne größere Erfahrung im Umgang mit Ton ist, da etwas eingedrückt, dort etwas ausgebeult und mehrmals nachgebessert. Die Haare wild, die Nase flach, vorstehende Zähne. Dazu eine raue, durchdringende Stimme – vielleicht weil er als Kind ständig geheult hatte. Seine Bewegungen waren ungelenk, aber sein offener, lebhafter Blick nahm einen für ihn ein, sein Zauber lag in den Augen. Arai und ich waren verwandt. Seine Großmutter war die jüngere Schwester meines Großvaters mütterlicherseits. Er war arm dran, denn als er gerade in die Schule gekommen war, verlor er innerhalb eines Tages seine Mutter und den neugeborenen Bruder, keiner von beiden hatte die Geburt überlebt.

So blieb Arai mit seinem Vater allein. Doch noch ein zweites Mal traf ihn das Schicksal schwer. Als er in die sechste Klasse der Grundschule kam, starb sein Vater. Arai war nun Vollwaise. Deswegen nahm ihn meine Familie zu sich. Ich werde nie vergessen, wie mein Vater und ich ihn damals abholten. Zu Fuß war seine Hütte für uns nicht zu erreichen, aber ein befreundeter Kopraarbeiter half uns mit seinem Transporter. Verlassen stand Arai an der Treppe zu seiner Hütte, mit ihren geflochtenen Wänden und dem Dach aus Blattwerk. Um ihn herum ein ausgedehntes, aber unbestelltes Zuckerrohrfeld. Er hatte eine Korbtasche unter dem Arm, in der sein ganzer Besitz lag: einige Kleidungsstücke, ein Gebetsteppich, ein Wasserschöpfer aus Kokos, ein paar selbstgemachte Spielsachen und ein einfacher Fotorahmen aus Plastik mit dem Hochzeitsfoto seiner Eltern in Schwarz-Weiß. Hinter das eine Ohr hatte er einen abgewetzten Bleistiftstummel geklemmt, in der Hose steckte ein abgebrochenes Holzlineal. In der linken Hand trug er ein paar Bücher ohne Deckel, Hose und Hemd aus rohem Baumwollstoff waren zerschlissen, überall fehlten Knöpfe. Mit diesen Habseligkeiten wollte er der Welt begegnen. Er hatte bereits stundenlang auf uns gewartet.

Sein Gesicht hellte sich auf, als er uns kommen sah. Ich nahm ihm die Bücher ab und wir ließen die Hütte mit offener Tür und offenen Fenstern zurück. Die Hütte war wie eine Korallenbank, eine Zuflucht für Fische im Meer, und würde bald von Musangs bewohnt werden, das Dach würde ein Nest für Ringeltauben abgeben und die Pfosten ein Paradies für Holzwürmer.

Wir folgten einem schmalen Pfad, mussten uns einen Weg durch Unkraut bahnen, das höher stand als wir selbst. Arai blickte traurig zurück, nahm ein letztes Mal Abschied von seiner alten Hütte, dann wandte er sich um und schritt entschlossen voran. Er hatte früh gelernt, Schwierigkeiten zu bewältigen. Meinem Vater traten Tränen in die Augen, er nahm Arai fest in den Arm.

Während der Rückfahrt auf der Ladefläche des Lasters schwieg ich, denn ich empfand tiefes Mitleid mit meinem Vetter, der vom Schicksal so schwer getroffen war. Mein Vater setzte sich auf einen Koprahaufen und verbarg sein Gesicht in den Händen, er hatte nicht das Herz, Arai anzusehen. Arai und ich saßen nebeneinander und wurden auf der steinigen Straße arg durchgeschüttelt. Wir sagten beide nichts. Arai war wie ein einzeln stehender Baum auf einem weiten Feld, denn er war der Letzte, der von seiner Familie übrig geblieben war. Sein Vater und seine Mutter waren jeweils Einzelkinder gewesen und seine Großeltern schon lange tot. Malaien nennen den Letzten in einer Linie, der von einem Klan übrig geblieben ist, Simpai Keramat.

Ich betrachtete Arai von der Seite. Man konnte ihm ansehen, dass er sein ganzes bisheriges Leben zu kämpfen gehabt hatte. Er war nicht älter als ich, aber viel erwachsener. Mir rollten die Tränen über die Backen, aber sein Blick war klar und voller Zuversicht. Ich konnte gar nicht begreifen, wie ein Junge, der nicht älter war als ich, mit einem solchen Verlust fertigwerden konnte. Arai nahm seinen linken Ärmel und trocknete damit meine Tränen. Diese Geste rührte mich so, dass mir die Tränen nur noch heftiger die Backen herunterrannen.

Ich befürchtete, Arai würde von unserer Traurigkeit angesteckt, aber er lächelte nur und griff in seine Korbtasche. Seinem Gesicht war anzusehen, dass darin etwas Geheimnisvolles steckte. Und tatsächlich holte er ein merkwürdiges Spielzeug aus der Tasche und rief:

»Ikal, schau dir das mal an!«

Es war ein interessantes Ding, eine Art Kreisel aus Rippen der Arenpalme, mit Kenari-Nüssen an den Enden. Die Rippen waren mithilfe einer mechanischen Konstruktion miteinander verbunden. Auf den ersten Blick hatte das Ding etwas von einem Helikopter. Meine Neugier stieg, als Arai jetzt anfing, es in kreisende Bewegung zu versetzen. Nach einigen Umdrehungen bog sich die eine große Rippe, die als Hebel diente, löste sich wieder, schoss dann in die entgegengesetzte Richtung und verursachte einen Rückstoß, der den Kreisel mehrmals um jeweils 360 Grad in die entgegengesetzte Richtung drehte. Noch toller, die Rückwärtsdrehung bewirkte, dass die Kenari-Nüsse gegeneinanderprallten und ein irres Geräusch von sich gaben. Ich musste furchtbar lachen. Arais Augen glänzten. Ich fand das großartig, denn wie der seltsame Kreisel die Gesetze der Drehkraft zu unterlaufen schien, so kehrte Arai die Regeln der Traurigkeit um. Er hatte ein ungewöhnlich positives Wesen, und so tröstete er uns in einem Moment, in dem wir ihn hätten trösten sollen.

»Versuch auch mal, Ikal!«

Ich brachte den Kreisel in Schwung und erschrak, denn er drehte sich so vehement, dass sich die Konstruktion löste, die Rippen auseinanderfuhren und mir die Nüsse ins Gesicht flogen. Ich hatte es übertrieben. Arai brach in ein großes Gelächter aus und schüttelte den Kopf. Mein Schreck hatte sich noch nicht gelegt, da griff Arai erneut in seine Tasche.

»Ich hab noch was!«

Diesmal zog er eine flache runde Dose aus Medangholz, wie sie bei uns zum Aufbewahren von Tabak verwendet werden, aus seiner Tasche. Es waren kleine Löcher hineingebohrt. Arai öffnete die Dose behutsam.

»Ein Rüsselkäfer!«, rief ich.

Rüsselkäfer haben Flügel, die wie die Schilde der Spartaner funkeln, und lassen sich nur sehr schwer fangen, es war eine Art Sport unter den Jungen auf Belitong. Wenn man tatsächlich einen erwischte, wurde man allseits bewundert. Es war nicht schwierig, sie zu halten, am liebsten fraßen sie Kokosflocken, und wenn man sich geschickt anstellte, konnte man sie sogar dressieren. Aufmerksam verfolgte ich, wie Arai den Käfer auf seinen Arm krabbeln ließ. Er vollführte kleine Sprünge, als wollte er seine Freiheit nutzen, um abzuheben und fortzufliegen. Arai streichelte ihn, nahm ihn dann vorsichtig in die Hand und warf ihn in die Luft.

Der Käfer straffte seine Flügel, schwebte einen Moment lang in der Luft, flog dann in Kreisen auf und verschwand im dichten Laub am Straßenrand. Arai lief auf der Ladefläche nach vorn. Langsam breitete er die Arme aus und ließ sich den Wind ins Gesicht blasen. Er drehte sich nach mir um und lächelte voll strahlender Zuversicht. Man konnte ihm ansehen, dass er fest entschlossen war, das Elend, das ihn bisher umgeben hatte, hinter sich zu lassen und sein Schicksal neu herauszufordern. Seine Jacke hatte keinen einzigen Knopf mehr, so dass sie zu beiden Seiten aufflatterte wie die Flügel des Rüsselkäfers. Arai wiegte sich im Fahrtwind wie ein Adler in den Lüften und streckte sich der Welt entgegen.

Mein Vater lächelte und ballte die Faust, ich selbst wollte mich totlachen, und gleichzeitig stiegen Tränen in mir auf.

4

Selten erscheint meine Heimatinsel in Atlanten, doch stets auf geologischen Karten. Sie hat weniger als zwanzigtausend Einwohner, ist südlich von Sumatra gelegen, eine von knapp vierzehntausend Inseln Indonesiens: Belitong. Aus der Vogelperspektive betrachtet ist sie nahezu rund und hat einen Durchmesser von weniger als hundert Kilometern. Früher war Belitong, das gleichsam im Ozean treibt, wo die Javasee und das Südchinesische Meer aufeinandertreffen, so gut wie unbekannt. Das änderte sich erst, als in der Mitte des neunzehnten Jahrhunderts ein holländischer Geologe Zinnvorkommen von unvorstellbaren Ausmaßen auf der Insel entdeckte. Von diesem kleinen, abgelegenen Flecken Erde kam zeitweilig fast die Hälfte des weltweit geförderten Zinns. Im Verhältnis zu ihrer Größe ist Belitong zweifellos eine der bodenschatzreichsten Inseln der Welt. Es war blanke Ironie des Schicksals: Unsere Siedlung gehörte zu den ärmsten auf Belitong, und nun stellte sich heraus, dass gerade hier, unter unseren baufälligen Stelzenhäusern, eine Schatztruhe voller Reichtümer verborgen war, nur der Schlüssel dazu fehlte.

Selbst Leute, die viel in der Welt herumgekommen sind, staunen, wenn die Westküste von Belitong vor ihnen auftaucht. Die haushohen Monolithe, die über Jahrmillionen hinweg von Wind, Meer und Regen zu Skulpturen geschliffen worden sind und hier wie vom Himmel gefallen herumliegen, sind ein fast erhabener Anblick. Dazu weißer weicher Sandstrand, so weit das Auge reicht, dazwischen kleine, geschützte Buchten, die Seen gleichen.

Unsere Siedlung liegt im östlichen Teil der Insel, am Linggang, der von alters her verehrt wird. Am Ufer dieses Flusses siedelten ursprünglich Nomaden, die sich noch in Baumrinde kleideten. Jeden Abend, wenn der Widerschein der Sonne die Flussmündung in ein märchenhaftes Licht tauchte, stimmten sie Lieder an, mit denen sie dem Linggang ihre Freude oder ihr Leid mitteilten. Diese Gewohnheit haben die Malaien bis heute beibehalten.

Die Malaien, zu denen auch meine Familie gehört, bilden auf Belitong die Mehrheit der Bevölkerung. Sie sind bekannt für ihren besonderen Humor, eine Mitgift der Natur, die ihre Stärke ausmacht und ihnen hilft, schlechte Zeiten zu ertragen und Schicksalsschläge hinzunehmen. Wir sind schwatzhaft – was man heute kommunikativ nennt – und erzählen gern alle möglichen Geschichten. Wir haben eine reiche mündliche Überlieferung von Geschichten und Märchen. Malaien sind anderen gegenüber sehr aufgeschlossen. Kinder und junge Leute reden wir mit »Boi« an, egal, ob es sich um einen Jungen oder ein Mädchen handelt.

Malaien lieben alle Formen von Musik und neigen dazu, Künstler oder Prominente anzuhimmeln, geradezu kultisch zu verehren. Besonders beliebt war zum Beispiel Prinzessin Diana. Wenn gezeigt wurde, wie die britische Kronprinzessin irgendwo in der Welt Armenviertel besuchte, dann drängten sich die Leute in der offenen Gemeindehalle vor dem kleinen Schwarz-Weiß-Fernseher und traten sich gegenseitig auf die Füße, nur um Lady Di zu sehen. Sie träumten davon, dass die Kronprinzessin auch sie eines schönen Tages besuchen käme. Wann immer der Name Lady Di im Radio fiel, ließ mein Vater sofort das Fischernetz liegen, das er gerade flickte, und hielt sein Ohr an den Lautsprecher.

Außer den Malaien gibt es auf Belitong noch Chinesen, meistens Händler. Dann die Sawang mit ihrer schönen, seltsamen Sprache. Sie wohnen in Langhäusern, die in viele kleine Bereiche unterteilt sind. An die dreißig Familien leben dort zusammen. Man sagt den Sawang nach, dass sie hart arbeiten können, außerdem sind sie begeisterte Volleyballspieler. Eine weitere Bevölkerungsgruppe unserer Gemeinschaft sind die Orang Sarong, die eine ganz eigene Sprechweise haben, weil sie ständig zum Fischen auf See sind und gegen das tobende Meer anschreien müssen. Sie tragen stets einen Sarong, entweder um die Hüfte gewickelt, um die Schulter geschlungen oder als Kopfbedeckung, mit der sie aussehen wie Ninjas. Diese verschiedenen Gruppen leben auf Belitong seit Jahrhunderten friedlich miteinander.

5 Die Hebamme, die meiner Mutter bei meiner Geburt half, erzählte, ich hätte eigentlich am 23. Oktober geboren werden sollen. An jenem Tag hatten bei meiner Mutter bereits die Wehen eingesetzt, die Fruchtblase war um neun Uhr geplatzt. Trotzdem bestand sie darauf, dass sie jenen Tag erst noch hinter sich bringen wolle. Sie arbeitete regelrecht gegen die Geburt an und missachtete die Hilfe der Hebamme, die richtig böse wurde und meine Mutter für übergeschnappt hielt, denn ihr Benehmen war völlig unverständlich. Als Mitternacht vorüber war, lächelte meine Mutter glücklich und brachte mich zur Welt.

Meine Mutter war immer schon dickköpfig und äußerte stets frei heraus, was sie dachte. Was ihr in den Sinn kam, musste sie sogleich loswerden. Natürlich habe ich oft nicht auf sie gehört, aber eines habe ich von ihr gelernt: Niemals soll man über jemanden hinter seinem Rücken sprechen. Meiner Mutter war die Vorstellung, jemandem Unrecht zu tun, ein Gräuel. Diese Einstellung lehrte mich, stets die guten Seiten eines Menschen zu sehen, nicht die schlechten.

Die Geschichte meiner verzögerten Geburt war nur ein Beispiel von vielen für den Eigensinn meiner Mutter. Neugierig, wie ich war, versuchte ich herauszufinden, warum sie so starrsinnig war.

Von den Malaien, die die Kolonialzeit erlebt haben, hat jeder einzelne eine erstaunliche Geschichte zu erzählen. Als die Japaner Indonesien besetzt hielten und die Leute im Radio von den Vorgängen auf den Philippinen hörten, flohen sie in die Berge. Meine Mutter war die älteste von fünf Geschwistern. Sie muss eher schwach und kränklich gewesen sein als Kind, so erzählte es jedenfalls ihre Mutter, also meine Großmutter. Gemeinsam mit vielen anderen Dorfbewohnern machten sie sich auf, mussten in Schluchten hinabsteigen, Flüsse durchqueren und Berge erklimmen. Meine Mutter trug ihre jüngste Schwester, gerade zwei Jahre alt, vorn auf der Brust, die zweitjüngste in einem Tuch auf dem Rücken. So marschierten sie tagelang auf der Suche nach einer neuen Zuflucht. Meine Mutter konnte viel von den Gefahren erzählen, denen sie während des Krieges ausgesetzt waren, von der

Wildnis der Urwälder und dem Hunger, den sie erdulden mussten und dem viele zum Opfer fielen.

Immer wieder bat ich meine Mutter, mir von ihrer Flucht zu erzählen, nicht nur weil ihre Erlebnisse etwas Besonderes waren, sondern weil ich sie so sehr bewunderte. Wenn sie davon sprach, zeigte sie keine besondere Rührung. Sie schilderte das alles ganz gelassen, wenn auch sehr drastisch. Sie war eine tapfere Frau, immer noch voller Stolz darauf, ihre Geschwister gerettet zu haben. Ihre Wortwahl und ihr Gesichtsausdruck ließen erkennen, dass sie sich glücklich schätzte, als Älteste auserwählt gewesen zu sein, große Verantwortung zu übernehmen. All das habe ihrem Leben einen Sinn gegeben. Das mag vielleicht etwas pathetisch klingen, aber so sind mir die Worte meiner Mutter im Gedächtnis geblieben.

Zu den Umständen meiner Geburt habe ich meine Tante befragt. Die berichtete, die Hebamme habe meine Mutter gefragt, warum sie sich so standhaft geweigert habe, mich vor Mitternacht zur Welt zu bringen. Da habe meine Mutter gelächelt:

»Weil ich wollte, dass mein Kind am 24. Oktober geboren wird, weißt du, was dieses Datum bedeutet?«

Kopfschütteln der Hebamme.

»Am 24. Oktober ist der Gründungstag der Vereinten Nationen. Ich möchte, dass mein Kind ein Friedensstifter wird, genau wie die Vereinten Nationen. Das Kind soll dafür sorgen, dass in unserer Familie Frieden herrscht.«

Salam Salamun Salam, so haben sie mich zuerst genannt. Ein großartiger Name. Salam bedeutet auf Arabisch Frieden. Und so steckte in meinem Namen dreimal der Frieden.

Die Namensfrage ist in unserer Kultur keine Kleinigkeit. Auf einem Namen liegt bei uns göttlicher Segen. Wenn ein Kind sich nicht gut entwickelt, wenn es zum Beispiel besonders frech, ungewöhnlich dumm ist oder kränkelt, dann ist das Erste, was die Eltern tun, den Namen zu ändern. Das hat bei uns eine lange Tradition. Wir glauben, dass manches Unheil in dieser Welt daher kommt, dass viele Menschen den falschen Namen haben.

Wenn jemand diese Tradition in Frage stellt, dann wird der Dorfälteste die Gegenfrage stellen:

»Was steht auf deinem Grabstein, wenn du mal tot bist? Etwa die Zahl deiner Rinder? Nein. Die Größe deines Besitzes? Nein. Die Zahl deiner Frauen? Nein. Nur der Name, das ist das Einzige, was von dir bleibt. Dein Körper vergeht, aber dein Name stirbt nicht, so wenig wie deine Seele.«

Wenn man es so betrachtet, dann hat der Alte durchaus recht.

Jedenfalls war die Frage der Namensgebung bei uns ein ständiges Problem. Darum gab es auch einen entsprechenden Ratgeber. Er war inoffiziell zum Consultant in Namensfragen erhoben worden, weil er einen ungeheuren Erfahrungsschatz besaß. Es war ein alter Fischer, der mit seinem Boot allein aufs Meer fuhr. Er war oft zwischen den Inseln unterwegs, fuhr bis nach Kalimantan, Karimun, sogar nach Aceh und Malaysia. Von diesen Fahrten brachte er eine Menge Geschichten mit. Er stand allgemein im Ruf, magische Kräfte zu besitzen und die Zukunft vorhersagen zu können. Ratgeber Weh, so wurde er überall genannt.

Es war noch nicht viel Zeit vergangen, da waren die hochfliegenden Hoffnungen, die meine großartigen Namen genährt hatten, dahin. »Er kann nicht einen Augenblick lang Ruhe geben, streitet beständig und ist aufsässig!«, beklagte sich der Koran-Lehrer bei meiner Mutter. »Sobald Salam die Moschee betritt, gibt es Ärger.«

Mehrmals beschwerte sich der Lehrer bei meinem Vater, dass ich seine Sandalen versteckt und alle möglichen Lieder in das Mikrofon gesungen hätte, das eigentlich dem Gebetsruf diente. Meine Mutter schimpfte mich fürchterlich aus.

»Schau dich nur an! Das soll ein Friedensstifter sein? Du machst uns bloß Schande!«

Meine Eltern beschlossen, dass ein neuer Name für mich gefunden werden müsse und dass es an der Zeit wäre, den Ratgeber Weh einzuschalten. Der musterte mich lange vom Kopf bis zu den Füßen und sagte dann feierlich, jede Silbe einzeln betonend:

»Aqil Barraq Badruddin, das passt vermutlich zu dir, Boi. Wir versuchen es einmal.«

»Wie war das noch mal?«, fragte meine Mutter

»Aqil Barraq Badruddin, ein wunderbarer Name.«

»Darf man auch erfahren, was der Name bedeutet?«, wollte meine Mutter wissen.

»Aqil ist Arabisch und bedeutet Vernunft, Barraq kommt aus der Hochsprache des Jemen und heißt Glanz, Pracht, Badruddin bedeutet der Religion ergeben.« Weh sah mich noch einmal lange an.

»In freier Übersetzung heißt der Name etwa ein guter, gescheiter Junge, der sich von der Vernunft leiten lässt.«

Nachdem ich zum dritten Mal dabei ertappt worden war, wie ich dem Religionslehrer die Luft aus dem Fahrrad ließ, meinte Weh, der Name sei wohl doch zu anspruchsvoll für mich. Ein Träger dieses Namens müsste einen ausgeglichenen Charakter besitzen. Das tat ich jedenfalls nicht. Nun wurde ich immer wieder umbenannt, wenn ich mich nicht verzählt habe, insgesamt neun Mal. Keiner der neun Namen hatte die positive Auswirkung auf meinen Charakter, die meine Eltern sich davon versprachen, im Gegenteil, ich wurde immer unausstehlicher. Meine Mutter suchte jedoch nicht nach Gründen, die außerhalb lagen, sondern machte die Namen selbst dafür verantwortlich. Sie bat meinen Vater, nochmals Weh aufzusuchen. Aber er kam mit leeren Händen zurück.

»Ratgeber Weh hat keine Namen mehr«, berichtete mein Vater mit trauriger Miene. Meine Mutter fasste sich an die Stirn.

Ich selbst ließ den Mut nicht sinken, denn ich wusste, dass ich nicht der Einzige war, der mit seinem Namen so irritierende Erfahrungen gemacht hatte. Mein Freund Jimbron zum Beispiel musste seinen Namen sechs Mal ändern, bis er einen gefunden hatte, der ihn zu einem fleißigen Schüler und einem folgsamen Sohn machte. Jimbrons Vater hatte seinen Namen nach James Brown ausgesucht, dem amerikanischen Sänger, der so oft das Lied »Ai Kill Gud« sang.

Meine Mutter sah mich verzweifelt an.

»Also gut, wenn er keine Namen mehr weiß, dann such dir selbst einen.« Sie hatte genug von dem vielen Hin und Her und wollte mit dieser Sache nichts mehr zu tun haben.

»Such dir einen, der dir gefällt.«

Als meine Mutter das sagte, las ich gerade in einer alten Zeitung, die ich vom Markt mitgebracht hatte. Diese Zeitungen, in die die Händler ihre Waren einwickelten, waren für mich die einzige Lektüre, deren ich habhaft werden konnte. Plötzlich lächelte mir das Foto eines Mannes entgegen, der mich ansah, als wollte er mit mir befreundet sein. Der Mann, über den hier berichtet wurde, hieß Matteo Galliano und war ein Maler aus Italien, aus Mailand. Auch eines seiner Bilder war abgedruckt und gefiel mir, ein Garten mit wunderschönen Blumen.

»Was hältst du davon, Mutter, wenn ich Matteo hieße?«

Sie war perplex. »Also, was soll das denn für ein Name sein! Das ist doch ein Name aus dem Westen!«

Mein Vater hatte zugehört. »Er hört sich aber gut an, Matteo. Es ist bestimmt kein Fehler, ihn mal zu probieren«, meinte er.

Den Namen konnte ich aber auch nicht lange behalten, denn die Leute sagten, ich sei mit einem Mal sehr geckenhaft und angeberisch. Ich hatte mich auch schon über mich selbst gewundert, denn sobald ich ein hübsches Mädchen sah, konnte ich mich nicht zurückhalten, ich musste ihr nachpfeifen.

Nachdem sich auch mein selbstgefundener Name Matteo als ungeeignet erwiesen hatte, waren meine Eltern ratlos, Ratgeber Weh hatte resigniert, und auch der Gemeindeschreiber zeigte die weiße Flagge. Einige Monate lang blieb es beim Status quo. Das führte allerdings zu einem schrecklichen Durcheinander. Auf dem Markt redeten mich die

Leute mit Salamun an, auf der Gemeinde mit Badrudin, in dem Viertel nebenan hieß ich Mukhsin, im Hafen Razak. Die Straßenhändler riefen mich Ilham, in der Moschee war ich Mahmudin, in der Metzgerei Margoat. Und dann waren da noch Freunde, die mir auf die Schultern klopften und baten, ich möge ihnen doch mitteilen, wenn ich einen neuen Namen gefunden hätte.

Meine Identität war in Frage gestellt. Ich war selbst verwirrt und reagierte oftmals überhaupt nicht, wenn jemand nach mir rief. Schließlich bat ich alle, die mit mir zu tun hatten, mich einfach Ikal zu nennen, Kraushaar. Das war der Spitzname, den mir meine Freunde in der Schule gegeben hatten.

Merkwürdig, von dem Moment an brauchte mein Name nicht mehr geändert zu werden.

Durch die Namensfrage war ich Weh etwas nähergekommen. Arai und ich besuchten ihn fast täglich in seinem Boot. Wir halfen ihm, sein Boot abzudichten, flickten das Netz oder besserten ein Segel aus. Weh erzählte von seinen Erfahrungen auf See, etwa wie er die Bewohner der Mentawai-Inseln getroffen hatte, die sich mit einer Tinte aus Pflanzensaft bemalen. Seine Geschichten von den Dayak und den Bajo, den Seenomaden, versetzten uns in Erstaunen. In meiner Familie waren viele Fischer, Arai und ich setzten uns oft ins Boot, um zu angeln oder zu den Inseln rings um Belitong zu fahren. Aber eine Fahrt mit Weh war etwas völlig anderes, die war voller Abenteuer.

Arai und ich ließen uns von seiner freien Art anregen. Wenn er am Bug stand, blies der Wind in sein langes Haar, dass es herumwirbelte. Er war groß und schlank, gleichzeitig sehr kräftig und uns trotz seines Alters an Stärke weit überlegen. Seine Haut war sonnengegerbt, sein fester Blick vermittelte Zuversicht und ließ zugleich erkennen, dass er über geheimes Wissen verfügte. Weh konnte seine Fahrtrichtung nach den Sternen bestimmen. Er zeigte uns, wie man taucht und Fische harpuniert.

An einem Wochenende brachen wir noch vor Sonnenaufgang nach Südwesten auf. Weh nahm den direkten Kurs, der voller Gefahren war. Er steuerte das Boot an der gefährlichen Nordseite der Selat Karimata vorbei. In der schmalen Meerenge treffen Javasee und das Südchinesische Meer aufeinander. Unser Boot wurde von einem furchtbaren Strudel erfasst. Es zitterte wie die Saite einer Zither, alles, was im Boot war, klapperte furchtbar, die Nägel in den Bohlen knarrten, das Boot glitt ganz langsam am Auge des Todes vorbei.

Nachdem die Strudel überwunden waren, trieb das Boot in die Gewässer von Tanjung Sambar. Es war mitten in der Nacht. Weh zündete eine Fackel an und murmelte Mantras. Mir wurde erst ganz anders, als ich im Wasser undeutliche Bewegungen wahrnahm. Aber es waren Tausende von kleinen Barschen, die unser Boot umschwärmten. Sie waren durch das Licht der Fackel angelockt worden. Ich fing sie mit der Hand, bis mir die Kraft ausging.

Am ersten September fuhr Weh mit uns beiden zur Straße von Gaspar. Gemeinsam mit einer Gruppe von malaiischen Fischern beobachteten wir einen Schwarm von Walen, die von den kalten Belonna-Untiefen in Tasmanien nach Kuala Trenggano zu den wärmeren Strömungen wanderten. Wir näherten uns behutsam. Die Wale waren in Wirklichkeit noch viel größer, als wir sie uns vorgestellt hatten. Jedes Mal, wenn sie mit der Brust aufs Wasser schlugen, schwappte und schäumte das Wasser hoch auf. Arai und ich waren überwältigt, aber nun galt es, den Moment zu nutzen. In der Nähe der Wale, hatte Weh uns erklärt, tummelten sich stets Schwärme von Makrelen. Auf die waren wir aus.

Ich trat auf die Feder der Abschussvorrichtung, und die Harpune, an der ein langer Faden befestigt war, schoss aus dem Lauf und bohrte sich in den Rücken einer Riesenmakrele. Der Fisch bäumte sich auf und warf sich hin und her wie ein Krokodil, wenn es einer Ziege das Genick bricht.

Wir fuhren noch die ganze Nacht weiter. Mit Bewunderung beobachtete ich den Orion, der unendlich langsam über den Nachthimmel zu gleiten schien.

»Der Orion ist das Wahrzeichen des Ostens«, erklärte Weh. Langsam wendete er das Boot, wir mussten heimkehren.

»Weißt du, Ikal, der Nachthimmel ist eine Heilige Schrift, über den Horizont ausgebreitet.«

Weh wies auf die Sterne, nahm einen glühenden Ast und zeichnete damit einen Kreis in das nächtliche Dunkel. Mit raschen Bewegungen teilte er den Kreis in zwölf Segmente. Es kam mir vor wie ein Wunder. In jedem Abschnitt leuchtete einer der Sterne heller als die anderen in seiner Umgebung. Dann fügte Weh noch die typischen Symbole hinzu. Er wiederholte seine flüchtige Malerei so oft, bis ich mir alles eingeprägt hatte. »Waage, Jungfrau, Leo der Löwe, die erste Sonne im Sommer, die Zwillinge, die Zeit der Aussaat. Da ist der Westen, Europa, dort Afrika. Reise durch Europa, bis du nach Afrika kommst, such die Mosaiksteine zusammen, die dein Leben darstellen, und du findest dich selbst.«

6

Wir hatten ein Jahr, in dem sich die Trockenzeit bereits Mitte Juni ihrem Ende zuneigte, obwohl sie erst im April eingesetzt hatte. Es regnete schon gelegentlich, wenn auch bislang immer nur zwei oder drei Tage hintereinander. Die Leute nahmen das als Anzeichen dafür, dass die Regenzeit diesmal außergewöhnlich lange dauern würde.

In der Regenzeit werden die Leute bei uns in der Siedlung leicht trübsinnig. Selbst die sonst so heiteren Malaien verlieren ihren Humor. Alle stöhnen über die ständigen Überschwemmungen und behaupten, eine ausgedehnte Trockenzeit wäre sehr viel besser als eine überlange Regenzeit. Dabei weiß jeder, dass während langer Trockenzeiten händeringend üppige Regenzeiten herbeigesehnt werden. Außer solchen Klagen gab es in jenem Jahr nichts Besonderes in unserer Gemeinde, bis eines Tages jeder Fabrikarbeiter einen Brief bekam.

Mit dem Ende der Kolonialzeit, als auch die Japaner die Besetzung des Landes aufgegeben hatten, wurde das Zinn auf Belitong von einem Staatsunternehmen gefördert. Seit fast vierzig Jahren arbeitete mein Vater bei diesem Betrieb. Für einen Tageslohn von achttausend Rupiah – umgerechnet weniger als ein Dollar – musste er Zinnsand schaufeln, der leicht radioaktives Xenotim enthält, und war dem Gesundheitsrisiko der Verstrahlung ausgesetzt. Wie meine Mutter unsere Familie mit acht Kindern vor dem Verhungern bewahrte, war ein Wunder, das es verdient hat, bei der UNESCO registriert zu werden.

Eines Tages erhielt also mein Vater einen Brief von der Firmenleitung. Er hatte in seinem Leben zuvor noch nie einen Brief bekommen und glaubte, es könne sich nur um ein Versehen handeln. Da er, der nie eine Schule besucht hatte, nicht lesen und schreiben konnte, musste meine Mutter ihm den Brief vorlesen. Sie war immerhin sechs Monate lang zur Volksschule gegangen.

Der Inhalt des Briefes überraschte sie. Dort stand, dass entsprechend einer neuen Anordnung der Regierung, um auf die Globalisierung zu reagieren – an dieser Stelle verstanden meine Eltern nicht, was gemeint war –, jeder Mitarbeiter des Unternehmens eine Promotion erhielte. Hier stockte meine Mutter. Spannungsvolle Stille trat ein.

»Ja, was soll das heißen?«, fragte mein Vater.

»Nun, eben dass jeder Arbeiter eine Promotion erhält.«

»Was ist das, eine Promotion?«

Meine Mutter blickte nachdenklich aus dem Fenster. »Vielleicht ein neues Radio.«

Mein Vater legte die Hände auf die Brust. Tatsächlich setzte das Radio oft aus, seitdem der Blitz in die Antenne gefahren war.

»Herrlich!« Meine Mutter beglückwünschte meinen Vater. »Wir kriegen ein neues Radio!«

So war es nicht nur bei uns, ganz ähnlich wurde der Brief auch in den Familien der anderen Arbeiter aufgenommen. Die Ungewissheit endete erst, als die Geschäftsführung im lokalen Rundfunk »Volksstimme« die Erklärung verbreiten ließ, dass alle einfachen Arbeiter eine Aufwertung ihrer Stellung, eine Lohnerhöhung sowie eine einheitliche Uniform bekämen. Das also verbarg sich hinter dem Wort Promotion.

Mein Vater starrte fassungslos auf das Radio. Jahrzehntelang hatte er in der Fabrik gearbeitet, von einem Rang war nie die Rede gewesen. Seine Stellung war die eines einfachen Arbeiters, da gab es keinen Aufstieg in einen höheren Rang, das war bereits die höchste Stufe für einen Mann, der Zinnsand schaufelte. Aber er konnte auch nicht im Rang absteigen, er stand ja bereits auf der niedrigsten Stufe. Niedriger waren bloß noch diejenigen, die die Karren zogen, die Ochsen. Nie hatte mein bescheidener Vater etwas von irgendjemandem gefordert oder Ansprüche gestellt.

Die Zertifikate über Höherstellung und Lohnerhöhung sollten am folgenden Sonntag auf dem Platz vor dem Reisspeicher überreicht werden. Bei der Gelegenheit sollten auch die Uniformen verteilt werden. In der Geschichte des Unternehmens hatte es noch nie eine derartige Veranstaltung gegeben. Im Anschluss hatte die Firmenleitung für die Familien der Arbeiter ein kleines Fest geplant, mit verschiedenen Darbietungen und Musik des beliebten Orkes Melayu.

An jenem Sonntag hatte sich mein Vater bereits in aller Frühe fertig gemacht, um zum Reisspeicher aufzubrechen. Seine Augen waren leicht gerötet, weil er wohl – wie ich selbst auch – in der Nacht vor Aufregung kein Auge zugemacht hatte. Da wir nur ein einziges Fahrrad besaßen, musste ich vor meinem Vater auf der Stange sitzen und Arai, der etwas größer war als ich, hinten auf dem Gepäckträger.

Mein Vater trat ruhig und gleichmäßig in die Pedale. Ich hatte meinen Kopf an seine Brust gelehnt und konnte seinen Atem hören. Vor dem Reisspeicher standen Hunderte von Fahrrädern. Die Bewohner der Umgebung zogen zu dem Platz. Sie strömten nur so heran. Auf dem Weg dorthin hatte sich eine lange Reihe von Straßenhändlern postiert. Sie hielten die verschiedensten Waren feil und überboten sich gegenseitig mit ihren Rufen, um Käufer anzulocken, und versuchten, sich gegen den Lärm der Tröten zu behaupten, die von anderen Händlern eingesetzt wurden, um die Aufmerksamkeit der Kinder auf sich zu ziehen. Von den Karren der Essensverkäufer stieg überall verheißungsvoller Dampf auf. Die kleinen Bühnen, die man rasch für Tänze und Vorführungen aufgeschlagen hatte, waren mit bunten Bändern verziert. Überall waren Ballons zu sehen und farbige Wimpel.

Als wir auf dem Platz vor dem Reisspeicher ankamen, hörten wir schon von weitem das Quietschen und Klirren des Lautsprechers, der gerade getestet wurde. Als er einwandfrei funktionierte, kam die Durchsage, alle Arbeiter sollten sich in der Mitte des Platzes entsprechend ihrem Namen in alphabetischer Reihenfolge aufstellen. Hunderte von Arbeitern rannten voll freudiger Erwartung los, denn jeder wollte so schnell wie möglich an seinen Platz gelangen. Das war jedoch nicht so einfach, und es gab erst einmal ein schreckliches Durcheinander.

Auch mein Vater setzte sich in Bewegung. Ich kannte ihn nicht anders als mit seinem lahmen Bein, dennoch schnitt es mir ins Herz, zu sehen, wie er so eifrig zur Mitte des Platzes hinkte. Er mischte sich unter die Kollegen, deren Name mit S begann. Das war natürlich ziemlich weit hinten. Ich stand am Rand, zusammen mit den anderen Familien, die zuschauen wollten, wie ihre jeweiligen Väter, Ehemänner, Schwiegerväter, Liebhaber, Vettern, Neffen, Enkel, Söhne oder Schwiegersöhne ihre Promotion entgegennähmen.

Inzwischen war der Aufruf beim Buchstaben S angekommen. Arai und ich winkten meinem Vater zu, und er winkte zurück. Name für Name wurde aufgerufen, bis sein unmittelbarer Vordermann an die Reihe kam. Der rief etwas und reckte freudig die geballte Faust.

Nach ihm machte sich mein Vater bereit, war schon auf dem

Sprung – wie ein Hundertmeterläufer beim Start –, da zuckte er zusammen, denn wer aufgerufen wurde, war nicht er, sondern der Mann hinter ihm. Der drängte sich an ihm vorbei und stürzte zum Podium. Weitere Namen wurden aufgerufen, aber der meines Vaters war nicht dabei. So ging es bis zum letzten Namen mit S. Für meinen Vater kam kein Aufruf.

Schließlich blieb er als Letzter auf dem Platz vor dem Reisspeicher zurück. Naiv, wie er war, wartete er noch in der Hoffnung, sein Name wäre nur aus Versehen nicht genannt worden. Doch das Quietschen und die Störgeräusche des Lautsprechers waren verstummt, man hatte ihn bereits abgeschaltet. Die plötzliche Stille war unerträglich. Mein Vater tat mir furchtbar leid, wie er dort stand, während tausend Augenpaare auf ihn gerichtet waren. Ich wollte nicht mehr auf der Welt sein. Arai schlug die Hände vor dem Gesicht zusammen.

Die Leute tuschelten miteinander und zeigten auf meinen Vater. Er war ratlos und schämte sich schrecklich, wusste nicht, was er tun sollte. Arai und ich stürzten zu ihm. Ich packte ihn an der Schulter, der kalte Schweiß lief an ihm herunter. Gemeinsam brachten wir ihn zum Rand des Platzes.

Bei den abgestellten Fahrrädern begrüßte er seine Kollegen, die versuchten, ihn zu trösten. Arai hatte Tränen in den Augen. Mir war das Herz schwer. Da kam ein elegant gekleideter Herr auf uns zu. Er entschuldigte sich bei meinem Vater. Es sei ein Versehen der Verwaltung, dass er den Brief erhalten habe. Es gebe so viele ähnliche Namen. Der Herr erklärte, Mitarbeiter ohne Zeugnis und in vorgerücktem Alter wie mein Vater bekämen natürlich keine Promotion und auch keine Uniform.

Mein Vater nickte voller Verständnis. Ja, er drückte sogar sein Mitgefühl für die Geschäftsleitung aus, die sich um so viele Arbeiter kümmern musste. Er bedankte sich auch bei dem Herrn dafür, dass er einen Brief in einem so feinen Umschlag mit dem Siegel der Firma und der eigenhändigen Unterschrift des Direktors erhalten habe, obwohl das Schreiben an die falsche Adresse gegangen sei. Ob er den Brief als Andenken behalten und aufheben dürfe. Der Herr nickte zustimmend, und mein Vater dankte ihm abermals. Ich konnte das nicht länger ertragen und lief hinter den Reisspeicher. Von dort sah ich noch, wie mein Vater dem Herrn mit seiner verkrüppelten Hand die Hand drückte und ihm alles Gute wünschte.

7

Arai und ich waren – wie man so sagt – füreinander bestimmt, wie Eisenspäne und Hufeisenmagnet. Wir waren immer und überall zusammen. Arai war mein Bruder und gleichzeitig mein bester Freund. Ich hätte alles für ihn getan, und er tat alles für mich. Wenn es Streit gab, verteidigte er mich bis aufs Blut und war immer zur Stelle, wenn ich Trost brauchte. Wenn sich die Kinder in der Siedlung um die Kapokbüschel balgten, die im Frühjahr von den Bäumen herabsegelten wie Schnee, hob mich Arai auf die Schultern. Damit waren wir den anderen Jungen überlegen. Aber die anderen Jungen zogen nach, und wir rangen miteinander. Es war eine Art Reiterkampf, bei dem man den Gegner von den Schultern des jeweiligen Trägers runterstoßen musste. Das zog sich oft ganze Nachmittage hin. Arai und ich waren Batman und Robin, Lone Ranger und Tonto. Er jagte für mich Drachen nach, holte mir Granatäpfel von den höchsten Ästen. Er brachte mir das Schwimmen bei, dämpfte Reis in Palmblättern oder knüpfte Netze für mich. Oft fand ich morgens beim Aufstehen in meiner Jackentasche Murmeln, Melonenkerne oder ein kleines Spielzeug. Das hatte sich Arai ausgedacht, um mir eine Freude zu machen.

Einmal war mein Vater gezwungen, sein Radio ins Pfandhaus zu bringen, weil das Geld für eine bestimmte Medizin fehlte. Er tat mir in der Seele leid, denn ich wusste, was ihm das Radio bedeutete. Abends fühlte ich mich einsam und fand keinen Trost. Von klein auf hatten mich die gequetschten Stimmen, die Störgeräusche, die westliche

Musik, die Sendungen in fremden Sprachen in den Schlaf gelullt. Das Radio mit dem Vater davor war für mich ein Bild des Friedens, das mir sagte, die Welt ist nicht so schlecht, wie viele meinen. Nun aber war von dem Bild nur der Vater übrig, der seine Netze ausbesserte.

»Jetzt blas keine Trübsal!«, munterte mich Arai auf. »Wir kriegen das Radio schon zurück, keine Sorge!«

Schon damals, als ich Arai auf dem alten Kopralaster erlebt hatte, wie er, der Hauptleidtragende, meinen Vater und mich mit zu trösten versucht hatte, hatte ich begriffen, dass er ein ganz besonderer Mensch war. Das Schicksal hatte ihn schon früh schwer getroffen, ihn aber auch mit einem besonders starken Charakter gesegnet. Er besaß einen bewundernswerten Lebensmut. Traurigkeit überfiel ihn nur, wenn er den Koran las. Vor der Heiligen Schrift wirkte er wie einer, der sich beklagt, der es aufgegeben hat, den Schmerz über den Verlust geliebter Menschen zu unterdrücken. Dann musste ich immer an den kleinen Jungen mit der Korbtasche und dem zerlumpten Hemd denken, wie er mutterseelenallein an der Hütte stand und auf uns wartete.

Mittlerweile hatte er sich zu einem gescheiten Jungen entwickelt, der ziemlich frech war. Ständig hatte er verrückte, teilweise auch exzentrische Ideen. Es war herrlich, mit ihm zusammen zu sein, seinen Geschichten zuzuhören und über seine ausgefallenen Pläne zu diskutieren.

In einem Jahr setzte der Südwind schon Ende März ein, kam in immer mächtigeren Schüben. Er sauselte den Morgen über, begann mittags zu pfeifen und blies gegen Abend heftig. Der Gemeindeplatz war voller Kinder, die Drachen steigen ließen. Hunderte von Drachen in den verschiedensten Formen und Farben belebten den Himmel. Es war eine großartige Drachenzeit!

Anders als in vielen anderen Gegenden der Welt war das Drachensteigen bei uns eine spirituelle Angelegenheit. Uns ging es weniger darum, zu beobachten, wie buntes Papier in Form von Fischen, Blumen oder Ungeheuern in den Himmel stieg, sondern darum, mit dem

Wind, dem Himmel und der Sonne Verbindung aufzunehmen. Damit sie so hoch wie möglich steigen konnten, waren die Drachen extra groß konstruiert worden. Sie sollten nämlich die Füße der Engel berühren. Deshalb schickten wir Kinder kleine Zettel mit Gebeten an unseren Drachen befestigt in die Lüfte.

Jimbron zum Beispiel knüpfte an die Schnur seines Drachens in Goldfischform einen Zettel mit dem Wunsch: »Hallo, lieber Engel mit dem guten Herzen, ich wünsche mir ein Fahrrad!« Eine Woche danach schenkte ihm sein Vater tatsächlich ein Fahrrad. Dabei hatte er seinen Vater gar nicht darum gebeten. Arai, angeregt durch Jimbrons Erfolg, heftete an seine Drachenschnur den Wunsch: »Hallo, weiser Engel, ich wünsche mir ein Motorrad.« Was passierte? Von einem Blitz getroffen, ging der Drachen in Flammen auf.

Arai und ich kannten Jimbron von der Koranstunde in der Moschee. Er hatte große Schwierigkeiten beim Sprechen. Wenn er ruhig und entspannt war, dann sprach er ganz normal. Wenn er sich aber auch nur leicht aufregte, in Panik geriet oder begeistert war, stotterte er. Jimbron war ziemlich dick und hatte etwas von einem Pagodenbaum, den man als japanischen Bonsai hält. Er hatte breite, herabhängende Schultern, und sein Gesichtsausdruck glich dem eines Säuglings, der im Begriff ist zu heulen. Man hatte ständig das Gefühl, ihn beschützen zu müssen.

Zu seinem Vater hatte er ein genauso enges Verhältnis gehabt wie ich zu meinem. Eines Tages waren sie mit dem Fahrrad unterwegs gewesen, sein Vater vorn, Jimbron hinten auf dem Gepäckträger. Da hatte sein Vater plötzlich einen Herzanfall. Jimbron hatte sofort von hinten den Lenker übernommen, es geschafft, seinen Vater irgendwie auf dem Fahrradsattel im Gleichgewicht zu halten. Er trat wie wild in die Pedale und fuhr zum Gesundheitszentrum. Als sie dort ankamen, war alles zu spät. In der Notaufnahme setzte das Herz aus, der Vater starb. Seitdem stotterte Jimbron. Und er wurde zum Pferdenarren. Angeblich hatte diese plötzlich aufgetauchte fixe Idee mit einem Western zu tun, der einmal in der Gemeindehalle im Fernsehen gezeigt worden war. Darin brachte jemand einen Kranken auf einem weißen Pferd zum Doktor, in solcher Windeseile, dass er gerettet werden konnte. Jimbron war der felsenfesten Überzeugung, dass sein Vater noch leben könnte, wenn er ihn auf einem Pferd ins Gesundheitszentrum hätte bringen können.

Bei uns, ja auf ganz Belitong, gab es jedoch kein einziges Pferd. Die malaiische Kultur kennt keine Pferde. Für Jimbron jedoch waren Pferde ganz real, so als hätte er schon welche leibhaftig gestreichelt. Er kannte die unterschiedlichen Pferderassen und deren Herkunft. Er wusste, dass Abraham Lincolns Reitpferd Napoleon hieß. Wenn man ihm auf einem Foto einen Pferdekopf zeigte, konnte er sagen, ob es sich um einen Hengst oder eine Stute handelte. Er konnte auch sagen, was das Wiehern eines Pferdes bedeutete. Wenn wir etwa in der Gemeindehalle den Film »The Lone Ranger« im Fernsehen anguckten, durfte man Jimbron nicht nach der Handlung fragen, die hätte er nicht wiedergeben können. Doch er konnte genau sagen, wie viele Pferde vorgekommen waren, wie viele Schimmel und wie viele Rappen, oder wie oft ein Pferd gewiehert hatte. Wegen seiner Versessenheit auf Pferde wurde er oft verspottet. Das war ihm jedoch egal.

»Pfe... Pfe... Pferde si... si... sind die Wa... Wa... gen für den K... K... Krieg, Ikal.« Er hätte mir so gern eine Geschichte erzählt, aber sein Stottern hinderte ihn daran. Je stärker ihn seine Begeisterung packte, desto schlimmer wurde es mit seinem Stottern.

»Das sind unerschrockene und kühne Tiere, Bron, großartig, ich bin ganz deiner Meinung«, half ich ihm über die Sperre hinweg. Er freute sich, dass er mich nicht mehr überzeugen musste, doch ehrlich gesagt hatte auch ich schon seit langem genug von seinen ewigen Pferdegeschichten.

Seitdem wir das Radio meines Vaters ins Pfandleihhaus gebracht hatten, war Arai sofort nach der Schule verschwunden. Er schaffte es jedes Mal, mich unbemerkt abzuhängen, und tauchte erst abends wieder auf. Meine Fragen überging er mit Schweigen. Ich ließ jedoch nicht locker, und er verriet mir schließlich, dass er zum Golfplatz der Bergbaugesellschaft ging. Dort suchte er nach Bällen, die ins Wasser gefallen waren. Mitten auf dem Golfgelände gab es nämlich einen kleinen See. Die Bälle dort herauszuholen war nicht ganz ungefährlich, denn der See hatte viele Untiefen. Die geborgenen Bälle verkaufte er den Caddys. Diese wiederum ließen sie sich von den Neureichen der Firma bezahlen, die als ungeübte Amateure massenhaft Bälle verschlugen, so dass sie im See landeten.

»Mit dem Geld lösen wir beim Pfandhaus das Radio aus«, meinte Arai lächelnd. Ich schloss mich ihm natürlich an, und so fischten wir von da an zu zweit nach Bällen, was mehr Spaß machte.

Wir mussten uns beeilen, da eine Direktübertragung von Radio Republik Indonesia bevorstand, auf die mein Vater sich schon lange gefreut hatte. Es dauerte mehrere Wochen, aber wir schafften es und hatten pünktlich zum Tag der Sendung genug Geld zusammengebracht, um das Radio zurückzuholen. Am Nachmittag fuhren Arai und ich mit dem Fahrrad zum Pfandhaus nach Manggar. Der Kassierer wunderte sich, als er einen Packen schmieriger, zerknitterter Geldscheine in die Hand bekam.

»Genau zweiundvierzigtausendfünfhundert Rupiah!«, sagte Arai. Der Kassierer lächelte freundlich und verschwand. Wenig später erschien ein alter Mann mit dem Radio. Ich stürzte mich auf den Apparat, umarmte ihn wie einen Schatz, ohne mich um die Leute zu kümmern, die mich anstarrten wie einen Verrückten. Ohne nach links und rechts zu sehen, rannten wir zu unserem Fahrrad.

Wir fuhren über den Markt zurück, vorbei an einer langen Reihe von Straßenhändlern, bis wir zur Uferstraße kamen. Es war vier Uhr nachmittags, die Sonne brannte noch vom Himmel. Der Wind kräuselte das Meer, strich mir sanft durch die Haare. Die Palmen am Strand begrüßten uns, eine nach der anderen. Arai trat gleichmäßig in die Pedale. Ich saß hinten auf dem Gepäckträger und empfand reines

Glück. Das Leben war doch nicht immer hart und erbarmungslos. Nicht, wenn man das geliebte alte Radio seines Vaters nach Hause zurückbringen konnte.

Es war ein stiller Abend. Ich lag auf einer Matte aus Pandanusblättern. Ab und zu hörte man den Wind durch das Laub der Tahiti-Kastanien rauschen. Mit zunehmender Dunkelheit wurde es noch stiller. Da drang von nebenan ein Knacken und Knirschen. Hinter der Bretterwand hatte mein Vater das Radio angestellt, um der Sendung zu lauschen, auf die er so lange gewartet hatte. Zuerst kam die Nationalhymne »Indonesia Raya«. Durch einen Spalt zwischen den Brettern konnte ich meinen Vater sehen. Er hatte sich erhoben und stand aufrecht da. Dann begann die Übertragung:

»Verehrte Hörer ... nguing. Wir haben jetzt hier drei Uhr Ortszeit, das ist fünf Uhr nach westindonesischer Zeit ... einmal unabhängig ist tatsächlich unabhängig! Radio Republik Indonesia vom Volk, für das Volk, mit Stolz berichten ... nguing ... direkt aus Kathmandu, Nepal ... nguing ... srok ... srok ... nguiiiiing ... Oh, gerade ist, liebe Hörer, Lady Diana! Bei ihrem Besuch in Nepal ... nguiiing ... Lady ... nguiiing ... verehrte Hörer, wirklich bezaubernd ... nguiiiing ... winkt ... mit der Hand ... Lady Diana ... nguiiing ... srok ... srok ... vielleicht kommt sie anschließend ... srok ... nesia ... srok ... Liebe Hörer ...

Arai lag auf dem Rücken und lauschte der Übertragung. Er blickte zum Himmel hinauf und lächelte.

8

Weder Arai noch ich konnten das Erlebnis auf dem Platz vor dem Reisspeicher vergessen. Ich hatte das Gefühl, schlagartig gealtert zu sein, als ich zusehen musste, wie mein Vater gedemütigt wurde. Das Gesicht meines Vaters, der hilflos mitten auf dem großen Platz stand und sich schämte, verfolgte mich nächtelang im Traum. Mir kamen die Tränen, wenn ich mich an seinen ratlosen Blick erinnerte. Aber ich dachte dann auch wieder, was für ein Glück es war, dass Arai und ich dabei waren, als es geschah.

Wie zu erwarten, war der Vorfall sofort überall zum Tagesgespräch geworden. Eines Nachmittags kamen wir drei, Arai, Jimbron und ich, an einem Laden vorbei, unter dessen Vordach eifrig Schach gespielt wurde. Als sie uns sahen, begann einer der Spieler sich über Jimbron lustig zu machen, indem er wie ein Pferd wieherte. Ich kannte den Mann. Es war Makruf, einer, der gern Streit suchte.

»Hallo Jimbron, wie geht's? Hast du schon ein Pferd gefunden?«, rief er und wieherte abermals. Die Leute ringsum lachten. Warum musste sich Makruf so aufführen? Bedeutete der Name Makruf nicht »der Gute«? Ich hatte den Satz noch in Erinnerung, der uns in der Schule beigebracht worden war, *mendekatlah pada kebaikan dan menjauhlah dari keburukan* – lass uns Gutes tun und meide die Sünde. Makruf verhielt sich genau umgekehrt.

»Sei bloß vorsichtig, mein Lieber, sonst kommt noch der Pferdeteufel über dich!«

Schallendes Gelächter. Jimbron war schon so oft wegen seiner Leidenschaft für Pferde aufgezogen worden, dass er sich nicht mehr darum scherte. Makruf fühlte sich nicht ernst genommen und setzte nach.

»Hallo Ikal, du kannst doch so gut Schach spielen, habe ich gehört?«

Ich blieb stehen.

»Es geht so.«

»Gehst du noch zur Schule?«

»Ja.«

»Weißt du auch, dass Schach nur für Leute ist, die ordentlich lesen und schreiben können?«

Ich verstand sofort, worauf Makruf anspielte. Er war darauf aus, meinen Vater zu kränken.

»He, was willst du eigentlich! Wir jedenfalls gehen zur Schule. Und wie ist es mit dir?«, sprang Arai mir zur Seite.

Abermals Gelächter. Dieses Mal galt es jedoch Makruf, denn alle wussten, dass er nicht einmal die Grundschule abgeschlossen hatte und nichts tat, als den ganzen Tag Schach zu spielen. Makruf wurde böse.

»Auf jeden Fall kann ICH gut lesen.«

Arai trat näher.

»Willst du meinen Vater schlechtmachen?«

»Ist er vielleicht kein Analphabet?«

Ich zuckte zusammen.

»Wenn dein Vater ein Analphabet ist, dann mach ich ihn doch nicht schlecht, wenn ich das sage!«

»Nimm das sofort zurück!«, rief Arai wütend.

Makruf stand auf und versuchte, Arai am Hemd zu packen. Die Besonnenen unter den Männern hielten Makruf zurück. Arai und ich gaben nicht nach, wichen keinen Schritt zurück.

»Denkst du vielleicht, ich hätte Angst vor dir!«, rief Arai.

Die Umstehenden beruhigten Makruf. Wir zogen davon. Auf dem Heimweg machte mir Arai Mut:

»Ärgere dich nicht, mein Lieber. Egal, wer uns beleidigt, wir halten zusammen.«

9

Ich liebte die Zeugnisfeiern in der Schule, denn ich fand es wunderbar, wie mein Vater dabei auftrat. Für ihn war der Tag der Zeugnisfeier ein ganz besonderer Tag. Obwohl mein Zeugnis in einer klapprigen kleinen Schule verliehen wurde, die beim nächsten stärkeren Windstoß zusammenzubrechen drohte. Anders als in den Schulen für die reiche Elite wurden keine Einladungen verschickt, eine Mitteilung der Schüler an ihre Eltern reichte. Es gab keine Aufführungen oder Ansprachen, keine Sitzungen oder Besprechungen über die Schulfinanzen, über eventuelle Stiftungen und Sponsoren und das nächste Jahrestreffen. Kein Beamter der Schulbehörde ließ sich zu diesem Anlass je blicken. Es gab keine Ehrengaben. Wer an der Feier teilnahm, das waren die zwanzig oder dreißig Eltern der Schülerinnen und Schüler, die geradewegs von ihrer Arbeit im Tagebau kamen. In abgerissenen Kleidern, umgeben vom Schlammgeruch der Zinnmine. Die Zeugnisse betrachteten sie mit Scheu, wie etwas Fremdartiges, denn die meisten von ihnen konnten nicht lesen.

Mein Vater jedoch war anders. Er nahm sich extra für die Zeugnisfeier zwei Tage frei. Am ersten Tag ging er zum Markt und ließ sich dort die Haare schneiden. Am Vorabend brachte er sein altes Fahrrad auf Hochglanz. Als Nächstes nahm er sich seine Schuhe aus alten Autoreifen vor und wienerte sie mit einer selbstangesetzten Creme aus Ruß und Holzkohle. Dann kam der Gürtel an die Reihe, der aus bunten Plastikstreifen geflochten war. Den hatte er zwei Jahre zuvor bei einem Straßenhändler erworben. Auch der wurde sorgfältig mit einem Lappen geputzt. Meine Mutter war in der Zwischenzeit damit beschäftigt, die glühende Holzkohle im Bügeleisen anzufachen, um das beste Stück, das mein Vater besaß, zu bügeln – ein kurzärmeliges Safarihemd mit vier Taschen. Das hatte meine Mutter selbst genäht. Den Schnitt hatte sie sich bei einem höheren Regierungsbeamten aus Jakarta abgeguckt, der einmal die Gemeinde besucht hatte, um dem Gemeindebüro zwei Ziegen zu überbringen. Zwei Tage und zwei Nächte zuvor mussten Pandanusblätter eingeweicht werden, damit das Hemd beim Bügeln mit dem Pandanussaft besprenkelt werden konnte. Dann duftete es ganz wunderbar.

Das Safarihemd mit den vier Taschen durfte nur zu wichtigen Anlässen angezogen werden. Es wurde also nur dreimal im Jahr hervorgeholt, zu Idul Fitri, dem höchsten islamischen Feiertag, und zu den beiden Zeugnisfeiern.

Gegen neun Uhr fanden sich die Ersten bei der Schule ein. Sie kamen zu Fuß oder mit dem Fahrrad. Schon von fern sah ich meinen Vater, wie er mühsam in die Pedalen trat. Als er den Schulhof erreichte, zeigte er ein breites Lächeln.

An diesem Morgen lag eine besondere Spannung in der Luft, denn mit der Zeugnisvergabe nahmen wir Abschied von der Muhammadiyah, der Schule der Regenbogentruppe. Die Eltern der Schüler saßen auf langen Bänken vor der Klasse, genau wie an unserem Einschulungstag, der damals auch für unsere junge Lehrerin Bu Mus der erste Schultag gewesen war. Ihr verdankten wir alles. Diese junge Frau hatte eine lukrative Stelle ausgeschlagen, um uns unterrichten zu können. Und zwar unentgeltlich. Denn für unsere Armenschule war die Regierung nicht bereit, Geld auszugeben. Nach einem anstrengenden Schultag erledigte Bu Mus anfangs die halbe Nacht Näharbeiten, um sich ernähren zu können. Sie war es auch, die uns unseren Ehrentitel gegeben hatte, den wir mit Stolz trugen: Sie nannte uns ihre Regenbogentruppe, weil wir immer, wenn sich in der Regenzeit einer der prachtvollen Regenbogen zeigte, zu unserem Lieblingsbaum auf dem Schulhof liefen und in seinen Ästen die Farbenpracht und Schönheit bestaunten. Und nun war alles so wie am Morgen der Einschulung. Unsere Eltern waren wieder genauso aufgeregt wie damals. Während sie neun Jahre zuvor verzweifelt auf einen zehnten Schüler gewartet hatten, damit sich der Schulbehörde kein Anlass bot, die Schule zu schließen, machten sie sich diesmal Sorgen, was aus ihren Töchtern und Söhnen nach dem Schulabgang werden sollte. Die meisten hatten sich, selbst Analphabeten, ohne wahre Überzeugung auf das Versprechen der Bildung eingelassen, hatten jahrelang auf die Hilfe ihrer Kinder verzichtet, und dieser Schulabschluss bedeutete ihnen viel.

Bu Mus hatte meinen Vater auf der vorderen Bank ganz links platziert, da er das erste Zeugnis in Empfang nehmen würde. Ich hatte von allen in der Klasse die höchste Punktzahl erreicht. Der Erste zu sein, machte mich natürlich stolz, aber in das Gefühl mischte sich gleichzeitig Schmerz. Ich war der Beste geworden, weil Lintang nicht mehr da war. Seit dem ersten Schultag war Lintang, der Sohn eines Fischers, mein Banknachbar gewesen. Bu Mus hatte uns zusammengesetzt, weil wir beide den Kopf voll wirrer Locken hatten. Lintangs große Familie war noch ärmer als meine. Jeden Morgen war er noch vor Sonnenaufgang zwanzig Kilometer auf einem schäbigen, viel zu großen Fahrrad zur Schule gefahren, quer durch den Mangrovenwald, wo ihm manchmal Krokodile über den Weg gelaufen waren. Aber keine Gefahr der Welt hätte Lintang auch nur von einer einzigen Schulstunde ferngehalten. Sein Wissensdurst war nicht zu stillen gewesen, und er hatte uns alle mit seiner Begeisterung angesteckt. Er war ein echtes Genie, und solange er mit seinem alles überstrahlenden Geist neben mir gesessen hatte, konnte ich nur Zweiter werden. Ich hatte gelernt, das hinzunehmen, und war damit durchaus zufrieden gewesen. Trotzdem war es eine ständige Herausforderung gewesen, nach einer Lücke zu suchen, um ihn zu schlagen. Bis heute fühle ich einen Stich im Herzen, wenn ich daran denke, dass ausgerechnet er, dieser außergewöhnlich begabte und so liebenswürdige Mensch, von einem Tag auf den anderen die Schule aufgeben musste, um nach dem Tod seines Vaters die Familie zu ernähren. Wir alle hatten sein Schicksal als Tragödie empfunden. Nicht einmal Bu Mus hatte die Fassung bewahren können, als Lintang uns Lebewohl sagte.

Nach der Zeugnisfeier nahm mein Vater mit der Geste Abschied, die ich so sehr an ihm mochte. Seine Augen und sein Gesicht lächelten heiter und freundlich, der Kopf wackelte etwas, und mit der linken Hand drückte er die verkrüppelte rechte Hand an seine Brust.

An jenem Nachmittag betrachtete ich traumverloren unser klappriges altes Schulgebäude, das schiefer denn je dastand. Die Pfosten waren morsch, einige Bretter hatten sich von der Wand gelöst, die Schindeln waren teilweise abgefallen. Der Schatten, den die Schule warf, schützte mich vor der stechenden Sonne. Die alte Schule hatte mich immer beschützt – vor der Gesellschaft, die nicht an den Nutzen von Erziehung und Bildung glaubte, vor mir selbst, der ich immer wieder an meiner Zukunft zweifelte.

Auf dieser Schule hatte ich meine ganze Kindheit verbracht. Alles, was ich zum ersten Mal erlebte, hatte ich dort erlebt. Erstaunliche Freundschaften, glänzende Siege, beschämende Niederlagen, die erste Liebe. Unsere Lehrer Bu Mus und Pak Harfan konnten zaubern, sie verwandelten die Wissenschaften in leuchtende Kugeln, die sie uns in die Hand gaben und die uns in Bann schlugen. In dieser ärmlichen Schule trafen Lehrer, die ihre höchste Befriedigung im Unterrichten fanden, auf Schüler, die größte Freude beim Lernen empfanden, und so war sie ein Ort, an dem sich jeden Tag eine Art Wunder ereignete.

Wehmut überkam mich und ein wenig Angst vor dem, was nun kommen würde: Was würde mich an der Oberschule erwarten? Arai, Jimbron und ich waren die einzigen Schüler der Regenbogentruppe, die ihre Schulausbildung fortsetzen würden. Das bedeutete aber, dass wir nicht mehr zu Hause wohnen könnten. Die nächste weiterführende Schule lag in der dreißig Kilometer entfernt gelegenen Hafenstadt Manggar. Wir drei würden uns dort ein billiges Quartier und auch einen Job suchen müssen, denn der Lohn meines Vaters reichte bei weitem nicht aus, um davon auch noch das Schulgeld zu bezahlen.

Gedankenverloren ging ich in den alten Schulgarten, der im Laufe der Jahre immer mehr verwildert, aber gerade dadurch schöner geworden war. Viele Töpfe waren gesprungen und wurden mit Palmfasern zusammengehalten. Die Stauden von Papierblumen hatten sich zu Gewächsen entwickelt, die überallhin wucherten und an den Pfosten der Schule hoch bis zu den Ästen des Jakaranda rankten, von dort aufs Dach und wieder herunter. Hier konnte man Ruhe genießen. Ich schloss für einen Moment die Augen. Mit dem Summen der Hummeln im Ohr konnte man meinen, in der Luft zu schweben. Es war so wie früher.

Peperomia, Farnkraut, Minikakteen und Ardisia wuchsen noch immer dort, wo Pak Harfan sie hingesetzt hatte, damals in der ersten Klasse. Die Schmetterlinge, die die Blumen besuchten, waren ebenfalls alte Freunde. Der stille und äußerst scheue Papilio blumei, der Ritterfalter, ein fliegendes Gedicht.

Der schmale Pfad zwischen Lehrerzimmer und Garten mit den viereckigen Steinplatten war noch da, abgesehen von einigen Steinen, die mittlerweile vom feinen Manilarasen überwuchert waren, der in der Regenzeit üppig gedeiht und der Trockenzeit trotzt. Der Schulgarten war noch immer ein wunderbarer Anblick, zur Hälfte Wildwuchs, zur Hälfte Ordnung. Ich erinnerte mich in allen Einzelheiten an Pak Harfan, den Gründer der Schule. Er war der Erste, der mich lehrte, stolz zu sein. Und der mir zeigte, dass auch ein Lehrer stolz auf seinen Beruf sein konnte. Pak Harfan war ein bedächtiger Mensch. Ich sehe ihn vor mir, wie er durch den Garten geht, Schritt für Schritt auf die Steinplatten setzt. Die Sandalen aus Holz, die Jacke der Muslime, der ruhige Blick, ein feines Lächeln auf den Lippen. Und hier, in seinem Arbeitszimmer, hauchte er sein Leben aus, wir waren alle starr vor Schreck damals und trauerten lange um ihn.

Genau in der Mitte des Gartens stand ein Kenari-Baum. Blaumeisen hüpften auf den niedrigeren Ästen herum. Mir fiel etwas ein! Einst hatte ich dort etwas vergraben. Immer hatte ich es gehasst, wenn mich unsere Lehrerin Kreide holen schickte. Dazu musste man ziemlich weit mit dem Fahrrad fahren, nur um dann in dem unglaublich vollgestopften, unglaublich stickigen Laden darauf zu warten, dass jemand uns Kreide verkaufte, was natürlich kein lukratives Geschäft war. Entsprechend lang mussten wir jeweils ausharren – meist einer Ohnmacht nahe, denn die ganze verkommene Gegend rund um den Fischmarkt, an dem der Laden lag, stank bestialisch. Doch dann war mein Abscheu umgeschlagen in den geradezu heißen Wunsch, diesen Auftrag zu erfüllen. Denn dabei hatte ich Gelegenheit, meine erste große Liebe zu treffen, A Ling. Das Geschäft, wo es die Kreide gab, hieß Sinar Harapan, Strahl der Hoffnung, und A Ling war die Tochter des Ladenbesitzers A Miauw. In sie hatte ich mich schrecklich verliebt, genaugenommen in ihre Hände mit den außergewöhnlich schönen Fingernägeln, denn die waren das Einzige, was ich lange Zeit von ihr zu sehen bekommen hatte, wenn sie die Schachtel mit der Kreide durch die Luke in der Wand schob, die den Lagerraum vom Laden trennte. Ich hatte an nichts anderes mehr denken können als an diese Hände und das unbekannte Zauberwesen, dem sie gehören mochten, und natürlich hatte ich in meiner Sehnsucht kaum die nächste Gelegenheit abwarten können, in ihre Nähe zu gelangen. Um das Mädchen möglichst oft wiederzusehen, musste die Kreide in der Klasse schnell aufgebraucht sein. Und um den Prozess etwas zu beschleunigen, hatte ich mehrfach einen Teil der Kreide unter dem Kenari-Baum vergraben.

Ob sie noch da war? Ich ging zu dem Baum und lockerte nicht weit vom Stamm die Erde. Die Kreide war tatsächlich noch da, in einen Plastikbeutel eingeschlagen. Ich machte ihn auf und holte die Kreidestücke heraus. A Lings wunderhübsches, ovales Gesicht stand mir plötzlich vor Augen und ihre Hände mit den unvergleichlichen Fingernägeln. Ich wusste noch genau, was für ein Kleid sie getragen hatte, als sie mir zum ersten Mal leibhaftig gegenüberstand, es war hellgrün mit einem Muster aus kleinen Portlandrosen. Ihr Lächeln hatte mich vollends hingerissen. Viele Wochen und Monate hindurch hatte ich im Zustand absoluter Verzückung Gedichte für sie geschrieben, die ihr A Kiong überbrachte, einer meiner Freunde aus der Regenbogentruppe, der sich als ihr Cousin entpuppt hatte. Und dann war das Unfassbare geschehen. A Ling hatte mich zu einem Rendezvous gebeten. Wie oft ich jenen kleinen Zettel damals gelesen hatte: »Triff mich beim *Chiong Si Ku* am roten Tempel.« Nie würde ich jenen Abend vergessen, an dem ich beim *Chiong Si Ku*, dem Fest der toten Seelen, inmitten des Trubels mit zunehmender Verzweiflung auf A Ling gewartet hatte. Ich war kurz davor gewesen, wie ein geschlagener Hund nach Hause zu laufen, da war sie doch noch erschienen. Sie hatte mich gerufen mit ihrer Stimme, die so zart war wie Tofu, und mich angelächelt, dass mir die Knie weich wurden. Für uns Verliebte hatte der Betreiber des Riesenrades, der gerade schon alle Lampen gelöscht hatte, sein Gefährt noch einmal angestellt, und selig schweigend drehten wir Runde um Runde. Wie hätte ich ahnen können, dass dieses erste

Rendezvous auch unser letztes sein würde. Als ich kurze Zeit später wieder A Miauws Laden betrat, erfuhr ich, dass A Ling mit der nächsten Maschine nach Jakarta fliegen würde, damit sie sich dort um ihre Tante kümmern und eine gute Schule besuchen könnte. Nach dieser Nachricht war ich so krank vor Liebeskummer gewesen, dass ich mir nicht einmal das Geschenk ansah, das A Ling für mich hinterlassen hatte. Erst Wochen später hatte ich es geöffnet. In einer Schachtel lag ihr Tagebuch, in das sie alle meine Gedichte übertragen hatte, und das Buch »Der Doktor und das liebe Vieh« von James Herriot.

Ob sich A Ling noch an mich erinnerte? An mich, der sie nicht vergessen konnte? Ob ich sie jemals wiedersehen würde?

Zu Hause nahm ich wieder das Buch zur Hand, das mir A Ling zurückgelassen hatte. A Ling hatte mir damals ein Lesezeichen in die Seite gelegt, wo von der Schönheit des Fantasiedorfes Edensor die Rede ist. Ich brauchte das Buch gar nicht aufzuschlagen, die Seite hatte ich so oft gelesen, dass ich sie fast auswendig kannte, ich hatte das Dorf in allen Einzelheiten im Kopf.

Reihen von Trauerweiden, die sich im Wind wiegten. Eine Mauer aus Stein zog sich vom Dorftor her um das ganze Dorf. Eng beieinanderstehende Häuser, in langen Zeilen, bis weit den Hang hinauf. An den Häusern rankte wilder Wein empor, davor standen alte Holzbänke. Hummeln umschwärmten Narzissen und Margeriten. Die Sonnenstrahlen spiegelten sich im Wasser des stillen, wunderschönen Darrow.

Ich hätte nicht sagen können, wie es funktionierte, aber die Vorstellung von Edensor besänftigte immer wieder aufs Neue meine Sehnsucht nach A Ling.

10

Wer mit dem Schiff nach Manggar kommt, sieht von weitem zuerst den dichten Wald, der den Strand säumt. Beim Näherkommen teilt sich der Wald und gibt die enge Mündung des Flusses Manggar frei. Die Holländer kamen durch diese schmale Einfahrt, als sie vor Jahrhunderten auf unserer Insel landeten. Sie wurden sicher schon damals vom ohrenbetäubenden Kreischen der Prigantil-Vögel und dem Geschrei der Affen begrüßt, die in den Mangrovenwäldern leben und beim Anblick von Fremden stets in panische Aufregung geraten. Schiffe aus China, Indien und Arabien bahnten sich ebenfalls einen Weg durch die Mündung. Sie kamen jedoch nicht, um Handel zu treiben, sondern um vor den Stürmen und den gewaltigen Wellenbergen des Südchinesischen Meeres Schutz zu suchen.

Die Hafenstadt Manggar ist auf Belitong nach Tanjung Pandan, der Bezirkshauptstadt, die zweitgrößte Ortschaft. Ehemals reich und wohlhabend, ist Manggar heute klein und unbedeutend. Am Hafen gibt es zahlreiche einfache Wohnbaracken, fürchterlich eng und zinkgedeckt. Wo man hinschaut, liegt Müll, und überhaupt ist alles ziemlich heruntergekommen. Frauen, das Gesicht mit Reismehl gepudert, dösen vor den Hütten, verscheuchen träge die Katzen, die auf dem Markt herumstreunen und auf den in der Sonne ausgebreiteten Trockenfisch aus sind. Arai, Jimbron und ich wohnten in einer dieser Baracken, das war günstig, denn wir hatten im Hafen Arbeit gefunden, um uns das Schulgeld für die neue Schule zu verdienen.

Unsere Arbeit war verteufelt schwer. Nachts gegen zwei Uhr passten wir die Fischer ab, wenn sie an Land zurückkehrten. Wir mussten den Fang von den Booten zum Fischmarkt schleppen, wo er am Morgen versteigert und verkauft wurde. Der Weg von der Mole bis zur Markthalle war vielleicht zwei Kilometer weit, führte aber durch das morastige Hafengelände. So bekamen wir jeden Tag zu spüren, wie hart das Leben im Hafen ist. Man brauchte Zähigkeit und Widerstandskraft, um diese Arbeit zu bewältigen. Wer immer im Hafen etwas zu sagen hatte, die Angestellten in der Hafenmeisterei, die Fischer und Bootsbesitzer, alle waren unsere Chefs. Jeder von ihnen konnte uns Befehle erteilen.

»Lade dir das auf die Schulter!«

»He, schlaf nicht ein, die Fische verfaulen ja!«

»Boi! Hierher! Aber dalli!«

Wir gehörten zur untersten Kaste im Fischereihafen. Unter uns waren nur noch die armen Fische, die mit weit aufgerissenen Augen noch einmal zuckten, ehe sie verendeten. Aber es gab eben kaum eine andere Arbeit außerhalb der Schulzeiten. Wenn wir gegen sieben Uhr morgens mit dem Job fertig waren, mussten wir uns sofort zur Schule aufmachen. Oft genug hatten wir nicht einmal Zeit zu duschen.

Nur wer Zinn wusch, hatte es noch schwerer, denn das bedeutete, den ganzen Tag durch den Schlamm zu waten und die Erde umzuwälzen, auf der Suche nach einer Zinnader, immer mit dem Risiko, an der falschen Stelle zu graben und nicht fündig zu werden. Zudem waren Zinnwäscher ständig von Krokodilen und Wasserschlangen umgeben, von Erdrutschen bedroht und in Gefahr, im Sumpf zu versinken.

Wer sich stärker fühlte, wurde Sandarbeiter. Das hieß dann Tag und Nacht Quarzsand in Frachtkähne schaufeln. Man bekam zu essen wie ein Bettler, musste unter Lastwagen schlafen, zusammengerollt wie ein Leguan. Es war eine bittere Ironie. Denn jedes Sandkorn, jeder Klumpen Quarz, Topas oder Bleiglanz gehörte eigentlich uns, den Einheimischen, wir jedoch luden den Reichtum unserer Insel eigenhändig in die Kähne, damit sich die reichen Unternehmer und korrupten Bürokraten in Jakarta die Bäuche mästen konnten.

Noch schlimmer erging es denen, die draußen im Meer an den Fischreusen arbeiteten. Das war wirklich gefährlich, und viele kamen dort ums Leben und verschwanden, ohne dass man ihre Leichen fand. Jeden Tag mussten sie für einen kümmerlichen Lohn ihr Leben riskieren. Wenn dort draußen etwas passierte, gab es keine Hilfe, dann verhallten ihre Rufe ungehört im tosenden Meer. Einmal alle drei Monate durften sie an Land gehen, um ihren Familien etwas Geld zu bringen.

So betrachtet, waren wir noch gut dran. Immerhin konnten wir zur Schule gehen. Unter den Zinnwäschern, den Quarzarbeitern und den armen Teufeln an den Fischreusen waren eine Menge Analphabeten. In unserem Leben dagegen gab es noch Aussicht auf eine bessere Zukunft. Deshalb haben wir nie geklagt, niemals.

Mein Vater hätte es niemals laut ausgesprochen, aber Arai und ich spürten ganz deutlich, dass er sich für uns eine gute Schulbildung erhoffte. Malaiische Eltern ermuntern ihre Kinder nur sehr selten dazu, auf die Oberschule zu gehen. Ein Grundschulabschluss ist in ihren Augen mehr als ausreichend. Hauptsache, die Kinder lernen halbwegs Schreiben und Lesen, um zum Beispiel die Merkblätter der Regierung über Familienplanung oder zur Vermeidung von Fehlernährung entziffern zu können, diesen praktischen Nutzen sieht man immerhin ein.

»Bücher kann man nicht kochen!« war ein Satz, den ich oft von Malaien hörte. Und weil man nach dem Tod auf Arabisch nach seinen guten und schlechten Taten gefragt würde, reichte es aus, nur diese eine Sprache zu lernen.

Ich war aus mehreren Gründen darauf erpicht, meine Ausbildung fortzusetzen. Erstens ging ich ausgesprochen gern in die Schule. Der Wunsch, mehr wissen zu wollen, hielt mich gepackt wie ein Dämon, allerdings ein guter Dämon. Zudem hatte mein Vater erzählt, auf der Oberschule gebe es einen fantastischen Lehrer, der aus unserer Siedlung stammte und Bu Mus, unserer geliebten Grundschullehrerin, ähnele. Sein Name war Balia. Er war der einzige Mensch in unserer Gemeinde, der jemals ein Auslandsstipendium erhalten hatte. Drei Monate hatte er in Frankreich verbracht und dort an einem Lehrgang teilgenommen.

11

Der Lehrer Balia entsprach tatsächlich dem Bild, das mein Vater in wenigen Worten entworfen hatte. Besonders auffallend war die Ruhe, die aus seinem Blick sprach. Er hatte das gleiche Charisma wie Bu Mus und Pak Harfan, und wie bei ihnen speiste es sich aus der Leidenschaft für seinen Beruf, das merkten wir sofort.

Wenn er etwas erklärte, hörten wir atemlos zu. Wenn er Fragen stellte, meldeten wir uns um die Wette, auch wenn wir nicht sicher waren, ob unsere Antworten stimmten. Er riss uns mit, und wir wussten, dass wir von ihm keine Demütigung zu erwarten hatten. Was er sagte, war nicht bloß klug, sondern auch schön und klar formuliert, das machte es uns leicht, ihm zu folgen und uns den Stoff zu merken. Am liebsten hatte ich Mathematik bei ihm.

»Was ist dein Lieblingsfach, Boi?« Ich war verwirrt.

»Öko... Ökonomie, Guru Balia.«

»Oh, das ist ja wunderbar!«

Ich fühlte mich verstanden, fast hätte ich ihm in meiner Begeisterung meinen Traum verraten, ein Fachmann auf diesem Gebiet zu werden, um die Situation unserer Gemeinde zu verbessern. Doch ich schwieg.

»Indonesien braucht viele Ökonomen, Boi! Unter dieser Perspektive kann die Mathematik ihren Nutzen beweisen. Wenn du Lust hast, dann kannst du dich einem speziellen Gebiet widmen, das voller Herausforderungen steckt, der Wirtschaftsmathematik.«

»Danke schön, Guru Balia. Aber Verzeihung, darf ich eine Frage stellen?«

»Natürlich! Genier dich nicht, bitte schön, mein Lieber.«

»Gut, Guru Balia. Was bedeutet das Wort Perspektive? Wie schreibt sich das?«, fragte ich ganz vorsichtig, ich hatte Angst, ihn in Verlegenheit zu bringen.

Er dachte kurz nach und erklärte mir die Schreibweise. Ich holte mein Heft mit der Aufschrift »Wissenswertes« hervor, das ich mir angelegt hatte, um alle neuen Ausdrücke, die mir begegneten, zu notieren.

Unter dem Waringin -Baum im Schulhof saßen wir mit Guru Balia in einem engen Kreis beieinander und ließen uns von seinen Worten begeistern.

»Fordert die Wissenschaften heraus, an den besten Universitäten der Welt!«

Arai und ich rissen die Augen auf, als uns Pak Balia ein Foto zeigte, auf dem ein Maler vor einer Leinwand zu sehen war. Dahinter war der Eiffelturm zu sehen, das erkannte ich gleich, dieses Bauwerk war auch auf der Schachtel zu sehen gewesen, die mir A Ling vor vielen Jahren zum Abschied hinterlassen hatte. An den kleinen krausen Wellen der Seine brach sich das Licht wie in Millionen von Glaskugeln, die vom Himmel gefallen waren. Der Anblick gab mir einen Wunsch ein, den ich tief in meinem Herzen verbarg: Ich wollte zum Studium nach Frankreich, wie Guru Balia.

Der wandte sich nun an uns: »Wie lauten die Worte, die uns imponieren und inspirieren?«

Arme flogen in die Höhe, fast alle zugleich.

»Aini!«

Aini stand auf und rief:

»›Manche Menschen sehen die Dinge, wie sie sind, und sagen, warum? Ich träume von Dingen, die es nie gab, und sage, warum nicht?‹ John F. Kennedy, amerikanischer Präsident.«

»Salim!«

»›Wir müssen den gegenwärtigen Zustand des Weltalls als Folge eines vorangegangenen und Ursache seines nachfolgenden Zustands betrachten‹, Pierre Simon de Laplace, Astronom!«

Etwas, das ein Astronom vor zweihundertfünfzig Jahren in Frankreich gesagt hatte, vermochte die Begeisterung von malaiischen Jungen wachzurufen, die in armseligen Verhältnissen lebten und nicht einmal den Namen des Astronomen korrekt aussprechen konnten. Wir klatschten lebhaft Beifall.

»Salumun!«

»›Nicht alles, was berechnet werden kann, zählt, und nicht alles, was zählt, lässt sich berechnen!‹ Albert Einstein!«

Meine Freunde waren nicht zu bändigen. Jeder wollte noch den Ausspruch eines Staatsmannes, Wissenschaftlers oder Helden loswerden.

»Zakiah!«

»›All you need is love‹, John Lennon!«

Ohne von Guru Balia dazu aufgefordert zu sein, stand Arai auf, hüpfte und krähte laut:

»›C'mon baby light my fire‹, Jim Morrison!«

Dabei schielte er zu Zakiah hinüber. Guru Balia lächelte. Arai war listig. Er hatte sein Lieblingslied, das er sich immer im lokalen Radio wünschte, bloß genannt, um bei Zakiah Eindruck zu schinden. Sie war eines der hübschesten Mädchen der Schule, und er hatte sich sofort verliebt, als er ihr zum ersten Mal bei der Einschreibung zur Oberschule begegnet war. Zakiah wollte jedoch nichts von ihm wissen.

»Jimbron!«

Jimbron erschrak und geriet in Panik. Damit war es aus, er konnte nur noch stottern:

»Pfer... Pferde sind Tiere, die den Krieg gewinnen.«

»Wer hat das denn gesagt?«

»I... Ich selbst, Guru Balia.«

Schallendes Gelächter.

»Ikal!«

Ich erschrak ebenfalls, denn ich war so absorbiert von den Wortmeldungen der anderen gewesen, dass ich mir selbst noch keinen Spruch zurechtgelegt hatte, mit dem ich Eindruck machen konnte. Auch mich überkam die Panik, wie Jimbron.

»Ja, du, Ikal!!«

Alle Augen richteten sich auf mich. Guru Balia hatte noch nie zweimal fragen müssen. Ich schämte mich und zermarterte mir immer angestrengter das Hirn nach einem brillanten Ausspruch. Zum Glück fiel mir im letzten Moment noch etwas ein:

»›Mens sana in corpore sano!‹, Juvenal.«

Abermals schallendes Gelächter. Guru Balia lächelte bedeutungsvoll. Ich konnte sein Lächeln nicht recht deuten.

Einige Tage später brachte Arai eine lange Rolle Papier mit nach Hause. Als er sie entrollte, kam eine Weltkarte zum Vorschein, ziemlich zerfleddert und rundum an den Rändern eingerissen. Ich hatte keine Ahnung, wo er die aufgetrieben hatte. Er heftete sie mit großer Geste an die Wand unserer Bude und holte einen Filzstift. Jimbron und ich traten näher.

»Seht her, Bois!«, damit malte er mit dem Filzstift einen Kreis dorthin, wo Paris zu lesen war. Von dem Punkt aus zog er eine lange, mehrfach gewundene Linie durch sämtliche Länder Europas bis nach Sizilien. Von da aus nach Tunesien und weiter durch einige andere Länder in Afrika. Von Afrika aus zog er eine krumme Linie wieder durch Europa bis zum Anfang in Paris. So entstand eine Kurve, die aussah wie eine schiefe Acht.

»Von Paris aus fahren wir durch Europa, bis nach Afrika. Das ist unser Traum, Bois! Träumt nur, denn der Herr wird eure Träume in seine Arme nehmen!« Jimbron klatschte Beifall. Arais Kurve war die schönste Acht, die ich je gesehen habe.

12

Anfang der neunziger Jahre war die Oberschule in Manggar eingerichtet worden, etwa dreißig Kilometer von unserer Siedlung entfernt. Die Ausstattung der Schule war allerdings noch sehr unzureichend, vor allem fehlte es an Lehrern. Deshalb wurde eine Kampagne gestartet. An öffentlichen Gebäuden und anderen geeigneten Plätzen wurden Plakate angeschlagen:

Aufruf
Hiermit geben wir der Öffentlichkeit bekannt, dass die Oberschule neue Lehrer braucht. Dabei spielt das Geschlecht keine Rolle. Die äußere Erscheinung ist nicht entscheidend. Bewerber brauchen kein Zeugnis vorzuweisen, müssen auch keinen Abschluss von einer Akademie oder Universität besitzen, vorausgesetzt, sie sind bereit, sich mit ihrer ganzen Persönlichkeit einzusetzen, und haben die Fähigkeit, Schüler zu motivieren. Ernsthafte Bewerber werden gebeten, sich in der Schule zu melden.

Ich erinnere mich noch genau, wie wir Schüler auf neue Lehrer warteten. Wir hatten große Zweifel, ob sich überhaupt jemand melden würde, da das Gehalt eines Lehrers äußerst gering war. Als wir den Aushang schon fast vergessen hatten, sahen wir in der Pause, wie sich von ganz hinten an der Ostseite des Schulhofs her ein merkwürdiges Wesen näherte. Bald konnte man einen Mann in Sportkleidung erkennen. Sein Gesicht war schweißüberströmt.

»Assalamualaikum!«, rief er fröhlich. Ohne sich lange mit Vorreden aufzuhalten, trieb er uns ganz selbstverständlich in die Klasse und kümmerte sich dabei nicht im Geringsten um die Lehrerin, die dort bereits auf uns wartete.

»Ihr alle, Kopf hoch und Rücken gerade!«

Wir zögerten.

»Auf, auf! Streckt euch, Kopf hoch, Brust raus! Alle!«

Wir waren unschlüssig, erhoben uns dann aber doch.

»Und jetzt macht es mir nach! Lauft auf der Stelle!«

Verlegen und unsicher fingen wir an, uns zu bewegen.

»Wo ist euer Schwung! Auf, auf! Lauft auf der Stelle, so wie ich!«, rief er und lächelte uns an. Wir liefen auf der Stelle.

»Wunderbar! Herrlich! Auf, auf! Ein gesundes Land, Indonesien ist stark! *Ibu Guru*, Sie auch! Eins! Zwei! Drei! Vier!«

Die ganze Klasse lief nun auf der Stelle.

»Auf vier bleibt ihr stehen, ja …? Eins! Zwei! Drei! Vier! Stopp!«

Danach herrschte erst mal Chaos, alle lachten und hüpften herum: Unser neuer Lehrer hatte sich vorgestellt – er hieß Mutasir, und was für ein Auftritt war es gewesen! Mens sana in corpore sano! Gesundheit ist wichtiger als Geld.

Außer Guru Mutasir und unserem heißgeliebten Guru Balia gab es noch den strengen Guru Mustar, den Schuldirektor. Unter seiner Leitung glich die Oberschule fast einer Militärakademie, kein Wunder, denn früher hatte er bei der Armee als Lehrer in der Militärschule gearbeitet. Wir hatten großen Respekt vor ihm. Wer die Disziplin verletzte, wurde hart bestraft oder sogar der Schule verwiesen. Wer zu spät kam, musste zwanzig Liegestütze machen und anschließend auf dem Schulhof in der Sonne stehen. Wer nicht ordentlich angezogen war, wurde zum Sackhüpfen verdonnert. Wer beim Rauchen erwischt wurde, musste an zehn Zigaretten gleichzeitig ziehen, bis er aussah wie eine Dampflock. Das bekam niemandem gut. Wer Streit suchte, wurde gezwungen, eine Stunde lang auf dem Schulhof in ein Megafon zu singen.

Diese drei waren die prägendsten Figuren des Lehrerkollegiums, ihr Format und ihre Originalität waren es, die der Schule bald den Ruf einer fortschrittlichen Einrichtung einbrachte, die allgemein geachtet wurde. Bei Arai und mir war der Lerneifer groß, und wir hatten eine Menge blitzgescheiter Mitschüler, so dass andere Schulen über unsere Leistungen staunten. Bei späteren Einschreibungen meldeten sich zunehmend mehr Bewerber aus anderen Städten, und auch Lehrer wollten plötzlich gern bei uns Unterricht geben. Wer hätte gedacht, dass diese Schule einmal Schüler und Lehrer würde abweisen müssen. Ich fühlte mich glücklich, dass ich Lehrer wie Guru Balia, Guru Mutasir und Guru Mustar hatte, die entschlossen waren, das Beste aus uns herauszukitzeln, vollkommen unabhängig davon, aus welchem Elternhaus man stammte.

In der ersten Zeit kam ich mir als Oberschüler noch etwas komisch vor, und Arai ging es, glaube ich, genauso. Weiter als wir beide hatte es bislang noch niemand aus unserer Familie geschafft. Die Großväter meiner Großväter hatten noch Affenfleisch gegessen und den Mond angebetet. In meiner Familie war die höchste Bildungsstufe die meiner Mutter gewesen: ein paar Wochen Grundschule, gerade genug, um, wenn es darauf ankam, einen Text zu entziffern. Dieses Bewusstsein machte mich anfangs beklommen, zugleich aber motivierte es mich. Trotz der kräftezehrenden Arbeit am Hafen lernte ich in der verbleibenden Zeit mit Feuereifer für die Schule. Meine Anstrengung wurde belohnt: Ich hatte die erste Semesterprüfung bestanden und sollte mein Zeugnis erhalten. Wie früher in der Schule der Regenbogentruppe richtete sich auch hier die Sitzordnung der Eltern bei der Zeugnisfeier nach der Leistung ihrer Söhne und Töchter. Mein Namensschild hing an der Bank in der ersten Reihe, an der zweiten Stelle von links. Das bedeutete, ich war Zweitbester, und mein Vater sollte auf dem bezeichneten Sitz Platz nehmen. Arais Name stand an einer Bankreihe weiter in der Mitte, Jimbrons Name irgendwo hinten. Ich konnte ihn gar nicht sehen.

Ich würde hier sechs Semester verbringen und war fest entschlossen, bei der nächsten Zeugnisfeier meinem Vater den vordersten Sitz zu sichern, ganz links. Ich würde den Jungen besiegen, der zurzeit die Nase vorn hatte, ein nerviger Kerl mit vorstehenden Zähnen. Er hieß Salamun.

»Grüß dich, Mun«, sagte ich zu ihm und streckte ihm die Hand hin.

Er nahm sie nur widerwillig.

»Weißt du, ich bin es gewöhnt, Bester zu werden. Stimmt es, dass du immer nur Zweiter wirst?«

»Pass bloß auf, Mun, ich überhol dich schon noch.«

»Verzeihung, Boi, aber ich habe das Gefühl, solange ich hier bin, musst du dich mit dem zweiten Rang begnügen. Du bist mir vielleicht in Mathe überlegen und in Wirtschaft, aber sonst? Tut mir leid.«

Er lächelte mich frech an.

Ich ärgerte mich über seine Arroganz, zumal wir es beide gleich schwer hatten. Bei mir war es die nächtliche Hafenschicht, und Salamun war Tellerwäscher im Nudelrestaurant einer geschwätzigen Chinesin. Da ging er jeden Tag nach der Schule hin und kam erst um zehn Uhr abends nach Hause. Sein Vater war wie meiner ein einfacher Arbeiter. Er nähte in der Bergbaufirma Säcke, die für die Zinnförderung gebraucht wurden. Genau wie mein Vater stand er als Analphabet auf der niedrigsten Beschäftigungsstufe, ohne Möglichkeit, aufzusteigen und eine bessere Stellung zu erlangen.

»Der Brief mit der Einladung ist schon verschickt worden. Ich habe deinem Vater geschrieben, dass du Zweitbester geworden bist, gratuliere«, sagte der Schuldirektor. Obwohl er ein strenger Mann war, erkannte er die Leistung seiner Schüler durchaus an.

»Ich habe deinem Vater auch mitgeteilt, wo er sitzen wird, nämlich in der vordersten Reihe, außerordentlich, wirklich außerordentlich.«

Ich war glücklich.

»Wie fühlst du dich?«

»Ich kann es gar nicht beschreiben, Pak.«

Ich konnte die Nacht über nicht schlafen, weil ich immer daran denken musste, dass meine Mutter meinem Vater den Brief des Schuldirektors vorlesen würde. Sie hätte nie im Traum daran gedacht, dass ihr Sohn in die Oberschule käme, geschweige denn das Semester als Zweitbester abschließen würde. Mein Vater würde vor Stolz erstarren.

Allerdings mischte sich auch Besorgnis in meine Vorfreude auf das Ereignis. Für meinen Vater waren die Zeugnisfeiern stets ein ganz besonderes Ereignis gewesen, ein Feiertag, den er sich um nichts in der Welt hätte entgehen lassen. Die alte Grundschule hatte allerdings nicht allzu weit von unserem Haus entfernt gelegen. Ob er jedoch jetzt in der Lage war, mit seinem verkrüppelten Bein und der steifen Hand, die nur schwer den Lenker halten konnte, die sechzig Kilometer hin und zurück nach Manggar auf dem Fahrrad zu bewältigen?

Am Tag der Zeugnisvergabe saß ich jedenfalls schon frühmorgens unter dem schönen Bungur-Baum vor der Schule und wartete. Mein Blick war auf den Torbogen gerichtet, der zum Schulhof führte. Ich saß allein da und dachte an den Weg, den mein Vater zurücklegen musste, um hierherzukommen. Er war sicher bereits bei Morgengrauen aufgebrochen, denn es war entsetzlich weit für ihn. Er würde mit dem Gegenwind zu kämpfen haben, der einem gewöhnlich in der Ebene zu schaffen machte. Vermutlich legte er ab und zu eine Pause ein, setzte sich in den Schatten eines Baumes und gönnte sich einen Schluck aus der Wasserflasche. Bei der Steigung zum Selumar würde er das Rad schieben müssen, ebenso abwärts, denn da war es sehr steil. Das Gleiche dann noch mal am Berg Selinsing. Mein armer Vater würde zwei gewaltige Steigungen bewältigen müssen, nur um mein Zeugnis entgegenzunehmen.

Inzwischen war es kurz vor zehn Uhr. Ich wurde langsam nervös, denn die Eltern der anderen Schüler trafen bereits ein, teils zu Fuß, teils mit dem Fahrrad oder auf dem Motorrad. Nur von meinem Vater war noch nichts zu sehen. Ich machte mir Sorgen. Ob er sich etwa entschlossen hatte, nicht zu kommen, weil er sich nicht stark genug fühlte? Oder war er vielleicht auf halber Strecke umgekehrt, weil es ihm zu viel wurde? Ich hätte volles Verständnis dafür gehabt.

Die ersten Lautsprecheransagen waren schon aus der Aula zu hören. Die Feier würde in wenigen Augenblicken beginnen. Mir war das Herz schwer. Ich guckte noch einmal zum Torbogen am Eingang der Schule. Da kam aber niemand mehr. Doch da blitzte plötzlich etwas ganz hinten auf der Straße auf. Die Sonnenstrahlen spiegelten sich in der frisch polierten Lampe eines Fahrrads, das ich so gut kannte. Mir hüpfte das Herz in der Brust. Als mich mein Vater erblickte, versuchte er stärker in die Pedale zu treten, obwohl ihm das sichtlich schwerfiel. Sein verkrüppeltes linkes Bein rutschte immer wieder vom Pedal ab. Auch den Lenker konnte er nur mühsam festhalten.

Ich winkte ihm freudig zu, er kam quer über den Schulhof und hielt direkt vor mir. Er hatte natürlich sein Safarihemd an, und natürlich duftete es nach Pandanusblättern. Die Haare waren frisch geschnitten. Seine Sandalen aus Autoreifen glänzten geradezu festlich, und auch der Gürtel in allen Regenbogenfarben fehlte nicht. Wie immer hatte sich mein Vater sorgfältig auf diesen Tag vorbereitet.

»Assalamualaikum, Boi«, rief er mir in freudiger Erwartung zu. Er war noch ganz außer Atem, und Schweißperlen standen ihm auf der Stirn. Ich brachte kein Wort heraus.

Ich begleitete ihn zur Aula, wo Guru Balia ihn an der Tür empfing. Vor Verlegenheit wusste mein Vater nicht so recht, was er sagen sollte.

Die Feier begann. Ich beobachtete vom Eingang aus das Geschehen. Bevor die Zeugnisse verteilt wurden, hielt der Schulleiter eine kurze Ansprache. Danach wurde Salamuns Vater aufgerufen. Die Anwesenden klatschten lebhaft Beifall. Als Nächster musste mein Name kommen. Tatsächlich. Der Beifall bedeutete mir in diesem Moment wenig, aber Freude und Stolz, die ich empfand, als mein Vater nach vorn ging, um mein Zeugnis entgegenzunehmen, überwältigten mich fast. Er selbst war sichtlich gerührt, als ihm der Direktor und Guru Balia gratulierten, die er beide so bewunderte.

Gleich nach Beendigung der Feier kam mein Vater, so schnell es sein linkes Bein erlaubte, zu mir. Er zeigte die Glückwunsch-Geste, die ich an ihm so liebte. Er lächelte über das ganze Gesicht, bewegte den Kopf leicht hin und her und hielt die Hände vor die Brust. Seine Bewegungen waren unbeholfen und machten ihm Mühe, aber er strahlte. Wir beide waren glücklich. Als wir nach draußen gingen, wo die Fahrräder abgestellt waren, sagte ich zu ihm:

»Nächstes Mal brauchst du dir das nicht anzutun, mit dem Fahrrad so weit hierherzukommen. Ich werde mit dem Schulleiter sprechen, ob du nicht bei der Zeugnisfeier vertreten werden kannst.«

Mein Vater schwieg, wie gewöhnlich. Er sah mir nur in die Augen. Ich wusste, was er dachte, dass ihm dafür, mein Zeugnis in Empfang zu nehmen, keine Entfernung zu weit war. Er umarmte mich und bestieg sein Fahrrad. Dreißig Kilometer lagen vor ihm, in sengender Sonne, über zwei Berge hinweg und durch den Staub der Ebene. Ich sah ihm nach, bis er verschwunden war.

13

Wer mit dem Schiff im Hafen von Manggar ankam, nahm als Erstes das Kino wahr. Es war die modernste Errungenschaft der Stadt und zugleich die einzige Einrichtung, in der das Bedürfnis der Einwohner nach Abwechslung befriedigt wurde. Zweimal in der Woche gab es Filmvorführungen, abwechselnd indische Filme und »Filme aus Jakarta«, wie die Leute es nannten.

Das Kino lag direkt vor unserem Quartier, aber wir hätten uns nie getraut, uns dort eingehender umzuschauen, denn das hatte uns unser Direktor strengstens untersagt.

»Ins Kino zu gehen ist sehr gefährlich. Vor allem bei Filmen, bei denen schon der Titel verrät, wie die Geschichte ausgeht«, drohte uns Guru Mustar.

»Diese Filme sind ekelhaft! Diese Schamlosigkeit! Filme wie diese schaden euch! Nutzt eure Zeit lieber zum Lernen! Passt bloß auf! Wenn ich euch je dabei erwischen sollte, könnt ihr was erleben!«

Daher wagte sich kein Schüler ernsthaft in die Nähe des Kinos. Wir sprachen nicht einmal darüber. Abends war das natürlich was anderes. Arai, Jimbron und ich saßen gemütlich vor unserer Baracke. Leute vom Kino nebenan waren dabei, das Plakat des neuen Films auszurollen, eine Leinwand von etwa drei mal vier Metern. Die unteren Enden der Leinwand hatten sie bereits an einer langen Stange befestigt, und nun ging es darum, das übergroße Plakat hochzuziehen. Dabei mussten sie vorsichtig zu Werke gehen, damit es sich nicht verwickelte und am Ende schön glatt wurde. Anfangs hatten wir auf dem Poster nur zwei schöne weiße Beine erkennen können. Immer gebannter verfolgten wir die Arbeit, denn je mehr von der Leinwand sichtbar wurde, desto weniger Bekleidung war zu sehen. Die schönen weißen Beine, die wir bislang auf dem Poster sehen konnten, waren so verheißungsvoll, dass wir aufstanden und die Hälse verdrehten, um uns nichts entgehen zu lassen. Als die Plane ganz entrollt war, waren wir baff. Oh, ich wäre fast in Ohnmacht gefallen! Dort, ja dort, sah man nur zwei schmale rote Bänder. Jimbron packte Arai fest beim Arm, kniff ihn, aber Arai merkte gar nichts davon. Er guckte wie ein Hund, der einen Knochen sieht.

Ich drückte mir rasch beide Hände auf die Augen. Aber seltsam, die Finger schoben sich von allein zur Seite, mit einer Kraft, gegen die ich nicht ankam. Wieder bedeckte ich mein Gesicht. Immerhin war ich Absolvent der Schule der Regenbogentruppe, einer Schule, die fest im Islam verankert war. Aber meine Hände wollten mir nicht gehorchen. Ich schämte mich und fühlte mich schuldig vor meinen Lehrern.

Das Poster war entrollt, nur fünfzehn Meter von uns entfernt. Die Frau im Bikini hielt einen Pudel im Arm und blickte uns verführerisch an. Daneben stand der Titel des Films. Selbst einem Schwachsinnigen musste sofort klar sein, worum es da ging.

Dieses Plakat machte uns schlagartig zu anderen Menschen. Jimbron war schweigsamer als zuvor und seufzte oft tief, Arai, bisher immer ruhig und gelassen, war auf einmal aufgeregt und zappelig, hatte einen anderen Gang. Ich selbst litt gleichermaßen unter der ungestillten Aufregung und meinem schlechten Gewissen.

Sobald wir aus unserer Baracke traten, sprang sie uns mit ihren Kurven an. Diese Papierfrau trieb uns in den Wahnsinn: verführerisch, aber unerreichbar, einladend, aber nur für einen Augenblick, leicht zugänglich, aber nicht zu gewinnen. Ich glaube, wir hassten alle den Pudel, der da gemütlich unter dem schönen, runden Busen ruhte. Sie hatte uns verhext.

Der Gedanke an das Kino beschäftigte uns Tag und Nacht. Unsere Besessenheit steigerte sich in den nächsten Wochen ins Wahnhafte, ich bildete mir sogar allen Ernstes ein, die Bikinifrau habe mich mit leiser, verführerischer Stimme angesprochen.

»Warum bist du so streng mit dir? In hundert Jahren ist alles vergessen!« Der Pudel auf ihrem Arm kläffte verzogen.

Arai erging es wie mir. Die Frau habe mit ihm gesprochen, erzählte er, und darauf gewartet, dass er ins Kino komme!

»Wir müssen uns den Film einfach ansehen!«, sagte er. Er hatte manchmal verrückte Ideen, die ich ihm ausreden musste. Doch diesmal war ich seiner Meinung. Was Jimbron anging, so machte er sowieso normalerweise alles mit.

Wir legten uns also einen Plan zurecht. Zuerst versuchten wir, die Kartenverkäuferin zu überreden, ein junges Mädchen namens A Kiun. Doch sie wies uns ab, Schüler dürften nicht ins Kino. Dann versuchten wir es mit dem Kartenabreißer. Wir boten ihm Geld dafür, dass er uns durchließ. Auch da waren wir an den Falschen geraten, er beschimpfte uns furchtbar.

»Dafür kann ich rausgeschmissen werden!«, rief er empört. »Habt ihr nicht den Anschlag gelesen, für Schüler verboten!« Das war noch nicht genug. »Was seid ihr bloß für Kerle?! Ihr solltet euch schämen! Du, Kraushaar!« Er zeigte auf mich. »Ich kenne deinen Vater! Ich werde ihm erzählen, was du hier vorhast!«

Ich senkte den Kopf und zog mich kleinlaut zurück.

»Lasst uns nachts über das Dach ins Kino klettern und uns drinnen verstecken, bis der Film morgen Abend gezeigt wird«, schlug Arai vor. Das war kühn. Doch es hätte bedeutet, mindestens zwanzig Stunden in dem finsteren Gebäude verbringen zu müssen, wo es ekelhaft stank. Außerdem war es schwierig, über das Dach einzusteigen. Und schließlich konnte man uns als Einbrecher stellen und der Polizei übergeben.

Wir waren entmutigt. Und jeden Abend schmerzte der Stachel in unserem Fleisch, wenn wir sahen, wie Leute mit verhüllten Gesichtern anstanden, um Kinokarten zu kaufen. Wir beneideten sie und kamen nicht auf die Lösung unseres Problems, die direkt vor unserer Nase lag! Ausgerechnet Jimbron, dessen intellektuelle Fähigkeiten wir immer geringgeschätzt hatten, öffnete uns die Augen. Eines Abends weckte er uns aus dem Schlaf.

Er nahm uns bei der Hand und führte uns nach draußen. Dort zeigte er auf die Sarong-Leute und fuhr mit der Hand um seinen Kopf, als wollte er sich ein Tuch umlegen. Wir begriffen sofort, was er meinte.

»Genial, Bron!«

Am nächsten Tag suchten wir uns in der Nachbarschaft am Hafen Tücher, die lange nicht gewaschen worden waren und dementsprechend unangenehm rochen. Wir würden als Sarong auftreten, aber A Kiun und der Kartenabreißer sollten von uns Abstand halten, damit sie uns nicht doch erkannten. Bereits um sieben Uhr waren wir am Kino. Aus dem Lautsprecher kam dröhnende Musik, zum Zeichen, dass die Vorstellung beginnen sollte. Wir mischten uns unter die Sarong-Leute, die sich rings um uns laut und ausgelassen unterhielten, und stellten uns berauscht vom Lächeln der Hundedame und unserer eigenen Kühnheit nach Karten an. Die stinkenden Tücher hatten wir um den Kopf geschlungen und den Rand eingeschlagen, so dass sie das Gesicht verbargen. Nur die Augen und eine Öffnung zum Atmen blieben frei.

Als ich dann tatsächlich vor der vergitterten Kinokasse stand, packte mich Nervosität. Ich murmelte etwas Unverständliches, als ich unser Geld hinstreckte und drei Finger hob zum Zeichen, dass wir drei Karten wollten. Ein Hauch von meinem Kopftuch reichte, dass A Kiun ihren Stuhl voll Abscheu zurückschob und mir die Karten auf den Teller warf. Sie war froh, dass ich mich rasch abwandte. Die erste Hürde war genommen!

Die zweite und entscheidende Hürde war der jähzornige Kartenabreißer. Aber das war diesmal kein Problem.

»Schnell, schnell rein!«, rief er.

Wir drückten uns an ihm vorbei. Er wollte nicht einmal unsere Karten abreißen, weil wir einen so unangenehmen Geruch verströmten.

Einen Moment später saßen wir tatsächlich im Kino. Wir fühlten uns, als ob wir die Berliner Mauer überwunden hätten. Wir suchten uns Plätze in der Mitte, denn in den Ecken stank es nach Urin. Durch unsere Vermummung geschützt, konnten wir mit Staunen beobachten, wie sich die Erwachsenen im Kino benahmen.

Da waren die Kerle, die bei den Kleinbussen kassierten. Sie legten die Füße auf die Lehnen vor sich und qualmten wie Lokomotiven. Dann gab es Paare, an deren Kleidung zu erkennen war, dass sie aus einem bestimmten Viertel kamen. Viele Verschleierte lärmten und besprühten ihre Sitze mit Insektenvertilgungsmitteln gegen Flöhe und Läuse oder mit Kampfer gegen Wanzen.

Mit einem Mal brach die Musik ab, das Licht erlosch, und die Leinwand leuchtete auf. In der Dunkelheit wagten wir, unsere Vermummung etwas zu lüften. Anfangs huschten ein paar Ratten an der Leinwand vorbei, und an ihren Rändern kletterten Kakerlaken hoch. Ich dachte erst, sie gehörten zum Film, aber das war offenbar ein Irrtum. Das Kino war ihr Habitat.

Der Film begann. Man sah einen kahlköpfigen älteren Mann mit einer ziemlichen Wampe auf und ab gehen. Er war erregt, versuchte aber, sich zu beherrschen. Ein Pudel – wir kannten ihn schon gut – lief behände um ihn herum. Von der Frau, wegen der wir überhaupt in das verkommene Kino gekommen waren, war noch nichts zu sehen. Doch plötzlich fingen einige Zuschauer an zu pfeifen. Da war sie. Obgleich sie erst halb zu sehen war, klatschten die Leute, die den Film offenbar schon mehrmals gesehen hatten, der Bewunderten bereits lebhaften Beifall. Aber da waren auch welche, die sie beschimpften. Unter den Zuschauern hatten sich zwei Gruppen gebildet. Der Film war erst ganze drei Minuten gelaufen, und noch war kein einziges Wort gesprochen worden, da hatte man schon verstanden, dass der Dicke mit der Glatze versuchen würde, seine schöne Hausangestellte zu verführen. Jedes Mal, wenn sich der Alte der Frau näherte, klatschten die Männer Beifall. Wenn er abgewiesen wurde, klatschten die Frauen und beschimpften den aufdringlichen Kerl. Mit jedem Auftritt hatte die Frau weniger an, und die Reaktionen der Zuschauer wurden immer wilder.

Arai stand der Schweiß auf der Stirn, er schnaufte durch die Nase, den Unterkiefer weit nach vorn geschoben. Jimbron war erstarrt, ihm stand der Mund offen, sein Atem flog. Die Zuschauer tobten. Die Spannung stieg, als der Dicke die Frau zu fassen bekam und anfing, sie auszu… In diesem Moment nahmen uns drei schwarze Gestalten die Sicht.

»He, setzt euch, wir sehen nichts!«, rief Arai.

Da wurde die Leinwand mit einem Schlag dunkel. Das Licht ging an. Die Zuschauer machten ihrem Ärger Luft, verstummten aber gleich wieder, als sie die drei Männer in schwarzen Jacken vor uns stehen sahen. Das ging alles in Sekundenschnelle. Einer der Männer zeigte auf uns. Mir stockte das Blut in den Adern. Vor uns stand Guru Mustar.

»Ihr Strolche!!!« Alle Augen richteten sich auf uns. Voller Angst und Scham senkten wir den Kopf. Guru Mustar zerrte uns wie Rinder vor die Tür. Bevor er uns vor dem Kino stehenließ, stieß er noch eine Drohung aus.

Ein Detail hatte uns verraten. An jenem Freitagabend waren nämlich dem Maisverkäufer, der schon seit Jahren seinen festen Platz vor dem Kino hatte, unsere Tücher aufgefallen, da sie ein Muster hatten, wie es nur bei Malaien üblich ist, nicht aber bei Orang Sarong. Wir hatten uns also falsch verkleidet.

Arai, Jimbron und ich verbrachten jene schreckliche Nacht in Trübsal. Guru Mustar würde das ganze Wochenende Zeit haben, über Strafmaßnahmen nachzudenken. Ich hatte Angst, von der Schule zu fliegen. Wie sollte ich dann vor meinen Vater treten? Die zwei Tage, die folgten, waren für uns eine Ewigkeit.

Wenn uns eine Nangka-Frucht auf den Kopf fällt, dann ist das Schicksal. Dagegen kann man nichts machen. Wir könnten zwar versuchen, reifen Nangka-Früchten aus dem Weg zu gehen, deren Stiel schon brüchig ist. Wir können aber genauso gut ruhig unter einer solchen Frucht sitzen bleiben, denn Gott hat bereits vor unserer Geburt in seinem Buch notiert, ob wir von einer herabfallenden Nangka-Frucht getroffen werden oder nicht. So dachte jedenfalls Jimbron. Vielleicht hatte er auf seine Weise recht, aber mir war es unbegreiflich, wie ein junger Mensch eine so fatalistische und naive Lebenseinstellung haben konnte.

Jedenfalls war Jimbron bereit, jede Strafe von Guru Mustar ergeben hinzunehmen. Wenn er eine bestimmte Rolle übernehmen sollte, dann spielte er sie, so gut er konnte. Alles machte er mit Hingabe, denn eine Strafe war für ihn nur ein Glied in der Schicksalskette, die ihm der Schöpfer zugedacht hatte.

Die Neuigkeit, dass wir im Kino erwischt worden waren, hatte sich in Windeseile verbreitet. An diesem Montag kam keiner zu spät, alle wollten dabei sein, wenn wir drei, Arai, Jimbron und ich, von Guru Mustar bestraft würden. Üblicherweise versammeln sich alle Schüler und Lehrer einer Oberschule montagmorgens auf dem Schulhof, um die rot-weiße Nationalflagge zu hissen und Weisungen vom Direktor oder einem Regierungsvertreter entgegenzunehmen.

Diesmal endete diese Zeremonie anders als sonst, denn die Teilnehmer gingen nach dem Appell nicht auseinander, sondern durften zusehen, wie Arai, Jimbron und ich mitten auf dem Schulhof die Szenen aus dem Film nachspielten. Das war der erste Teil unserer Strafe. Ich musste die erotisch aufreizende Frau spielen, Jimbron den dicken Glatzkopf und Arai den Pudel.

Es war schrecklich. Ich schämte mich furchtbar und wollte diese Rolle nicht spielen. Doch mir blieb nichts anderes übrig, und genau genommen war die Strafe weniger schlimm, als wenn wir von der Schule geflogen wären. Guru Mustar war der Regisseur, der durch das Megafon seine Anweisungen gab. »Action!«, rief er immer wieder. Die

Zuschauer waren natürlich begeistert. Sie drängten sich nach vorn und amüsierten sich wie verrückt. Arai und Jimbron spielten zu meiner Empörung ihre Rollen mit vollem Einsatz. Arai war sicher darauf aus, bei Zakiah Eindruck zu schinden. Wie im Film verfolgte mich Jimbron und versuchte, mir Gewalt anzutun. Wenn er mich gepackt hatte, bellte Arai als Hund laut auf, wuffff, wuuuffff. Es war schrecklich, und trotzdem musste auch ich mir Mühe geben, denn wenn wir nicht echt genug spielten, verlangte Guru Mustar, die Szene zu wiederholen. Ringsum lachten alle aus vollem Halse, Lehrer wie Schüler.

Der zweite Teil der Strafe bestand darin, das stinkende Klo zu säubern. Jimbron nahm das gelassen hin, schien dabei richtig guter Stimmung zu sein. Das schloss ich aus dem Umstand, dass er sehr flüssig sprach. Der Gestank des verrotteten Abtritts störte ihn offenbar nicht im mindesten. Munter plauderte er drauflos.

»Oh, Pferde aus Libyen«, sagte er, indem er den Eimer umarmte.

»Das sind die besten Pferde! Weißt du warum, Ikal? Weißt du das?«

So ging das die ganze Zeit, ununterbrochen, immer nur über Pferde. Ich hatte mir Mund und Nase mit einem Taschentuch zugebunden, um den stechenden Geruch abzuhalten. Arai schützte sich auf dieselbe Weise.

»Wo... woher sollst du auch etwas über libysche Pferde wissen!«

Ich ärgerte mich schrecklich über die Strafe, aber am meisten über Jimbron, der die Situation geradezu zu genießen schien. Es war abscheulich, er lächelte voller Begeisterung für seine Pferde, während mir die Galle hochkam. Aber ich verabscheute auch Guru Mustar, der uns gnadenlos weitermachen ließ.

»Dein Rang in der Kl... Klasse ist vielleicht hoch, aber über Pferde? Da weißt du ga... gar nichts, Boi!«

Ich schwieg hartnäckig.

»Da weißt du keine Antwort! Gut, wenn es so ist, dann will ich dir erklären, wa... warum libysche Pferde etwas Besonderes sind!«

Das Klo war in entsetzlichem Zustand. Viele der Oberschüler missachteten die Forderungen der Religion, die Sauberkeit verlangt. Und nun mussten wir die Folgen ihrer miesen Moral ertragen.

»Du ... du musst mir dankbar sein, wenn ich dir das Geheimnis der li... libyschen Pferde verrate.«

Ich nahm das Taschentuch ab, mit dem ich mir die Nase verbunden hatte, und holte tief Luft. »Das Geheimnis ist, libysche Pfe... Pferde vertragen große Hitze. Libysche Pferde können sich im Wü... Wüstensand von fünfundvierzig Grad eingraben, fünfundvierzig Grad! Kannst du dir das vorstellen?«

Mir taten die Ohren weh, aber ich sagte nichts.

»Aber noch aufregender sind die kan... kanadischen Pferde. Echt! Das sind viel... vielleicht Tiere! Kanadische Pferde ba... baden im Schnee, bei minus zwanzig Grad! Minus zwanzig Grad!«

Ich hätte ihm am liebsten mit der Scheuerbürste die Zähne geputzt, aber ich beherrschte mich.

»Rennpferde ... geflügelte Pferde ... Dschingis Khans Pferde ... indische Pferde ... Hufeisen.« Jimbron lachte laut heraus.

Zwei Stunden lang hatte ich seine Geschichten über Pferde ertragen, und ich kannte sie ja schon seit Jahren. Mir kochte das Blut.

»Hör aufff! Mir wird schlecht von deinen Pferden! Du bist ja vom Pferdeteufel besessen!«

Jimbron erstarrte. Er konnte nicht glauben, dass ich es war, der ihn so anfuhr, dass aus meinem Mund so harte Worte kamen. Mir tat es sofort leid. Ich wusste ja, dass Jimbron, groß wie ein Schrank, ein schlichter Charakter war und zart besaitet. Er tat keiner Fliege was zuleide und war wegen seines freundlichen und demütigen Wesens noch nie von jemandem grob behandelt worden.

Mein Ausbruch war wie ein Reflex über mich gekommen, unkontrollierbar. Von einer Sekunde auf die andere war mein Zorn ins Unermessliche gestiegen. Mit Schrecken stellte ich fest, dass da ein verborgenes Wesen in mir lebte, das ich überhaupt nicht kannte.

Ich trat auf Jimbron zu. Er bebte noch. Ich fasste ihn an der Hand und führte ihn zur Kantine unserer Schule. Er folgte mir ohne Widerstand. Ich bestellte ihm einen süßen Tee, sein Lieblingsgetränk, verlangte einen extragroßen Becher.

»Verzeih mir, Bron«, bat ich. »Aber es ist wirklich Zeit, dass du aufhörst, immer bloß an Pferde zu denken.«

Jimbron verbarg sein Gesicht in den Händen, dann schaute er auf die Wiese vor der Schule. Er dachte über sich nach, über seine zwanghafte Neigung.

»Sieh doch mal, was haben wir von der Unterhaltung über Pferde? Bösen Streit, verstehst du? Viele verhöhnen dich, machen sich hinter deinem Rücken über dich lustig, in der Kaffeebude, überall – sie sagen, du wärst vom Pferdewahn befallen.«

Jimbron senkte den Kopf. Jedenfalls schämte er sich, weil ihn die Leute auslachten. Er sah ganz nach innen gekehrt aus. An seiner Reaktion glaubte ich zu erkennen, dass er von seinem Pferdewahn geheilt werden wollte. Und ich wollte ihm helfen.

»Mein Lieber, es gibt doch in unserer Welt noch eine Menge anderer Themen, die interessanter sind als immer nur die dummen Pferde.«

Jimbron schaute wieder auf die Wiese vor der Schule und dachte angestrengt nach. Langsam hellte sich sein Gesicht auf. Ich seufzte erleichtert. Zwanghafte Obsessionen können eine Qual sein, schon gar, wenn es um Pferde geht. Es war mir unbegreiflich, wie Jimbron das so lange hatte aushalten können, ohne tatsächlich verrückt zu werden.

Jimbron ergriff meine Hand und schüttelte sie kräftig. Er lächelte mich an, in seinem Blick lag die Freude darüber, die Last der Vergangenheit, den Schatten der Pferde losgeworden zu sein. Ich war stolz auf meinen Erfolg, denn viele hatten bereits versucht, Jimbron zu heilen, waren damit jedoch gescheitert.

»Ikal«, sagte Jimbron leise und geheimnisvoll.

»Ja, Jimbron?«

Ich hätte ihn am liebsten umarmt. Er hielt seinen Mund an mein Ohr und flüsterte: »Habe ich dir schon von den Ponys erzählt?«

14 Es war gegen Ende der Regenzeit, der Zeit des blauen Augenblicks. Arai und ich waren neugierig und wollten das Naturwunder auch einmal erleben. Vor allem wollten wir herausfinden, ob es stimmte, was über den blauen Augenblick und die Liebe gesagt wurde. Als wir zum Strand kamen, herrschte dort bereits lebhaftes Treiben. Sogar von anderen Inseln waren sie gekommen. Manchen konnte man direkt ansehen, dass sie verzweifelt auf die Liebe warteten. Aber es gab auch viele mit Kamera oder Leinwand Ausgerüstete, die den außerordentlichen Augenblick im Bild festhalten wollten. Alle jedoch warteten vergeblich, der Februar verstrich, ohne dass sich der blaue Augenblick ereignete.

Inzwischen zog uns niemand mehr wegen unseres missglückten Ausflugs ins Kino auf, aber ich musste doch jedes Mal, wenn ich über den Schulhof ging, an den Tag denken, an dem uns Guru Mustar gezwungen hatte, die Szenen aus dem Film darzustellen, den wir nicht einmal zu Ende hatten schauen können. Das waren für mich die peinlichsten Momente meines Lebens gewesen. Andererseits betrachtete ich seitdem das Theaterspielen mit anderen Augen. Es ist wahrhaftig einfacher, sich über einen Darsteller zu mokieren, als selbst aufzutreten. Es ist wie beim Fußball. Alle kommentieren das Geschehen und sind besser als Messi, aber wenn sie selbst spielen sollen, versagen sie kläglich. Ich hatte mit einem Mal große Lust, auf der Bühne zu stehen und etwas darzustellen. Merkwürdig, ein Ereignis, das mir maßlos unangenehm gewesen war, gab letztlich den Anstoß zu etwas Schönem und Aufregendem. Ich sah Arai an:

»Arai, ich möchte Schauspieler werden.«

»Ich auch!«, war die Antwort.

Nur leider hatten wir bei uns in der Siedlung kein Theater, keine Theatergruppe, und es kamen auch keine Gastspiele von außerhalb. Unsere Ambitionen landeten erst einmal in der Schublade für Zukunftswünsche.

Zwei Semester hatte ich gut hinter mich gebracht. Die Abschlussprüfungen des dritten Semesters waren beendet. Vor dem Aushang mit den Ergebnissen gab es ein großes Gedränge. Jeder wollte sehen, wie er selbst und die Mitschüler abgeschnitten hatten. Wieder war ich Zweitbester. Salamun war zu gut, als dass ich ihn hätte besiegen können. Er drehte sich zu mir um. Wortlos wies er mit dem Zeigefinger nach oben. Danach mit zwei Fingern nach unten – es war klar, was damit gemeint war.

Den Tag der Zeugnisverleihung nutzte Salamun, um sich auf meine Kosten aufzuspielen.

»Zweiter zu sein ist so gut wie nichts, Boi, was zählt, ist nur der erste Platz«, brüstete sich Salamun, indem er seinen Pokal umarmte. Anscheinend hatte er das ganze Semester nur darauf gewartet, mir bei dieser Gelegenheit seine Arroganz zu zeigen. Die schöne Mutia stand in der Nähe, auch Zuraida und mehrere andere Mädchen, die sich über seine spitze Bemerkung vor Lachen ausschütten wollten.

»Hab ich recht? Solange ich da bin, kannst du nur Zweiter werden. Du bist der geborene Verlierer, haha!«

Ich nahm seine Beleidigungen nicht ernst, ja ich hatte mich allmählich an seine Art gewöhnt.

Aber er ließ nicht locker.

»Wie willst du's denn anstellen? Was willst du machen, um mich vom ersten Platz zu verdrängen?«

Salamuns schwache Stelle waren die Fächer Physik und Chemie, in beiden hatte er Schwierigkeiten. Ich allerdings auch. Trotzdem hatte ich da Chancen, ihn zu schlagen. Außerdem war ich gut in Mathematik, Wirtschaft und Biologie. Salamuns Stärke waren dagegen die Sozialwissenschaften.

»Mathe und Wirtschaft nützen dir gar nichts. Für einen Malaien bietet Mathe sowieso keine Zukunft.«

Woher hatte er nur so abwegige Anschauungen?

»Du kannst die Mathematik doch nicht schlechtmachen, nur weil du in dem Fach schlecht bist! Das ist, als ob du den Spiegel in Stücke schlägst, der dir dein hässliches Gesicht zeigt! Die großen Mathematiker kommen ebenso ins Paradies wie der Erfinder des Aspirins.«

»Was willst du denn mal werden, Ikal?«

»Keine Ahnung, Boi.«

»Leute wie du werden Verwaltungsbeamte bei der Zinngrube.«

Mutia lachte hell auf, auch Zuraida schüttete sich vor Lachen aus. Warte nur, ich nehme dir schon noch deinen Pokal, dachte ich bei mir.

Nach der Zeugnisfeier gingen Salamun und Mutia miteinander weg. Ich musste an A Ling denken. Arai hingegen bemühte sich um Zakiah, die weiterhin nichts von ihm wissen wollte.

Er tat mir oft leid, wenn ihn Zakiah abblitzen ließ. Doch Arai ließ nicht locker, es war eben seine erste Liebe oder besser gesagt seine erste unglückliche Liebe. Ich sagte nichts dazu, denn sonst hätte ich den Vorwurf fürchten müssen: »Ausgerechnet der muss was sagen!« In der vierten Klasse hatte ich mich schließlich Hals über Kopf in A Ling verliebt, und als sie plötzlich Belitong verließ, war ich regelrecht krank gewesen vor Liebesleid. Ich wusste nicht einmal, wo sie sich jetzt aufhielt. Vielleicht hatte sie inzwischen ein Badmintonspieler zur Frau genommen, ein Steuerbeamter oder der Manager eines Restaurants, ein Geschäftsmann oder sonst jemand, und sie musste sich um ihre drei Kinder kümmern, die ständig herumquengelten. Trotzdem konnte ich sie einfach nicht vergessen. Ich wurde die unsinnige Vorstellung nicht los, dass ich sie eines Tages wiedersehen würde.

Wenn Arai mir von seinen wunderbaren Plänen erzählte, mit denen er Zakiah beeindrucken wollte, nickte ich bloß, fühlte mich aber, als läge mir ein Stein im Magen. Trotzdem war ich für alle Dienste zu haben, allerdings brachte ich Arai kein Glück. Den Brief, den ich Zakiah übergeben sollte, nahm sie und zerknüllte ihn kurzerhand, ohne ihn zu lesen, während ich noch neben ihr stand. Arai sagte ich hinterher, sie wäre in Gedanken versunken gewesen, als sie seinen Brief gelesen hätte.

Arai war niemand, der sich leicht entmutigen ließ, und fasste den Plan, Zakiah zum Geburtstag vor ihrem Haus ein Ständchen zu bringen. Ich sollte ihn dabei begleiten.

Arai spielte also vor ihrem Haus auf seiner Gitarre und sang dazu. Es war mal wieder sein Lieblingssong von den Doors, und er sang sich selbst in Feuer. Da konnte ich durchs Fenster sehen, wie im Inneren des Hauses ein Schatten entlanghuschte. Wenig später drang dröhnende Musik aus dem Haus und übertönte Arai mit seiner Gitarre. Er war kein Jim Morrison. Es hörte sich ziemlich schlimm an. Und je lauter er sang, desto lauter kam die Musik aus dem Haus.

Es war an der Zeit, in der Liebe etwas klüger zu werden. Der Rat »Wenn du eine unglückliche Liebe vergessen willst, dann such dir eine neue« gefiel mir. Und es gab ja Zuraida.

Zuraida war nicht schön, gemessen an dem Typ von Frau, der einem in der Werbung für Kosmetik begegnet. Aber sie hatte charmante Grübchen in den Wangen. In ihrer Gegenwart war ich zwar immer etwas nervös, aber ich fühlte mich gleichzeitig auch sehr wohl. Und die Art und Weise, wie sie sich mir gegenüber gab, ließ vermuten, dass es ihr mit mir ähnlich erging. Jedenfalls wollte ich sie näher kennenlernen.

Zuraida war keine besonders gute Schülerin. In Mathe und Physik hatte sie Vieren, und auch sonst sah es in ihrem Zeugnis sehr rot aus. Mir konnte das nur recht sein. Ich ließ einen Versuchsballon los:

»Zuraida, wie lautet der Satz beim gleichschenkeligen Dreieck?«

Sie sah mich ratlos an.

»Oh Boi, das musst du doch wissen. Du bist doch auf der Oberschule. Das lernt man schon in der Mittelschule!«

Sie kräuselte die Stirn.

»Wie machst du das denn im Mathetest?«

»Ich spicke halt.«

Du bist bezaubernd, Zuraida, dachte ich.

Als ich Salamun mittags traf, erzählte er, dass er mit Mutia zum Jahrmarkt wolle.

»Das ist eine gute Idee. Ich nehme Zuraida mit.«

Ich fragte sie also, und sie sagte ja.

Der Jahrmarkt fand immer abends in der ersten Woche des Ramadan statt und dauerte sieben Tage. Straßenhändler in ungeheurer Zahl haben dort ihre Stände und Buden aufgebaut. Nach den durchfasteten Tagen kann man hier essen und trinken, was immer man möchte, es gibt Musik- und Tanzvorführungen, ein Wanderzirkus hat sein Zelt errichtet. Am spannendsten sind der erste und der letzte Abend.

Ich war glücklich darüber, zusammen mit Zuraida über den Jahrmarkt zu schlendern, und schlug in meiner Begeisterung vor, auch am letzten Abend noch einmal gemeinsam dorthin zu gehen. Dabei betonte ich vor allem das Wort gemeinsam. Ihre großen, runden Augen, die so gern zum Heft der Nachbarin wanderten, funkelten hell und vielversprechend.

Je länger wir herumgingen, desto reizender erschien mir Zuraida. Warum war mir ihr strahlendes Lächeln nur früher nie aufgefallen? Es war ein wunderbarer Abend. Ich schielte zu Salamun und Mutia hinüber, die gerade an einer Bude Maiskolben aßen und immerzu lachten. Ich gab es ungern zu, aber auch hier schien mir Salamun einen Schritt voraus zu sein. An diesem Abend machte mir das aber überhaupt nichts aus.

»Zuraida, lass uns doch eine Melone essen!«

Währenddessen waren Salamun und Mutia zu einer Bude gelaufen, wo sie ein Foto von sich machen ließen. Danach kaufte er ihr einen Blumenstrauß.

Zuraida stimmte allen meinen Vorschlägen fröhlich zu, egal ob es die aufregenden Vorführungen der Motorradfahrer an der Steilwand waren oder simples Sackhüpfen. An dem Stand, wo man mit Tennisbällen auf einen Affen wirft, hatte sie besonders viel Spaß und ich hatte mich lange nicht so gelöst gefühlt.

Riesenrad zu fahren war allerdings keine so gute Idee. Als sich das Rad in Bewegung setzte, sah ich Zuraida an, und in diesem Moment verschwamm mir ihr Bild vor den Augen, und sie verwandelte sich in A Ling. Die Erinnerung an jenen magischen Abend, wo ich mit A Ling Riesenrad gefahren war, hatte mich eingeholt. Unsere Kabine schaukelte leicht bei der Drehung, die Lampen funkelten, aber tief in meinem Herzen saß ein Schmerz: die Sehnsucht nach A Ling.

Eine Woche später ging der Jahrmarkt zu Ende. Aber als ich Zuraida traf, musste ich ihr gestehen, dass ich nicht noch einmal mit ihr gemeinsam hingehen konnte, weil mich sonst die Sehnsucht nach A Ling packen würde.

»Du Schuft!«, zischte sie nur.

Am darauffolgenden Tag besuchte ich die Familie von A Ling, um nach ihrer Adresse in Jakarta zu fragen. Ich hatte das schon einmal getan, aber damals hatten sie mir nichts Genaues sagen können oder wollen. Diesmal erfuhr ich immerhin, dass A Ling wahrscheinlich in der Altstadt im Chinesenviertel wohnte, was mir natürlich auch nicht direkt weiterhalf.

15

So versuchte ich die Gedanken an A Ling wieder zu verdrängen und mich mit meiner ganzen Energie der Schule zu widmen. Nach wie vor war ich dankbar, einen Lehrer wie Balia zu haben. Ich nahm jede Gelegenheit wahr, mich mit ihm zu unterhalten. Es gibt Menschen, in deren Gegenwart man größeres Selbstvertrauen gewinnt. Guru Balia war einer von ihnen. Jeden Morgen ging ich mit Freude zur Schule und kehrte zufrieden zurück. Nur so konnte ich die schwere Arbeit am Hafen überhaupt überstehen. Ich hatte mein Gleichgewicht wiedergefunden. Doch dann gab es zwei Ereignisse, die mich auf ganz unterschiedliche Weise erschütterten, das eine eher emotional, das andere ganz existentiell.

Das erste war der plötzliche Tod von Lady Diana. Sie war in unserer Gemeinde außerordentlich populär und wurde sehr verehrt, allen voran von meinem Vater. Als die Nachricht von ihren Unfalltod eintraf, war ich gerade bei meinen Eltern zu Hause. Wir waren alle fassungslos. Die Leute strömten in Scharen zum Gemeindehaus, um dort eine Fernsehsendung über die Einzelheiten des Unglücks zu verfolgen. Unter den Hunderten von Zuschauern waren auch mein Vater und ich. Wir konnten kaum glauben, was wir auf dem Bildschirm zu sehen bekamen. Trotz der vielen Leute, die sich dort eingefunden hatten, war es ganz still. Niemand sprach ein Wort, nur ab und zu hörte man das Schluchzen von Frauen, die dicht gedrängt vor dem kleinen Schwarz-Weiß-Gerät standen. Ihr Traum war gewesen, dass Lady Diana einmal nach Belitong käme, so wie sie arme Gegenden überall in der Welt besucht hatte. Nun, nachdem Lady Diana nicht mehr da war, musste dieser Wunsch ein Traum bleiben. Noch Wochen nach dem Ereignis brachte das lokale Radio Nachrichten und Berichte über Lady Diana, so dass auch in unserer Gemeinde die Trauer über ihren Tod anhielt.

Das zweite unheilvolle Ereignis betraf uns sehr viel direkter. Wenige Monate nach Lady Dianas Tod war es in der Hauptstadt zu starken Spannungen gekommen. Niemand hätte jedoch gedacht, dass 1998 ein entscheidendes Jahr für das Schicksal des indonesischen Staates mit seinen über zweihundert Millionen Einwohnern werden würde, auch wenn Gerüchte von einem bevorstehenden Umsturz bereits seit einiger Zeit kursierten. Die Forderung nach Reformen war unüberhörbar, das Regime der »Neuen Ordnung« geriet immer mehr in Bedrängnis.

Ein Gefühl von Unsicherheit hatte sich im ganzen Land ausgebreitet und auch Belitong erreicht. Für uns war die Lage besonders bedrohlich, da sich nicht nur die Regierung in Jakarta mit Unruhen konfrontiert sah, sondern zur gleichen Zeit der Preis für Zinn auf dem Weltmarkt drastisch verfiel. Wir waren also doppelt geschädigt.

Wie ein Seebeben einen Tsunami zur Folge hat, so folgte dem Preisverfall für Zinn eine Entlassungswelle beim Bergbaubetrieb. Das riesige Unternehmen mit Zehntausenden von Arbeitern und Angestellten stand innerhalb weniger Wochen vor dem Kollaps. Da praktisch alle arbeitsfähigen Einwohner unserer Gemeinde bei der Bergbaufirma tätig waren und Zinn den Kern der Wirtschaft auf Belitong ausmachte, kamen in dem Moment, in dem die Bergbaufirma zusammenbrach, auch alle anderen Aktivitäten zum Erliegen.

Große Firmen kämpften um ihre Existenz, Kleinbetriebe mussten schließen, noch mehr Menschen verloren ihre Arbeit. Die Grundfunktionen des Wirtschaftslebens waren gelähmt. Die Zahl der Schüler, die nicht mehr zur Schule gehen konnten, stieg von Tag zu Tag. Die Leute gingen an die Flüsse zum Angeln und jagten in den Wäldern nach Wild, um etwas zum Essen zu haben. Man lebte wieder wie in grauer Vorzeit. Ich musste an den Ausspruch meines Geschichtslehrers denken: »Die Geschichte wiederholt sich immer wieder.«

Die Demonstrationen der Studenten in Jakarta wurden zunehmend bedrohlich. Das Regime von Präsident Suharto, der seit 1967 herrschte, wankte, und die Unruhen breiteten sich täglich weiter aus. Mitgerissen von dem Ruf nach Reformen, der von Jakarta zu uns herüberdrang, gingen auch die einfachen Arbeiter und Angestellten in Belitong auf die Straße, darunter auch die Belegschaft des Bergbauunternehmens, bei dem mein Vater arbeitete. Sie mahnten ebenfalls Reformen an. Eine ihrer Forderungen war, das Monopol der Zinngewinnung abzuschaffen, damit nicht nur die Staatsfirma davon profitierte.

Anfang Mai 1998 hatte die Krise ihren Höhepunkt erreicht. Jeden Tag fanden riesige Demonstrationen im ganzen Land statt. In Jakarta gab es die ersten Toten. Die Gerüchte überschlugen sich, man sprach sogar von einem unmittelbar bevorstehenden Staatsstreich. Die Lage war hochexplosiv. Die Weltöffentlichkeit blickte auf Indonesien.

An einem jener Tage traf ich vor der Schule Salamun. Ich erschrak. Sonst sah er mich herausfordernd an, wenn er meiner ansichtig wurde, aber dieses Mal blickte er finster drein.

»Mein Vater ist entlassen worden, Boi«, sagte er mit belegter Stimme.

Er war kein Einzelfall. Eine ganze Reihe von Schülern hatten aus finanziellen Gründen die Schule verlassen müssen, um zu arbeiten und ihre Familien zu unterstützen. Salamun kam noch zum Unterricht, aber er saß still da und beteiligte sich kaum.

Am Ende des fünften Semesters gab es eine Zwischenprüfung. Alle waren überrascht, dass der gescheite Salamun zum ersten Mal deutlich zurückgefallen war. Er war nicht einmal mehr unter den zehn Besten. So erschreckend dieser Fall war, so zeigte er gleichzeitig, wie hart die Konkurrenz in der Oberschule war. Die begabten Schüler waren alle auf den ersten Platz aus. Wer auch nur etwas nachlässig war, der blieb zurück. Salamun wurde zum Direktor gerufen, der ihm eine Predigt hielt.

Als er aus dem Direktorat kam, ging ich zu ihm. Er hatte Tränen in den Augen.

»Ich muss sofort nach Hause, Boi«, rief er, ohne mich anzuschauen.

Er rannte einfach weg. Ich sah ihm nach, dann verstand ich plötzlich. Ich folgte ihm. Er ging zum Marktplatz und bog auf den Weg zur Eisfabrik ab. Nun war es klar. Er arbeitete in der Eisfabrik, um anstelle seines Vaters die Existenz seiner Familie zu sichern. Am Tag darauf sprach er mich an:

»Wahrscheinlich ist es das Beste, wenn ich die Schule verlasse, Boi.«

Immer wieder hatte ich in meiner Schulzeit Situationen wie diese erlebt. Es war das klassische Muster. Irgendwann kam auch für die begabtesten malaiischen Kinder der Zeitpunkt, an dem sie ernsthaft zum Lebensunterhalt ihrer Familie beitragen mussten und gezwungen waren, die Schule aufzugeben. Das bittere Los von Lintang stand mir immer noch vor Augen.

»Warum sagst du das? So darfst du nicht reden! Was auch immer geschieht, verlass die Schule nicht!«

Ich konnte keine passenderen Worte finden als Guru Balia mit seinen Ratschlägen.

»Ich glaube, ich werde in der Eisfabrik enden, Boi. Wozu soll ich mir noch den Kopf zerbrechen!«

»Sag das nicht! Das stimmt nicht! Du wirst noch was ganz Besonderes, du wirst Rechtsanwalt, Politiker oder Schriftsteller!«

»Offenbar hast du noch nicht begriffen, was passiert ist. Sieh doch, du kannst so klug sein, wie du willst, dein Schicksal auf der Insel hier ist besiegelt, in den Fabriken oder in den Zinngruben! Sich Hoffnung zu machen, Boi, ist für unsereinen riskant!«

Ich versuchte, Salamun Mut zu machen, aber das Gespräch wollte mir tagelang nicht aus dem Kopf gehen. Ich hatte immer alles gegeben und war trotzdem Salamun unterlegen geblieben. Jetzt hatte die Armut ihn mit einem Schlag aus der Bahn geworfen. Die Armut war auch mir so nahe, dass ich ihren Geruch wahrnehmen konnte, sie packte viele in meiner Umgebung, umschlang sie wie ein Krake. Und wer in ihre Fänge geriet, den ließ sie nicht wieder los. Vermutlich hatte Salamun recht, ich hatte nicht ganz begriffen, was geschehen war.

Als ich am Montag auf dem Heimweg von der Schule an einem Baugeschäft vorbeikam, sah ich einige Jungen, die Zementsäcke schleppten. Sie mühten sich furchtbar ab, die schweren Säcke auf einen Lastwagen zu laden. Mich durchfuhr es, als ich in den Jugendlichen Arai, Jimbron, Salamun – und mich selbst erkannte.

Ich ging weiter und sah vor dem Pfandleihhaus einige Kleinbusse. Wieder erkannte ich uns in den Beifahrern. Wir saßen nachdenklich im Schatten eines Baumes und warteten auf Fahrgäste, die nach Tanjong Pandan wollten. Wenn Leute vorbeikamen, riefen wir das Ziel aus und versuchten, sie zum Einsteigen zu bewegen.

Was ich sah, jagte mir Angst ein. In Panik rannte ich davon. Atemlos kam ich bei unserer Baracke an. Ich guckte aus dem Fenster. Auf dem Platz am Fischmarkt sah ich abermals Arai, Jimbron, Salamun und mich – in zerlumpter Kleidung schleppten wir schwere Säcke mit Mangofrüchten. Unter der großen Last torkelten wir hin und her.

Ich war siebzehn Jahre alt und in der Realität angekommen.

Nun verstand ich, was Salamun gemeint hatte. Ich machte mich mit dem Gedanken vertraut, dass es meine Bestimmung sein konnte, im Hafen zu arbeiten, Hilfskraft in einem Baugeschäft zu werden, Beifahrer in einem Kleinbus oder Träger auf dem Markt. Keine Frage, unsere Zukunftsaussichten beschränkten sich auf irgendwelche niederen Arbeiten.

Die Unsicherheit in der politischen Entwicklung hatte die gesamte Wirtschaft lahmgelegt. Nicht nur größere Schüler mussten die Schule aufgeben und irgendwelche Jobs übernehmen, selbst Kinder halfen jetzt, Kleinlaster zu beladen oder Sand zu transportieren. Das bedeutete für sie zahllose Fahrten am Tag, von morgens bis abends. Danach waren sie völlig mit Staub bedeckt, nur ihre Augen waren noch zu sehen. Wie ihre Lungen aussahen, mochte man sich gar nicht vorstellen. Wer nicht die Kraft hatte, sich der Realität anzupassen, wurde verrückt oder brachte sich um. Viele Menschen hatten die Hoffnung verloren – und ich war drauf und dran, zu ihnen zu gehören.

Immer deutlicher hatte ich das Gefühl, dass alles auf dasselbe hinauslief, ganz gleich, was ich tat. Salamun hatte recht, eine höhere Ausbildung war nichts für unsereinen. Ich hatte mich Illusionen hingegeben. Guru Balia war die Ausnahme, außer ihm war noch nie ein Malaie von Belitong nach der Oberschule zum Studium nach Java gegangen – und dann sogar noch Frankreich! Die Oberschule abzuschließen war in unserer Gesellschaft das Höchste und galt ebenso viel wie anderswo ein Hochschulexamen.

Was meine Zukunft anging, so schien es für mich am vernünftigsten, Gelegenheitsarbeiten im Hafen oder auf dem Markt zu suchen. Wenn das nicht glückte, dann standen noch die Schürflöcher für Zinn offen, die mich mit Haut und Haaren verschlingen würden. Als Kind eines Zinnarbeiters geboren, würde ich mein Leben als Zinnarbeiter verbringen und schließlich in einem Boden voller Zinn verscharrt werden.

Mein ganzes Leben lang hatte ich vermeiden wollen, meinen Vater zu enttäuschen. Denn seine Kindheit war ihm von der Kolonialmacht geraubt, seine Kraft genommen worden. So wollte ich ihm nicht auch noch mit meinen enttäuschten Hoffnungen das Leben schwermachen. Es war besser, gar keine Hoffnungen zu hegen.

Mein Lerneifer nahm abrupt ab, ich konnte nichts dagegen tun. Ich versuchte es zwar immer wieder, aber die Wirklichkeit war stärker. Ich fragte mich, warum ich bisher nicht wahrgenommen hatte, dass ich außer Träumen nichts besaß. Wie hatte ich mich nur durch pure Fantasien verblenden lassen können? Wie hatte ich so verrückt sein können, mir vorzunehmen, die Lage meiner Gemeinde zu verbessern?

Meine Wunschvorstellungen hatten mir bisher die Kraft gegeben, jeden Morgen um zwei Uhr aufzustehen und zu arbeiten, um zur Schule gehen zu können. In Wirklichkeit hatten die Träume meine müden Glieder nur betrogen, hatten mich benebelt, so dass ich mein schweres Leben nicht wahrnahm.

Ich wollte mir nichts mehr vormachen. Ich setzte mir dasselbe Ziel wie Salamun, nämlich einfach die Oberschule abzuschließen, denn dazu war es nicht nötig, sich übermäßig anzustrengen. Die Nachtarbeit gab ich auf. Ich fing an, regelmäßig die Schule zu schwänzen, und nutzte die Zeit dazu, tagsüber gemeinsam mit ehemaligen Mitschülern im Hafen zu arbeiten und Gelegenheitsjobs zu übernehmen. Das Geld, das ich dafür bekam, war jedenfalls realer als eine gute Note in der Schule.

Wozu Mathematik lernen, wenn doch meine Chancen sehr einfach vorauszusagen waren? Ich würde jeden Tag die anderen Hilfsarbeiter auf dem Markt oder im Hafen treffen. Wozu Geometrie lernen, wenn meine Baracke mit den Wänden aus Blech in dem heruntergekommenen Hafengebiet nur zwei mal zwei Meter groß war? Wozu sollte ich Sprachen lernen, wenn ich meinen Wortschatz im Hafen nicht gebrauchen konnte? Wozu Physik lernen, wenn doch klar war, dass ich Säcke mit Zinnsand schulterte, die mehr Gewicht hatten als ich selbst? Träume, die man erzählte, dienten nur dazu, dass Gott etwas zum Lachen hatte.

Die Schule war mir gleichgültig geworden, ich hatte keine Lust mehr, nach Schulbüchern zu greifen. Natürlich fiel ich zurück. Auf einmal verstand ich die Formeln in Mathe und Physik nicht mehr, die der Lehrer vortrug. So etwas war früher nie vorgekommen. Wegen der vielen verpassten Stunden waren meine Ergebnisse in der Semesterprüfung miserabel. Ich fiel vom zweiten Platz auf den sechsunddreißigsten zurück. Salamun endete auf Platz zweiundvierzig.

Der Direktor zitierte mich zu sich.

»Es ist eine Schande! Es bleibt nur noch ein Semester! Der Brief mit der Einladung ist bereits an deinen Vater rausgegangen. Darin steht dein Rang, Platz sechsunddreißig! Kannst du dir vorstellen, wie deinem Vater jetzt zumute ist?«

Als das Wort Vater fiel, spürte ich ein Schwert im Nacken.

»Ich wette, dein Vater wird nicht kommen, um dein Zeugnis entgegenzunehmen! Wozu soll er sich das antun, wenn ihn sein eigener Sohn blamiert? An seiner Stelle käme ich jedenfalls nicht!«

Mir wurden die Knie weich.

»Weißt du, dass ich deinen Vater nach seinen Erwartungen gefragt habe? Er meinte, du solltest die besten Schulen besuchen. Er hofft, dass du ein Stipendium bekommst wie Guru Balia, im Ausland studierst. Das ist der Wunsch deines Vaters, wenn du es wissen willst!«

Ich war erschrocken und erstarrte. Niemals zuvor hatte mein Vater gesagt, dass er solche Hoffnungen für mich hegte.

»Dein Vater, Ikal, kommt immer mit seinem besten Hemd zur Zeugnisfeier, nur deinetwegen!«

Ich wollte in der Erde versinken.

16 Nie ist mir eine Nacht so lang vorgekommen wie die vor der Zeugnisfeier für das fünfte Semester. Die Worte des Direktors ließen mich nicht los. Die Zeit wollte nicht vergehen. Ob mein Vater morgen kommen würde, um mein Zeugnis entgegenzunehmen? Ich ärgerte mich über mich selbst und konnte keine Sekunde Schlaf finden.

Am nächsten Morgen wartete ich unter dem Bungur-Baum vor der Schule auf meinen Vater, hatte jedoch nur wenig Hoffnung, dass er tatsächlich kommen würde. Ich konnte gut verstehen, dass er keine Lust haben würde, vor Tagesanbruch aufzubrechen und dreißig Kilometer über Berge und schattenlose Ebenen zu fahren. Und das alles bloß, um sich in der Aula der Oberschule von seinem eigenen Sohn blamieren zu lassen.

Es ging bereits auf Mittag zu. Nervös beobachtete ich die Eltern der anderen Schüler, die in Scharen zur Aula strebten. Mein Blick war auf die Straße vor dem Schultor fixiert. Es war an jedem Semesterende dasselbe. Jedes Mal klopfte mir das Herz, wenn ich den alten Mann auf seinem Fahrrad ankommen sah und er kräftiger in die Pedale trat, sobald er mich sah. Aber jetzt war immer noch nichts von ihm zu sehen. Gleich würde die Feier beginnen.

Ich wandte mich gerade niedergeschlagen um, da sah ich aus dem Augenwinkel das bekannte Blitzen: die frisch geputzte Fahrradlampe. Tatsächlich, er war gekommen. Diesmal würde er zwar auf Platz sechsunddreißig sitzen, doch sonst würde alles ablaufen wie in den vorhergehenden Semestern. Ich konnte meinem Vater nicht antworten, als er mich begrüßte. Er lächelte und klopfte mir auf die Schulter.

Nach seiner kurzen Rede rief der Direktor wie üblich die Namen der Eltern der Reihe nach auf. Dieses Mal mussten wir warten. Als mein Vater schließlich aufgerufen wurde, klatschte niemand mehr Beifall. Die Leute fragten sich nur, was denn mit mir los sei.

Als mein Vater nach der Zeugnisverteilung hinausging, trat er lächelnd zu mir. Sein Blick war genauso stolz wie früher, als ich noch den zweiten Platz erreicht hatte. Er sagte nichts weiter, aber es war klar, was auch immer geschehen mochte, ich war ein Held für ihn. Seine Zuversicht machte mich verlegen.

Er machte sich auf den Heimweg. Mir blutete das Herz, als ich sah, wie er mit seinem steifen Bein auf dem Fahrrad davonuhr. Er überquerte den Schulhof, gelangte auf die Hauptstraße und verschwand in der Ferne. Arai kam zu mir.

»Bist du jetzt zufrieden?«

»Wie kann ich denn zufrieden sein?«

»Was ist nur mit dir los, Ikal? Wo sind deine Träume, wo ist dein Optimismus geblieben? Wir besitzen nichts anderes als unsere Träume, denk daran!«

Ich schwieg.

»Ohne unsere Träume wären wir schon tot, Boi. Vielleicht werden wir nach der Oberschule nur einfache Arbeiter, aber hier, in der Schule, werden wir doch unser späteres Schicksal nicht vorwegnehmen! Wir zeigen uns hier von unserer besten Seite! Und wir werden um die Welt fahren, auf der besten Universität studieren! Was auch immer passieren mag!«

Arais Worte berührten mich stark, und mit einem Mal begriff ich die große Hoffnung, die mein Vater in seinem Herzen trug, er, der immer schwieg und noch nie etwas von mir verlangt hatte, ich spürte sie mit allen Fasern meines Körpers. Ich warf einen Blick auf den Schulhof und auf die Hauptstraße, die sich viele Kilometer bis zu uns hinzog. Mich packte das Verlangen, meinem Vater zu folgen. Ich stand auf und lief los.

Über den Schulhof, die Hauptstraße entlang, vorbei an den Büros und den Geschäften. Weiter an der langen Reihe von Wohnhäusern vorbei. Ich kam an den Stadtrand von Manggar. Dahinter gab es keine Häuser mehr, nur noch Sand und Baggerseen.

Ich war vielleicht schon vier Kilometer gelaufen, aber noch immer war mein Vater nicht zu sehen. Ich wurde langsam müde, aber ich hielt durch.

Ich kam auf die Landstraße, rechts und links nichts als dichtes Alang-Alang-Gras, das sich im Wind wiegte und in der Sonne glänzte. Weit vor mir nahm ich einen Punkt wahr, das musste mein Vater sein. Mir taten die Füße weh, aber ich lief nun schneller, weil ich ihn sah. Das Fahrrad schwankte ab und zu, denn er konnte mit seinen steifen Fingern die Lenkstange nicht richtig festhalten. Bei der Brücke über den Linggang konnte ich ihn endlich erreichen. Er erschrak etwas und – lächelte.

»Ikal!«, rief er.

Ich löste ihn ab und ließ ihn hinten sitzen. Er hielt mich an der Hüfte fest. Mein schweigsamer Vater, o wie ich ihn liebte! Der Ostwind wehte uns Kühlung zu, als wir über die Brücke fuhren. Unter uns floss der Linggang ruhig dahin, dunkel und tief, dessen Quelle die bewegende Geschichte der Malaien bewahrte, in dessen Nebenflüssen geheimnisvolle Kräfte strömten. Der Klang des Wassers erschien mir wie ein stiller Gesang.

17

Von alten Leuten in den Kaffeebuden hatte ich gehört, mein Vater sei früher ein großer Sportler gewesen. Selbst hatte er mir nie davon erzählt. Doch tatsächlich, obwohl sein linkes Bein und die Finger seiner Hand steif waren, hatte er – genau betrachtet – einen athletischen Körper. Auch in seinem Auftreten war etwas durchaus Sportliches. Und Fairness schätzte er sehr hoch. Ich stellte mir vor, dass es sein Traum gewesen war, ein berühmter Sportler zu werden, doch dann hatten seine Verletzungen es ihm unmöglich gemacht, dieses Ziel zu erreichen. Ihm zu Ehren wollte ich mich nun als Sportler hervortun. Ich wollte etwas erreichen, was meinem Vater versagt geblieben war. Er sollte mich einmal bei einem Wettkampf im Finale erleben – oder doch wenigstens im Halbfinale. Er sollte erleben, wie ich langjährige Meister besiegte und zu wichtigen Wettkämpfen und Turnieren nach Jakarta geschickt würde, die der Präsident eröffnete. Unser Name würde genannt werden, wenn ich einen Pokal erhielt, in Interviews würde ich darauf hinweisen, dass er es gewesen sei, der mich inspiriert habe.

»Dein Vater war ein hervorragender Linksaußen im Fußball«, erzählte mir ein alter Nachbar. Seitdem konnte ich verstehen, warum mein Vater, wenn er eine Fußballreportage im Radio hörte, oft das linke Bein bewegte, so als ob er ein Tor schießen oder einen Gegner täuschen wollte. Ich fasste den Entschluss, selbst ein Linksaußen zu werden.

Das ließ sich eventuell bewerkstelligen, da ich ja Guru Mutasi als Sportlehrer hatte. Seine Feststellung, ich sähe von hinten aus wie ein talentierter Fußballspieler, machte mir Mut.

»Du siehst dem großen englischen Spieler Kevin Keegan sehr ähnlich«, meinte er. In der Mannschaft unseres Viertels scheiterte ich jedoch bei der Besetzung der Linksaußen-Position, denn die anderen konnten schneller rennen als ich und auch besser schießen. Guru Mutasi war enttäuscht.

»Nein«, sagte er seufzend, »von Kevin Keegan ist bei dir nichts da, Ikal.«

Ich senkte betreten den Kopf.

»Du ähnelst ihm wirklich nur von hinten.«

Ich gab nicht gleich auf, sondern versuchte mich in anderen Sportarten. Aber alles sah immer nur in der Fantasie gut aus. Im realen Wettkampf verlor ich immer. Bei der Tischtennismeisterschaft unserer Siedlung ging ich gegen einen Drittklässler ein. Beim Badmintonturnier schlug mich ein Pensionär aus der Fabrik. Der Trainer des Basketballklubs wies mich von vornherein ab, da ich nicht groß genug war. Dasselbe passierte mir beim Volleyball.

18 So wurde es nichts mit dem Pokal für meinen Vater.

»Ich glaube, Sport ist nicht deine Stärke, Boi«, sagte Arai zu mir. Das zu hören war bitter für mich, aber es war die Wahrheit, und er wollte nicht, dass ich noch weitere Niederlagen erlebte.

»Vielleicht würde sich dein Vater freuen, wenn du ein Künstler würdest oder ein Schriftsteller! Es gibt doch bald diesen Lyrik-Wettbewerb. Warum machst du da nicht mit?«

Warum war ich da nicht selbst draufgekommen? Ich wusste doch, dass mein Vater bis spät in die Nacht im Radio Volkstheater hörte. Wenn Musik kam, wiegte er den Kopf hin und her. Bei Lesungen legte er meistens sein Netz aus der Hand und hörte still zu, wie Dichter oder Radiosprecher Verse vortrugen. Obwohl er nicht lesen konnte, folgte er gern Sendungen über Literatur.

Arai hatte recht, mein Vater liebte Kunst, Theater und Literatur. Es wäre bestimmt eine wunderbare Überraschung für ihn, wenn ich Sieger in einem Lyrik-Wettbewerb würde. Auch wenn der Pokal vielleicht nur kleiner wäre.

»Aber die Gedichte müssen von dir selbst verfasst sein«, meinte Arai.

Ganz abgesehen von den verliebten Versen für A Ling hatte ich regelmäßig Gedichte geschrieben und auch mit Erfolg vor der Klasse vorgetragen, das schreckte mich also nicht. Ich hatte Gedichte über Wolken geschrieben, über die Jahreszeiten, über die Händler auf dem Markt, über das Vieh im Schlachthaus, über Sonnenauf- und -untergänge, über den Linggang und über Blumengärten.

Motiviert wie ich war, verfasste ich unter der Akazie vor unserem Haus das Gedicht für den Wettbewerb.

Am festgesetzten Tag begab ich mich ins Versammlungshaus der Arbeiter, wo das Ganze stattfinden sollte. Meinen Eltern erzählte ich nichts davon, denn ich wollte meinen Vater mit einer Siegestrophäe überraschen. Offenbar hatte das Organisationskomitee genug von den langweiligen Veranstaltungen früherer Jahre, zu denen nur wenige Zuhörer gekommen waren. Noch nie hatten Bergarbeiter, die schließlich die Mehrheit in unserer Siedlung ausmachten, an einer der Lesungen teilgenommen. Das wollte das Komitee ändern. Man hatte sich ausgedacht, dass die Pausen zwischen den einzelnen Rezitationen durch das sehr populäre Orkes Melayu, das malaiische Orchester, ausgefüllt werden sollten.

Wir – die etwa fünfzehn teilnehmenden Schüler – wurden erst unmittelbar vor Beginn über diese Neuerung informiert.

»Man nennt das ›Musikalisierung der Poesie‹. Habt ihr davon schon gehört, Bois?«

»Nein, noch nie.«

»Musik und Poesie sollen miteinander verbunden werden. In den großen Städten wird das schon länger so praktiziert, aber hier bei uns zum ersten Mal.

Was die Erweiterung des Publikums anging, schien die Strategie voll aufzugehen. Menschen strömten in Scharen aus den verschiedenen Teilen unserer Siedlung herbei. Das Versammlungshaus war binnen kurzem voll besetzt. Kleine Kinder, die auch dabei sein wollten, bei dem Andrang aber keinen Platz mehr fanden, wurden kurzerhand von ihren Eltern auf die Schultern gehoben. Wer keinen Platz mehr fand, musste am Rand stehen oder sich auf den Fußboden setzen. Die lärmende Menge hatte sich bis an die Bühnenkante vorgeschoben. Es war ganz offensichtlich, dass die allermeisten nicht zum Poesie-Wettbewerb gekommen waren, sondern um den Auftritt der Musiker zu erleben, die zu jener Zeit als »Orkes Melayu am Fischmarkt links« Furore machten. Von Poesie verstand das Publikum nichts, und es wollte davon auch nichts wissen. Gedichte waren etwas für Gebildete, und sie hielten sich für ungebildet.

Uns Wettbewerbsteilnehmern war angst und bange geworden. Wer Gedichte vorträgt, gehört meist eher zu den scheuen Menschen in dieser Welt, denen, die nicht an Massenansammlungen gewöhnt sind und auch keine Überraschungen mögen. Die riesige Menge von Zuhörern sorgte dafür, dass wir schreckliches Lampenfieber bekamen.

Voller Ungeduld wartete die Menge auf den Auftritt des Orkes Melayu. Rufe nach Musik wurden laut. Nach denen, die Gedichte vortragen wollten, rief niemand. Die Moderatorin stieg auf die Bühne.

»Gut, liebe Zuhörer, wir rufen den ersten Wettbewerbsteilnehmer zur Rezitation auf.«

Da erhob sich ein Proteststurm und alles ging im Chaos unter. Der erste Teilnehmer war ein Schüler von der Schule der Bergwerksgesellschaft. Als sein Name aufgerufen wurde, nahm er Hals über Kopf Reißaus durch die Hintertür, statt auf die Bühne zu kommen. Durch die offene Tür konnten wir noch sehen, wie er auf seinem Fahrrad davonfuhr, als wäre der Teufel hinter ihm her. Andere aus der Gruppe machten es ihm nach und liefen davon.

Die Moderatorin rief nacheinander weitere Teilnehmer auf, aber keiner von ihnen ließ sich blicken. Als das Publikum merkte, dass niemand den Mut hatten, vor einer so unbeherrschten Menschenmenge aufzutreten, verlangten die Leute, man solle den Poesiewettbewerb abbrechen und stattdessen endlich das Orkes Melayu auftreten lassen.

Von den anfangs fünfzehn Teilnehmern waren nur noch vier übrig, ich hatte die Nummer dreizehn.

Der Schüler mit der Nummer sechs bestand darauf, aufzutreten. Als er auf die Bühne trat, schrien ihn die Zuhörer an, er solle verschwinden. Er konnte einem leidtun. Die Moderatorin reichte ihm das Mikrofon, das er mit zitternder Hand ergriff. Ein Akkordeonspieler begann eine Melodie zu spielen, um die Lesung zu begleiten. Der Schüler stutzte und blickte den Akkordeonspieler befremdet an. Niemand hatte uns zuvor erklärt, dass auch diese Begleitung zur zeitgemäßen Musikalisierung der Poesie gehörte!

Dieses Missverständnis ließ die Zuhörer noch wilder werden. Der Schüler gab der Moderatorin das Mikrofon zurück und verließ die Bühne mehr laufend als gehend.

Die Teilnehmer Nummer sieben und neun kamen bei der Rezitation ihrer Gedichte völlig aus dem Konzept, weil die Zuhörer sie auslachten und mehrfach aufforderten zu verschwinden. Das aufgebrachte Publikum war der Meinung, dass der Vortrag von Gedichten ihnen nur die Zeit raubte, die Musik des Orkes Melayu zu genießen und dazu zu tanzen. Dieser Abend war für alle Vortragenden ein Desaster.

Ich kam als Letzter an die Reihe. Die Moderatorin reichte mir das Mikrofon. Die Zuhörer riefen, ich solle mich von der Bühne scheren. Als die Moderatorin sah, wie mir die Hände zitterten, wollte sie mir das Mikrofon wieder wegnehmen, aus Angst, es könnte herunterfallen und kaputtgehen. Doch ich weigerte mich und wollte es nicht loslassen. Die Menge lachte tosend über das verrückte Gerangel. Endlich gelang es der Moderatorin, das Mikrofon zurückzuerobern.

»Es ist das Beste, du trittst ab, Boi. Die Unruhe ist zu groß«, flüsterte sie mir ins Ohr. Ich rührte mich nicht vom Fleck.

»Boi! Hast du nicht verstanden?! Geh! Du blamierst uns nur!«

Ich blickte der Moderatorin fest ins Auge.

»Nein! Ich denke nicht daran!«

»Willst du wirklich noch dein Gedicht vortragen?«

»Natürlich!«

Die Moderatorin wandte sich an die Zuhörer.

»Entschuldigung, liebe Zuhörer, Ikal besteht darauf, sein Gedicht vorzutragen, sagt er, egal was passiert! Wie heißt dein Gedicht, Boi?«

»›Mein Vater …‹«, wollte ich antworten, aber vor Lampenfieber blieben mir die Worte im Hals stecken.

»Wie bitte?«

»›Mein Vater, meine Sonne‹.«

»Also, liebe Zuhörer, Ikal möchte jetzt sein Gedicht ›Mein Vater, meine Sonne‹ vortragen. Sind die Musiker bereit?«

Der Titel versetzte die Zuhörer abermals in Lachkrämpfe. Ein Geiger und ein Trommler machten sich bereit, mich zu begleiten.

Die Moderatorin hielt mir das Mikrofon vor den Mund. Ich wollte es selbst halten, aber das ließ sie nicht zu, und so stand sie neben mir wie ein Bauer neben seinem kalbenden Rind.

Was soll ich sagen, es war ein Fiasko. Ich kam über die beiden ersten Verse meines Gedichtes nicht hinaus. Geiger und Trommler spielten penetrant aneinander vorbei, und mein Kopf war wie leergefegt. Die Zuhörer hörten nicht auf zu lachen, und je lauter sie johlten, desto lauter spielten die Musiker.

Meine Stimme ging zwischen den schrillen Tönen der Geige, dem Trommelwirbel und den Rufen der Zuhörer unter und erhob sich wieder daraus. Ich nahm meine ganze verbliebene Kraft zusammen und wollte mit vollem Einsatz mein Gedicht zu Ende bringen, aber aus meinem Mund kam nur ein heiseres Bellen.

Die Moderatorin entriss mir das Mikrofon. Ich war außerstande mich zu bewegen, meine Beine schlotterten. Die Menge wurde immer aggressiver, ich wollte weg, aber ich konnte nicht. Da sprang plötzlich jemand auf die Bühne, kam näher und legte mir den Arm um die Schultern.

»Komm, wir gehen, Boi!«, sagte er.

Erst nach einigen Sekunden bemerkte ich, es war Arai, der mir half. Er lächelte mir aufmunternd zu.

Wir gingen zu Fuß nach Hause. Es war fast Mitternacht, alles lag still da. Wieder sollte der heilige Monat Ramadan beginnen. Unsere Moslemgemeinde hatte schon überall auf den Veranden, auf den Zaunpfählen oder am Straßenrand Öllämpchen aufgestellt. Diese Sitte heißt bei uns »Likur«. Der Schein der Lämpchen soll den Engeln den Weg zeigen, wenn sie zur Erde herabsteigen. Die Leute glauben, dass im heiligen Monat Ramadan die Engel oft auf die Erde kommen.

Der Schein der Öllämpchen bildete eine lange Linie, die sich von Haus zu Haus zog. Likur leuchtete uns auf dem Weg heim, der sonst total dunkel ist. Niemand war zu sehen, und es war ganz still, nur mein Herz klopfte noch laut, und das Geschrei der Menge hallte in meinen Ohren nach. Und doch hatte ich das Gefühl, als ob jedes einzelne klei ne Licht mir zulächelte und mich wie einen Helden empfing. Ich vernahm ihren Beifall und das reichte, um meine Zuversicht zu stärken. Ich würde niemals aufhören, für meinen Vater zu kämpfen, obwohl die Welt davon nichts wusste, ja selbst er nicht. Ich war der einsamste Held der Welt.

Als wir an unserem Haus ankamen, öffnete ich vorsichtig die Haustür. Im Wohnzimmer schlief mein Vater ohne Kissen auf einer Pandanusmatte, das versehrte linke Bein gekrümmt, die Hand mit den steifen Fingern an die Brust gepresst. Durch die Spalten in der Holzwand konnte ich die drei Likur-Flämmchen auf der Veranda sehen, die im Wind flackerten. Ich setzte mich neben meinen schlafenden Vater auf den Fußboden und erklärte ihm, dass ich eines Tages einen Pokal für ihn nach Hause bringen würde, und sollte es auch nur ein kleiner sein.

19

Ironischerweise beschloss das Komitee, mir den ersten Preis zu verleihen. Und zwar dafür, dass ich als einziger der Teilnehmer trotz der Angriffe durch die Zuhörer meine Rezitation zu Ende gebracht hatte. So schnell kann ein Preis für Poesie zur Tapferkeitsmedaille werden!

Dem misslungenen Auftritt lange nachzuhängen und meine Wunden zu lecken, blieb mir keine Zeit, viel zu gespannt verfolgte ich die rasanten politischen Entwicklungen: Nachdem die Unruhen überall im Land seit Mai 1998 zugenommen hatten, war das Regime der *Orde Baru*, der »Neuen Ordnung«, nun nach zweiunddreißig Jahren am Ende.

Indonesien erlebte eine Ära der Reformen, und deren Ergebnisse kamen der Bevölkerung auf Belitong zugute. Das Monopol für die Zinngewinnung wurde per Gesetz abgeschafft. Das war ein bedeutender Einschnitt in der Geschichte der Insel. Fast dreihundert Jahre lang war der Zinnbergbau monopolisiert gewesen, erst durch die Kolonialmacht, dann durch indonesische Staatsbetriebe. Während dieser Zeit war jeder Verstoß dagegen als subversives Vergehen geahndet worden. Wer sich schuldig machte, konnte auf der Stelle erschossen werden. Das hatten alle verinnerlicht, und es gab niemanden, der sich darüber aufgeregt hätte.

Mit der Aufhebung des Monopols zog der Zinnpreis auf dem Weltmarkt mächtig an. Es war ein unerwarteter Segen, der die Atmosphäre der Resignation und Niedergeschlagenheit bei uns schlagartig veränderte. Die Zinnminen wurden erneut zum Lebensnerv der Insel, nur dass nun auch wir, die Söhne und Töchter von Belitong, die Chance haben würden, vom natürlichen Reichtum unserer Insel zu profitieren.

In den Kaffeebuden stieß man gemeinsam an:

»Es lebe die *Reformasi*!«

Einige Monate nach dem Sturz der *Orde Baru* wurden Landratswahlen abgehalten, um die Vertreter des alten Regimes abzulösen. Zum ersten Mal wurden die Landräte auf demokratische Weise bestimmt.

»Jeder kann jetzt Landrat werden, ja sogar Gouverneur«, meinte ein Gast in einer Kaffeebude. Niemand wollte ihm glauben, denn seit Jahrzehnten wurden die Gouverneure vom Präsidenten bestimmt, die Landräte vom Gouverneur, manchmal auch von der Frau des Gouverneurs – und der Präsident ernannte sich selbst.

»Das ist die wahre Demokratie, Freunde. Da hat die Mehrheit das Sagen. Wenn dich alle unterstützen, kannst du Gouverneur werden, auch wenn du vielleicht nur ein einfacher Zinnschürfer bist!«

»Soll das heißen, ich kann auch Gouverneur werden?«, fragte Arsyad, ein Müllsammler vom Markt.

»Wenn du alle für dich gewinnst, dann ja, Arsyad.«

Demokratie? Ich hätte nicht sagen können, wer von allen, die hier in der Kaffeebude zusammenstanden, überhaupt wusste, was dieser Begriff bedeutete. Gelegentlich war das Wort im Radio oder Fernsehen zu hören gewesen. Jetzt aber, im Jahr 1999, erreichte die Demokratie, die schon das Schicksal vieler Völker auf dieser Erde verändert hatte, tatsächlich auch unsere Gemeinde.

Mit großer Mehrheit der Stimmen wurde bei uns ein Landrat gewählt, ein junger Mann von großer Tatkraft. Er hatte zwar nur die Mittelschule absolviert, war jedoch sehr beliebt und hatte eine Menge frischer Ideen.

Eine davon betraf die Viehzucht. Er schlug vor, dass sich unsere Bevölkerung, die über viele Generationen immer nur in der Zinngewinnung gearbeitet hatte, der Viehzucht zuwenden sollte, da der Abbau von Zinn zu sehr vom Weltpreis für dieses Metall abhängig sei und der Schutz der Umwelt heutzutage immer wichtiger werde.

»Wir besitzen ausgedehnte Weiden, ein günstiges Klima und viele Baggerseen. Das sind sehr günstige Voraussetzungen für Viehzucht. In vielen Ländern sichert die Viehzucht der Bevölkerung ihren Lebensunterhalt. Viehzucht ist die Basis der Demokratie.«

Das war kein leeres Gerede. Der Landrat ließ Fachleute kommen und beschaffte Rinder und Ziegen aus Java. Das Aufregende aber war, dass er auch Pferde importieren wollte!

»Hört gut zu, Leute, der Landwirtschaftsminister hat zugestimmt: Wir bekommen acht australische Pferde aus Tasmanien!«

Als ich das mitkriegte, stieg ein unerwartetes Glücksgefühl in mir auf, so lange hatte uns Jimbron mit seinem Pferdewahn drangsaliert, dass auch mir Pferde nicht mehr gleichgültig waren, und ich malte mir aus, wie diese Nachricht auf meinen verrückten Freund wirken würde. »Jimbron, hast du schon gehört?«

»Was soll ich gehört haben, Boi?«, fragte er lächelnd zurück.

Ich wollte es spannend machen und sagte geheimnisvoll:

»Unser Landrat hat etwas für unsere Gemeinde bestellt.«

»Was denn?«

»Acht Stück!«

»Wovon?«

»Acht Pferde!«

Er erstarrte. Auf Belitong bewirkt das Zinn im Boden eine erhöhte Frequenz von Blitzschlägen, und oft sind davon Menschen betroffen. Hätte ich es nicht besser gewusst, ich hätte wirklich geglaubt, ein Blitz sei in Jimbron gefahren, er sah genauso aus wie jener Mann, der kürzlich auf einer Kokospalme vom Blitz überrascht wurde. Die Arme ließen sich nicht mehr geradebiegen, als man ihn barg. Er musste so begraben werden, in der Haltung eines Dirigenten in voller Aktion.

Jimbron kam wieder zu sich und drehte sich ein paarmal um die eigene Achse.

»A... a... a...«

Er konnte den Satz nicht herausbringen, so erregt war er. Ich ahnte, was er sagen wollte: »Aber du erzählst mir doch keine Märchen?!«

»Nein, Boi, das ist kein Märchen!«

»Viel... viell...«

»Nein, ich habe mich nicht verhört. Es sind keine Kamele, keine Rinder und auch keine Esel, sondern Pferde, wie im Film!«

»Ka... kann man ...«

»Natürlich kannst du das glauben. Der Landrat selbst hat es gesagt, in der Kaffeebude Solider. Ich habe es selbst gehört. Pferde sind Teil der neuen Demokratie, Boi.«

»We... wel...«

»Welche Farbe, das weiß ich nicht, aber sicher ist auch ein Schimmel dabei. Sie kommen in zwei Wochen. Australische Pferde aus Tasmanien. Dann kann dein Pferdewahn geheilt werden, denn dann kannst du sie sehen und anfassen, Boi!«

Die Nachricht von der bevorstehenden Ankunft der Pferde verbreitete sich wie ein Lauffeuer. Nicht nur Jimbron war aus dem Häuschen. In den Kaffeebuden, im Gemeindehaus, auf dem Markt, in den Moscheen und Schulen, in den Büros und Ämtern – überall sprach man über die Pferde. Noch nie hatte jemand in unserer Gegend ein leibhaftiges Pferd gesehen. Auf Belitong gab es noch nicht einmal Esel. In keiner der alten malaiischen Überlieferungen wurden Pferde erwähnt. Pferde waren einfach nicht Teil unserer Kultur, sondern fremdartige Wesen aus fernen Ländern.

Auf Jimbron schien die Nachricht nach der ersten Euphorie geradezu verstörend zu wirken. Er verstummte vollkommen, arbeitete härter als sonst, ging später zu Bett. Vor dem Einschlafen war er unruhig, wälzte sich hin und her. Und nachts redete er im Schlaf. Oft ging er fort, ohne zu sagen, wohin. Wenn er zurückkam, schaute er uns an, als würde er uns nicht kennen.

Ich bereute, dass ich ihm von den Pferden erzählt hatte. Er hätte es doch auch von jemand anderem erfahren können. Ich machte mir Sorgen, die Nachricht könnte sich als Ente erweisen. Sollten die Pferde nicht kommen, hätte ich mir Jimbron für den Rest meines Lebens zum Feind gemacht und schlimmer noch, vielleicht würde er ein neues Trauma davontragen. Mein sanftmütiger Freund war der empfindlichste Mensch, den ich kannte, und was Pferde anging, verstand er keinen Spaß.

In meiner Begeisterung hatte ich ausgerechnet von einem Schimmel gesprochen, dem Pferd, das Jimbrons Obsession überhaupt ausgelöst hatte. Mit jedem weiteren Tag wuchs meine Nervosität. Ich verfluchte meine Schwatzsucht und fragte mich, was ich tun sollte, wenn nichts aus dem Pferdetransport würde.

20

Ich konnte mich nicht erinnern, dass je so viel Optimismus auf unserer Insel, ja im ganzen Land geherrscht hatte wie in dieser Phase des ökonomischen und politischen Aufbruchs. Gerade noch rechtzeitig vor der anstehenden Abschlussprüfung nahm ich die Schule wieder wichtig, weil ich erneut an eine Zukunft jenseits des Zinnbergbaus glauben konnte. Mich packte der Tatendrang, aber auch ein Erschrecken darüber, wie leicht ich mich hatte aus der Bahn werfen lassen. In was für einen Strudel war ich da geraten! Ich schämte mich dafür, wie rasch ich über Bord geworfen hatte, wofür meine Lehrer sich so unermüdlich einsetzten: uns klarzumachen, dass es möglich war, den Kreis der Armut zu durchbrechen, dass Bildung uns die Welt eröffnen würde. Ich nahm mir vor, mich nie wieder von widrigen äußeren Umständen derart demoralisieren zu lassen. Meine neue Lebensregel lautete: Das Beste aus der Situation machen, in der man sich befindet. Das erschien mir realistisch. Ich verbannte den Pessimismus aus meinem Leben. Ich hatte erlebt, wie gefährlich es sein konnte, sich einer düsteren Sicht auf die Welt hinzugeben, sich selbst aufzugeben, und ich wusste, dass die Menschen mit zunehmendem Alter oft an Zuversicht verlieren, sich nur noch Sorgen machen und die Dinge für schwieriger halten, als sie sind. Ich aber wollte nun wieder Träume haben, wie Arai. Arai, der auch in diesen harten Zeiten nie seinen Glauben an uns verloren hatte und immer sagte: »Träume nur, der Herr wird deine Träume in seine Arme nehmen.«

Auch für Salamun wirkten sich die neuen Verhältnisse auf unserer Insel positiv aus, er konnte sich wieder ganz auf die Schule konzentrieren. Wir beide wussten, dass uns nicht viel Zeit blieb bis zur Abschlussprüfung, und stürzten uns, jeder den anderen fest im Blick behaltend, in die Arbeit, um die Versäumnisse des vergangenen Semesters wettzumachen. Im Unterschied zu früher war ich jedoch jetzt davon überzeugt, ihn schlagen zu können. Seine Schwächen waren Physik und Chemie. Daher konzentrierte ich mich vor allem auf diese beiden Fächer. Bei der Vorbereitung auf die Prüfung wurde er regelmäßig nervös, wenn ich eine Aufgabe an der Tafel lösen konnte, während er nicht damit zurechtkam. Diese Momente genoss ich sehr und fühlte, wie meine Position von Tag zu Tag stärker wurde. Ich war mir sicher, Salamun versuchte vergeblich, mich einzuholen.

Am Montagmorgen nach dem Examen betrat ich lässig und gutgelaunt die Schule und sah nach den Ergebnissen der Prüfung. Erster war Salamun, Zweiter ich.

Ich atmete tief durch. Und dann dachte ich an Lintang, meinen geliebten Freund aus der Schule der Regenbogentruppe, dessen Geist so viel heller gestrahlt hatte als Salamuns und meiner zusammengenommen, Lintang, der magere Fischerjunge mit dem krausen Schopf und den leuchtenden Augen, der nie die Oberschule hatte besuchen dürfen, weil er anstelle seines verstorbenen Vaters die Familie ernähren musste. Und da machte ich meinen Frieden. Das hier, egal ob als Bester oder als Zweitbester, hatte ich auch für Lintang geschafft.

Dann kam der langersehnte Tag, an dem wir unsere Abschlusszeugnisse bekommen sollten. Ich kann gar nicht beschreiben, wie ich mich fühlte, als ich die Urkunde aus der Hand meines Vaters bekam, es war ein so tiefes und zugleich so leichtes Glück, es füllte mich vollständig aus und ließ mich regelrecht schweben. Arai und ich umarmten uns immer wieder, liefen auf den Schulhof und brüllten unsere Freude in den Himmel. Wir scherten uns nicht um die vielen anderen Leute.

»Hurra! Ich habe die Oberschule geschafft!« Wir rannten im Kreis herum wie kleine Kinder, die ihren Drachen steigen lassen und schwenkten unsere Abschlusszeugnisse. Leute, die uns sahen, klatschten Beifall und lachten. Es war ein großer Tag nicht nur für mich, für Arai und meinen Vater, sondern auch für alle, die uns kannten.

21

Wie es in Jimbron aussah, konnte ich nur mutmaßen, fest stand, dass nicht nur er, sondern ganz Manggar, ja ganz Belitong dem Augenblick entgegenfieberte, da die Pferde geliefert werden sollten. In seiner Ansprache auf dem Gemeindeplatz bekräftigte der Landrat, die Ankunft der Pferde sei ein historisches Ereignis, durch das eine Lanze für die Demokratie gebrochen werde. Das Publikum klatschte lebhaft Beifall und ließ Pferde und Demokratie hochleben. Beides war uns bisher fremd gewesen und wir freuten uns darauf, beides näher kennenzulernen.

Ich fühlte mich unglaublich erleichtert, denn ich hatte die ganze Zeit befürchtet, dass Jimbrons Hoffnung enttäuscht werden könnte. Nun aber war klar: Die Bintang Laut Selatan, der »Stern der Südsee«, die die Pferde beförderte, würde, direkt aus Tasmanien kommend, planmäßig am Samstagnachmittag um vier Uhr im Hafen anlegen.

Schon lange vorher hatte sich eine beträchtliche Menge von Schaulustigen eingefunden, die nun am Quai wartete. Ganze Familien waren gekommen, es herrschte Volksfeststimmung. Für den Landrat und seine Frau sowie für Regierungsvertreter von außerhalb war eigens ein Zelt aufgebaut worden, damit sie vor der Sonne geschützt waren.

Als die Flagge der Bintang Laut Selatan am Ende der Halbinsel auftauchte, klatschten Tausende von Wartenden begeistert in die Hände und pfiffen laut. Sie konnten es nicht erwarten, Tiere, die sie nur aus Büchern oder aus dem Fernsehen kannten, in natura zu sehen.

Ein spezieller Anlegesteg war eingerichtet worden. Das war keine leichte Arbeit gewesen, aber gerechtfertigt angesichts der Bedeutung des Ereignisses. Jimbron hatte bereits um acht Uhr morgens Stellung bezogen, lange vor allen anderen. Er hatte die ganze Nacht kein Auge zumachen können, um keinen Preis wollte er auch nur einen Augenblick des spannenden Schauspiels verpassen, wenn die Pferde ausgeladen würden.

Als das Schiff anlegte, drängten die Neugierigen an den Rand des Quais, und die Fotografen zückten ihre Kameras. Das Ordnungspersonal, das vorsorglich abgestellt worden war, damit das Ganze nicht im Chaos endete, hatte große Mühe, die Menge zurückzudrängen, die sich vor dem Zelt des Landrats zusammengeballt hatte und ihm die Sicht nahm. Durch ein Megafon drang der Appell an alle, Vernunft anzunehmen und den Quai freizugeben.

Leute von der Schiffsbesatzung vertäuten das Schiff an der maßgeschneiderten Anlegestelle. Jede noch so kleine Bewegung des Schiffs wurde von der Menge mit Beifall bedacht, und als der Kapitän auf der Brücke erschien, empfing man ihn mit anerkennenden Pfiffen. Die

Sonnenstrahlen spiegelten sich im Meer und bildeten ein gleißendes, orangerotes Band vom Hafen bis zum Horizont.

Die Tür zum Laderaum des Schiffs ging auf. Alle Augen wandten sich dorthin. Doch drinnen war es dunkel, noch war nichts zu sehen. Niemand wagte mehr zu sprechen. Jimbron hielt der Anspannung kaum noch stand und war vor Aufregung hinter einer Asphalttonne abgetaucht. Plötzlich war kurz ein schwarzer Schatten zu sehen. Dann vernahm man aus dem Dunkel heraus ein schweres Schnauben, wie von einem Löwen, gefolgt von einem Krachen auf dem Deck, das allmählich in ein hartes Schlagen überging, wie wenn Metall auf Metall trifft. Mir dröhnten die Ohren. Die Leute erschraken, und die ganz vorn Stehenden wichen einen Schritt zurück. Da sprang ein riesiges schwarzes Tier aus der Tür. Alle schrien entsetzt auf, Kinder plärrten.

Dort stand er nun also, ein Rappe, tiefschwarz glänzend, wie frisch gefirnisstes Mahagoniholz, mit funkelnden Augen, so groß wie Mangofrüchte. Das Tier drehte sich ein wenig zur Seite, so stolz, schön und mächtig anzusehen, dass es dafür gar keine Worte gab. Seine Beine waren stark und fest wie Säulen. Es blickte wild und kühn, doch voll Würde.

Ich hatte es mir überhaupt nicht vorstellen können, aber dieses australische Pferd war unheimlich groß, fast so groß wie ein Elefant und ebenso ehrfurchtgebietend. Und in dem Augenblick, wo es den Kopf schüttelte, so dass seine Mähne flatterte, verstand ich plötzlich Jimbrons Leidenschaft für Pferde. Jimbron hatte inzwischen mehrmals aus seinem Versteck hinter den Asphalttonnen hervorgelugt und war wieder verschwunden, wie ein Maulwurf, der sich versichert, dass die Luft rein ist. Instinktiv schützte er sich vor der Macht der eigenen Gefühle, doch schließlich konnte er sich nicht mehr zurückhalten und genoss hingerissen den Anblick des wunderbaren Tiers.

Nun erschien ein kräftig gebauter Weißer mit einem Cowboyhut, der dem Rappen beruhigend zuredete. Die Zuschauer applaudierten.

Als weitere, braune Pferde in der Tür erschienen, erhoben sich neue Beifallsstürme.

Die Tiere folgten dem Cowboy in einer Reihe, wie Models auf dem Laufsteg. Aber es waren nur sieben, und es hätten doch acht sein müssen. Da ertönten aus der Menge aufgeregte Rufe: »Oh, ein weißes Pferd!«

Ein Schimmel! Ein bildschöner weißer Hengst. Sein Fell schimmerte silbrig, die lange Mähne wehte im Wind. Er tänzelte mit kleinen Schritten und Sprüngen, stellte sich vor den Neugierigen zur Schau, die jeder seiner Bewegungen gebannt folgten. Sein Körper war wie von einem Bildhauer gefertigt, der ihm die Ausstrahlung eines mutigen und kühnen Tieres gegeben hatte, das schneller war als der Wind. Ich sah zu Jimbron hinüber. Ich konnte mir vorstellen, wie die Gefühle sich bei ihm gerade überschlugen. Immer wieder wischte er sich die Augen. Er dachte an seinen Vater, den er nicht hatte retten können.

Der Schimmel schien zu lächeln. Er zwinkerte mit den Augen und kokettierte mit seinen schönen Wimpern, wie Tänzerinnen es tun. Kleine Kinder schrien, weil sie ihn sehen wollten. Jungen, die von ihren Müttern oder Schwestern herumgetragen wurden, weinten und wollten auf die Erde gesetzt werden.

Es war wie ein bedeutsamer Staatsbesuch. Acht große glänzende Pferde schritten in einer Reihe über den Landungssteg zum Quai. Die Sonne spiegelte sich auf ihren Rücken. Nur zu gern hätte ich sie berührt. Sie rochen nach Wind, Sonne, Regen, sie hatten den süßen Duft der Freiheit mitgebracht.

Für Arai und mich wurde es ernst. Schon lange hatten wir gemeinsam einen Plan gefasst: Wenn wir die Oberschule abgeschlossen hätten, würden wir nach Jakarta fahren, um dort unsere Träume zu verwirklichen. Ich wusste, dass sich das auch mein Vater insgeheim wünschte. Als ich ihm unser Vorhaben eröffnete, schwieg er, doch wir verstanden einander auch wortlos. Er war überglücklich, doch auch etwas besorgt.

Er sah mich lange an. Ich wusste, was in ihm vorging. Er dachte an seinen eigenen Vater, der von den Holländern gefangen genommen worden und im Gefängnis umgekommen war.

»Hab keine Angst, Vater. Clevere Jungen wie wir lassen sich nicht einsperren. Wir sind doch frei. Es gibt keine Kolonialmacht mehr. Indonesien ist schon seit fünfzig Jahren unabhängig. Ich werde die beste Ausbildung bekommen und mit einem Stipendium ins Ausland gehen wie Guru Balia. Ich werde eine der berühmten Universitäten besuchen. Du brauchst dir keine Sorgen zu machen, niemand wird mich ins Gefängnis werfen.«

Die Augen meines Vaters wurden feucht.

22

Der Gedanke an Jakarta machte mich nervös, und ich glaube, Arai ging es genauso. Noch nie hatten wir unsere Insel verlassen. In Jakarta kannten wir niemanden, mal abgesehen von ein paar Dangdut-Sängern, die uns regelmäßig auf Reklameplakaten für Dieselmotoren, Insektenvertilgungsmittel oder Fertignudeln begegneten.

Jakarta, das hieß zwanzig Millionen Einwohner. Eine gigantische Stadt, die viele Träume wecken, diese aber gleichzeitig auch erbarmungslos zunichtemachen konnte. Es gibt den Ausspruch, Jakarta sei grausamer als eine Stiefmutter. Ich denke, das ist unfair – gegenüber Stiefmüttern. Die Überfahrt konnten wir uns nur leisten, indem wir den Viehtransporter nahmen. Die Fahrt war gratis, dafür würden wir während der fünf Tage kochen und das Deck scheuern müssen. Das Schiff hieß Monalisa. Der Kapitän, den wir beide gut kannten, hatte es so genannt, weil er ein großer Verehrer von Nat King Cole war. Er hatte sich sogar einen Haarschnitt wie der berühmte Sänger zugelegt.

An einem Samstagnachmittag im September war es so weit. Meine Familie und die Angehörigen der Schiffsmannschaft versammelten sich am Hafen. Ich verabschiedete mich von allen und küsste meiner Mutter die Hand. Die einen waren traurig, die anderen freuten sich darüber, dass ich in eine verheißungsvolle Zukunft aufbrach. Mein Vater überreichte mir ein Päckchen, das in Zeitungspapier eingewickelt war. Jimbron gab Arai und mir jeweils eine Spardose in Form eines Pferdes mit. Die Münzen darin waren sein Erspartes. Wir wiesen das Geschenk mit Entschiedenheit zurück, er bestand jedoch darauf, dass wir es mitnähmen. Er wollte uns etwas Gutes tun, hatte es aber nicht über sich gebracht, die Spardosen zu zerhauen. Er hatte die Absicht, seine Ausbildung abzubrechen, um sich bei dem neuen staatlichen Pferdehof zu bewerben.

Dann ging alles ganz schnell, ein Mann der Besatzung brüllte etwas, und die Leute entfernten sich von der Anlegestelle. Nur mein Vater nicht. Er trat noch einmal zu mir, sah nach rechts und links, um sich zu versichern, dass niemand in der Nähe war. Seine Ohren wackelten. Ich kannte dieses Zeichen: Er wollte etwas fragen.

»Boi, darf dich dein Vater etwas fragen?«

»Aber sicher!«

»Stimmt es, dass sich Lady Diana in Prinz Charles verliebt hat, weil er so gut Gitarre spielt?«

Ich war sprachlos. Nicht bloß wegen der erstaunlichen Frage, sondern weil er seit Monaten nicht so viele Worte auf einmal gesprochen hatte. Ich musste lachen, unterdrückte es aber, denn meinem Vater war es ernst.

»Vielleicht kannst du das in Jakarta herausfinden, falls du nicht zu beschäftigt bist, vielleicht weiß es jemand dort, und verzeih deinem Vater, dass er dir Umstände macht.«

»Ist schon in Ordnung, Vater, ich werde mich darum kümmern.«

Ich sah ihm in die Augen, die seine ganze Unschuld offenbarten. Der Mann von vorhin rief abermals, dass das Schiff abfahrbereit sei.

»Vielleicht solltest du auch in Jakarta Gitarre spielen lernen, Boi.«

»Ich werd's versuchen.«

Mein Vater umarmte Arai und mich fest, lächelte breit. Er kämpfte mit seiner Rührung.

Wir nahmen unsere schweren Koffer und gingen – die Sparbüchsen von Jimbron unterm Arm – zum Landesteg. Mein Vater kam hinterher. Bevor ich den Steg betrat, wandte ich mich um.

»Woher hast du das Gerücht, dass Prinz Charles so gut Gitarre spielen kann?«

Mein Vater drehte sich nach links und nach rechts um und flüsterte mir ins Ohr:

»Ratgeber Weh.«

Das Schiffshorn ertönte, und die Möwen antworteten darauf mit schrillen Schreien. Langsam legte die Monalisa ab. Die Zurückbleibenden winkten. Mein Vater stand bewegungslos am Quai. Ich musste mich gegen den Gedanken wehren, dass ich schon bald Sehnsucht nach ihm empfinden würde. Doch je weiter wir uns entfernten, desto größer wurde das Gefühl der Leere in mir.

Das Schiff nahm langsam Fahrt auf. Feuerrot stand die Sonne am Horizont. Der Kiel des Schiffes teilte das ruhig dahinfließende Wasser des Linggang. Der Fluss, an dem wir Malaien gewöhnlich unser Glück suchen, brachte mich nun nach Jakarta, damit ich es dort finden sollte.

Ich betrachtete meine kleine Insel Belitong. Es war das erste Mal, dass ich sie verließ. Sie hatte die Welt für mich bedeutet: Familie, Freunde, Lehrer, erste Liebe, meine Tränen und mein Lachen, alle Träume, die ich in meinem Herzen hegte. Der Mangrovenwald zog sich endlos dahin. Makaken turnten in den Ästen. Hinter dem Mangrovenwald erstreckte sich die Alangsteppe, das Paradies der Muskatfinken, dahinter dichtes Gebüsch mit schmalen Pfaden, Stelzenhäuser, Zwerghirsche, Sternfrüchte, Teiche mit Brackwasser, vorzeitliche Felsen, die jahrhundertelang jeder Witterung standgehalten hatten. Belitong, wann werde ich dich wiedersehen?

Erst jetzt wurde der große Schiffsmotor angeworfen. Das Wasser sprudelte und schäumte unter den Stößen der riesigen Schrauben. Auf diesem Viehtransporter ließ ich meine Kindheit hinter mir und bewegte mich der Zukunft entgegen. Ich fühlte mich mit einem Mal sehr einsam. Ich holte das Päckchen hervor, das mir mein Vater mitgegeben hatte, und setzte mich auf eine Bank an Deck. Als ich es öffnete, kam das Safarihemd zum Vorschein, auf das er so stolz war. Ich nahm es und atmete den Duft der Pandanusblätter ein. Ich liebte meinen Vater mehr als alles auf der Welt.

Fünf Tage lang schaukelten wir auf den Wellen, die der scharfe Monsunwind mit sich führte. Mitten im Getöse der anbrandenden Wogen drangen Fetzen der Melodie von »Mona Lisa« von der Brücke her an unsere Ohren. Der Kapitän pfiff gutgelaunt sein Lieblingslied, obwohl der heftige Sturm seine Nat-King-Cole-Frisur zerstörte.

Arai und mir setzte die Seekrankheit zu, was nicht hieß, das wir nicht trotzdem unsere Arbeit an Deck und in der Küche zu leisten hatten. Um sieben Uhr abends legten wir an der Reede von Sunda Kelapa, dem alten Hafen von Jakarta, an. Gemeinsam mit den Rindern gingen wir an Land.

»Seid bloß vorsichtig in Jakarta, Bois!«, rief uns der Kapitän vom Bug aus nach. »Haltet euch an Orte, wo es hell ist und wo viele Leute sind. Wenn es euch in Jakarta nicht gefällt, kommt einfach wieder hierher. Jeden September legen wir hier an, dann könnt ihr wieder nach Belitong zurückfahren.«

Wir zogen los. Vor unseren staunenden Augen lag die längste Straße, die ich je gesehen hatte. Zu ihren beiden Seiten erhoben sich endlose Reihen himmelhoher Gebäude. Mich beschlich die Angst. Diese gigantische Stadt war für mich etwas völlig Fremdartiges. Ob sich Jakarta wohl auf unsere Seite schlagen würde?

Wir nahmen unsere schweren Koffer und machten uns auf den Weg. In einer verkommenen Siedlung unweit eines Bahnhofs fanden wir Unterkunft. Mit dem wenigen Geld, das wir besaßen, konnten wir uns keine bessere Bleibe leisten. Die Hütte, die eher ein Verschlag war, lag nur zwei Meter von den Gleisen entfernt. Jede halbe Stunde donnerte ein Zug vorbei, vollgestopft mit Menschen, Tag und Nacht.

Unser Plan sah vor, dass wir zunächst Arbeit finden mussten, um uns über Wasser zu halten. Man hatte uns allerdings schon gewarnt, dass die Arbeitssuche in Jakarta etwa so schwierig sei wie das Finden einer Nadel in einem Strohhaufen. Und auch das erwies sich noch als untertrieben. In Wirklichkeit war es die Suche nach einer schwarzen Katze in einer dunklen Kammer, in der es gar keine Katzen gab.

An den Schaufenstern der Läden, an Fabriktoren, Baustellen, Restaurants, selbst an Verkaufsbuden – überall stand: *Keine freien Stellen*. Doch ich hatte Glück. In einer Seilfabrik fand ich nach langer Suche Arbeit und lernte über die dauernden Scherze unter den Arbeitern zu lachen: Beeilt euch, die Lebensmüden brauchen Stricke! Arai bekam eine Stelle in einer Fabrik für Feuerwerkskörper. Eine äußerst gefährliche Beschäftigung, doch Arai hatte keine Wahl.

Wir störten uns nicht daran, dass unsere Arbeit wenig einbrachte, das waren wir von den Hafenarbeiten in Manggar gewohnt. Unser Sinn war einzig und allein darauf gerichtet, unser Ziel zu erreichen. Bevor wir am Abend erschöpft auf unsere Matten sanken, dachten Arai und ich immer an unsere abgegriffene Weltkarte und die kühne Acht, die Arai für Jimbron und mich damals in die Luft gezeichnet hatte: Erst nach Paris und dann um die ganze Welt. Es war viel passiert seit jenen Tagen, aber unser Ziel stand immer noch fest: Wir würden an einer der berühmten Universitäten Europas studieren und die Welt kennenlernen. Was immer auch passieren mochte, dieses Ziel wollte ich erreichen, für mich selbst, aber auch für meinen Vater. Sobald wir etwas Fuß gefasst hatten in unserem neuen Leben, machten wir uns daran, uns für ein Stipendium zu bewerben.

23

Beim ersten Test, an dem wir teilnahmen, ging es um ein Stipendium für Queensland, Australien. Das war zwar nicht Europa, aber spätestens seit der Ankunft der acht Pferde hatten wir Sympathie für diesen Kontinent. Den schriftlichen Teil bestanden wir beide anstandslos. Das war für den Anfang eine unglaublich ermutigende Erfahrung, und ich hatte das Gefühl, es könne nun nichts mehr schiefgehen. Bei der schriftlichen Prüfung hatten wir mit Erschrecken festgestellt, wie groß die Konkurrenz war. Es herrschte ein Andrang wie bei einem Rock-Konzert, und von den tausend Bewerbern wurden nur zwanzig zum abschließenden Bewerbungsgespräch zugelassen. Dass wir zu dieser kleinen Gruppe der zwanzig Erwählten gehörten, ließ uns übermütig werden. Von den zwanzig sollten zwölf ausgewählt werden. Unsere Chancen lagen also bei über fünfzig Prozent! Arai und ich würden nach Guru Balia die ersten Malaien von Belitong sein, die ein Auslandsstipendium erhielten.

Interview, so wurde das Bewerbungsgespräch genannt – was für ein aufregendes Wort! Hört es sich nicht sehr modern an? Nach etwas für Gebildete und Belesene? Ich liebte das Wort Interview, es ließ mich an Herren mit Krawatte, an Blazer tragende Damen und an Koffer mit Zahlenschloss denken.

Die Interviews wurden in einem Regierungsgebäude abgehalten. Für die Kandidaten gab es zwei lange Bänke, die einander gegenüber standen. Ich sah mir die Gesichter meiner Konkurrenten einzeln an und betrachtete dann den Raum. Unvermittelt tauchte in meiner Erinnerung ein ähnlicher Raum auf, der hinter einer Bühne lag. Jedes Mal, wenn ein Kandidat aufgerufen wurde, bekam ich Herzklopfen, und es lief mir kalt den Rücken hinunter. Das hatte nur wenig mit der Klimaanlage zu tun, an die ich nicht gewöhnt war.

Ich weiß nicht, was dann mit mir geschah. Mein Name wurde aufgerufen von einer Stimme, die sich anhörte wie die der Moderatorin, die mich damals bei dem Poesie-Wettbewerb ans Mikrofon gebeten hatte.

Ich klopfte an die Tür. Es hieß, ich solle eintreten. Ich drückte die Klinke herunter, und in dem Augenblick, wo ich die Tür öffnete, befand ich mich in einem Albtraum. Das Geschrei der großen Menschenmenge empfing mich, die verlangte, ich solle von der Bühne verschwinden. Ich blieb auf der Türschwelle stehen und wurde gebeten, auf einem Stuhl vor dem Interviewer Platz zu nehmen. Ich wollte der Aufforderung nachkommen, aber meine Beine waren auf einmal entsetzlich schwer, und die Entfernung zu dem Stuhl schien unüberwindlich. Doch ich erreichte ihn schließlich. Allerdings musste ich sofort den Kopf senken, weil sich das Gesicht des Befragers in Hunderte von Augenpaaren verwandelte, in eine Masse, die nur darauf lauerte, dass ich einen Fehler beginge, um dann hämisch loszugrölen. Meine Beine fingen an zu schlottern. Ich bemühte mich, sie ruhig zu halten, aber je mehr ich das versuchte, desto heftiger wurde das Schlottern.

Die Fragen des Interviewers drangen kaum an mein Ohr. Manchmal waren sie zu laut, dann wieder zu leise. Mir brach der kalte Schweiß aus. Meine Aufmerksamkeit pendelte zwischen dem Versuch, die Fragen zu verstehen und zu beantworten, und der vergeblichen Bemühung, meine Beine unter Kontrolle zu bringen.

»Verzeihung, könnten Sie die Frage noch einmal wiederholen?«

Meine Stimme war sehr schwach. Einmal blieb ich vor Nervosität mitten im Satz stecken. Wenn der Prüfer nicht von sich aus aufgehört hätte zu fragen, wäre ich in Panik verfallen. Das Gespräch war zu Ende, bevor es noch richtig angefangen hatte. Ich durfte wieder gehen.

Das verpatzte Interview wollte mir auf dem Heimweg nicht aus dem Kopf gehen. Die Erinnerung an die Demütigung im Versammlungshaus der Arbeiter vor drei Jahren, als ich noch in die Oberschule ging, hatte ich bisher erfolgreich verdrängt, aber heute war sie wieder erwacht und hatte sich aufs unangenehmste bemerkbar gemacht.

Diesen Test jedenfalls konnte ich vergessen, und Arai war auch durchgefallen. Wir fassten uns an die Stirn, denn wir waren nur einen Schritt davon entfernt gewesen, unsere Reise in die Welt anzutreten.

Wenig später traf Arai das nächste Unglück. Die Fabrik für Feuerwerkskörper flog in die Luft und erschütterte ganz Jakarta mit der gewaltigen Explosion. Damit hatte er seinen Arbeitsplatz eingebüßt.

Über Wochen suchte er nach einer anderen Stelle, ohne Erfolg. Fast hätte er eine Anstellung als Verkäufer für Haushaltswaren gefunden, scheiterte jedoch auch hier am Bewerbungsgespräch. Vermutlich lag es an seinem Auftreten. In den Zeitungsanzeigen wurde bei Bewerbern stets als Erstes einwandfreies Auftreten verlangt, was auch immer das heißen mochte.

Arai war also arbeitslos, wollte jedoch nicht von mir abhängig sein, zumal mein Lohn aus der Seilfabrik nicht reichte, um zwei Menschen zu ernähren. Nach langen Diskussionen und gemeinsamen Überlegungen entschloss er sich, nach Kalimantan zu gehen. Ein Bekannter von uns aus Belitong hatte ihm dort eine Stelle in Aussicht gestellt. Arai versprach, sobald es möglich war, nach Jakarta zurückzukommen. Unsere Träume durften nicht sterben.

24

Nach Arais Abreise setzte ich meine Bemühungen um ein Stipendium allein fort. Beim Sprachtest für Englisch und beim Test für Master-Studiengänge kam ich immer gut weg, erzielte Ergebnisse, die über dem Durchschnitt der anderen Teilnehmer lagen. An den Bewerbungsgesprächen dagegen scheiterte ich regelmäßig. Jedes Mal, wenn ich in einer solchen Befragung saß, suchte mich die Erinnerung an jenen katastrophalen Wettbewerb heim. Alle, denen ich das erzählte, meinten, das sei doch völlig unnötig, ich solle mich da nicht hineinsteigern. Und dasselbe sagte ich mir auch selbst. Ich wollte diesem Komplex rational beikommen, aber nicht alles, was man in seiner Seele trägt, gehorcht der Logik. Ich ärgerte mich über mich selbst, doch je wütender ich wurde, desto nervöser wurde ich.

Wenn bei der Ausschreibung eines Tests ein Interview erwähnt war, erfasste mich ein seltsames Fieber. Das ging so weit, dass mich manchmal schon vor der Informationstafel ein Zittern befiel.

Mir war klargeworden, dass ein Trauma eine schreckliche Kraft besitzen kann. Es ist wie ein böser Geist, der sich in der Tiefe eines Menschen verborgen hält und, ohne dass man ihn gerufen hätte, jederzeit hervorbrechen kann. Mein böser Geist war unberechenbar und so hielt ich Ausschau nach Ausschreibungen ohne Bewerbungsgespräch. So etwas gab es zwar, allerdings nur, wenn man vorhatte, Wasserpumpen zu reparieren oder Parkwächter zu werden.

Bei einem Gespräch für ein Stipendium trafen meine schlotternden Beine das Tischbein vor mir, und der Interviewer konnte nicht schnell genug sein Kaffeeglas retten. Ich fiel nicht nur durch, sondern musste mich auch noch anschreien lassen.

Nachdem ich achtmal durchgefallen war, jedes Mal im mündlichen Teil der Prüfung, hatte ich allen Mut verloren. Dazu kam, dass die Seilfabrik, bei der ich arbeitete, gezwungen war, ihre Produktionskosten zu senken, weil die Konkurrenten billiger waren. Arbeitsplätze mussten eingespart werden, und das traf natürlich vor allem die Neueingestellten, also Leute wie mich.

Verzweifelt suchte ich nach einer neuen Arbeit, bewarb mich an unzähligen Orten, klapperte Geschäfte und Fabriken ab, von morgens bis abends, immer mit meinem Oberschulzeugnis unter dem Arm und immer erfolglos.

Als mein Geld aufgebraucht war und ich mein Zimmer nicht mehr bezahlen konnte, musste ich ausziehen. Ich nahm meinen Koffer und die beiden Spardosen von Jimbron, die ich auf keinen Fall plündern wollte, was immer auch geschehen mochte.

So wurde ich einer der Obdachlosen, die an den Bahngleisen lebten. Nachts schliefen wir in abgestellten Waggons, und ich erlebte Dinge, die ich bislang nur aus Filmen kannte. Betrunkene, die herumirrten und sich handgreiflich stritten, florierenden Schwarzmarkthandel und Dealerei. Gelegentlich fiel ein Schuss. Ich sah Frauen, die für ein paar

Bissen Essen alles taten, was man von ihnen verlangte. Nachdem ich die erste Furcht des Novizen überwunden hatte, konnte ich mich vor allem nicht genug darüber wundern, wie viele von denen, die abends die Bahnhöfe bevölkerten und in leer stehenden Waggons übernachteten, Menschen mit guter Ausbildung waren. Gleich mir suchten sie irgendeine Arbeit. Manche fristeten ihr Leben schon seit Jahren als Stadtstreicher. Sie lebten von Almosen, die sie als Straßenmusiker bekamen, oder hatten sich ganz aufs Betteln verlegt. Das war Jakarta. Die Obdachlosen waren ein nicht geringer Teil der zwanzig Millionen Einwohner der Hauptstadt.

Irgendwann hatte ich keine andere Wahl, ich war gezwungen, die beiden Spardosen von Jimbron zu zerhauen. Ich schlug sie auf die Schienen, die Münzen regneten auf das Gleis. Ich nahm das Geld und begab mich erneut auf Arbeitssuche quer durch die Stadt. Als ich schon kaum mehr damit rechnete, fand ich eine Stelle in einem Elektro-Kiosk am Ufer des Ciliwung. Der Besitzer war ein gütiger alter Mann. Wahrscheinlich nahm er mich aus Mitleid, denn er brauchte nicht unbedingt einen weiteren Gehilfen. Vielleicht hatte mir ja auch Jimbrons Spardose Glück gebracht. Ich musste ab jetzt Anker für Dynamos wickeln. Mit dieser Aufgabe waren außer mir zwei Männer mittleren Alters betraut.

Der eine war Junggeselle, ein merkwürdiger Tüftler, der ganz offensichtlich sein Glück darin gefunden hatte, Anker um Anker zu wickeln. Der andere bot das abschreckende Beispiel eines Menschen, der leidenschaftslos seiner Arbeit nachgeht und sich außerhalb seines kleinen Alltags für nichts mehr interessiert. Ihm war ganz entgangen, dass Suharto nicht mehr unser Präsident war.

Die Arbeit war nicht einfach, denn man musste stundenlang konzentriert dasitzen und mit großer Sorgfalt den feinen Draht um den Anker wickeln. Wenn die Zahl der Wicklungen nicht stimmte, dann änderte sich die statische Energie, und das ganze Magnetfeld, die Kinetik und Motorik funktionierten nicht. Natürlich hätte ich nach

Belitong heimkehren können, hätte Fahrräder reparieren, mich beim Kino als Kartenabreißer verdingen können, hätte als Bedienung in einer Kaffeebude, als Verkäufer in irgendeinem Laden, als Schreiber im Gemeindeamt tätig sein können. Aber ich wollte das nicht. Ich wollte mein Leben nicht an mir vorbeirauschen sehen, ich wollte es selbst gestalten. Ich wollte weiterkommen, Dinge entdecken, wenn der Weg auch vielleicht bitter wäre und Tränen kosten würde. Es gab vieles, was ich der Welt bieten konnte, und noch lächelte mir die Welt zu.

So war ich dem alten Mann unendlich dankbar, dass er mich in seinem Laden aufgenommen und mir beigebracht hatte, wie man Anker wickelt. Ich versuchte, das Beste aus der eintönigen Beschäftigung zu machen. Dynamos waren Stromgeneratoren, an ihrer Entwicklung hatte Nikola Tesla, der geniale Erfinder und Elektroingenieur, einen erheblichen Anteil gehabt. Wenn ich an ihn dachte, fiel mir die Arbeit leichter, und die Tage vergingen rascher. Nicht zuletzt rettete mich meine Beschäftigung vor dem elenden Dasein als Stadtstreicher, das ich fast zwei Monate lang mitgemacht hatte. Ich biss die Zähne zusammen und perfektionierte meine Wickeltechnik.

25

Nachdem ich wieder einmal mehrere Bewerbungsschreiben abgeschickt hatte, erhielt ich die Einladung zu einem Test für eine Universität in der Schweiz. Ich nahm daran teil, und während ich noch auf das Ergebnis wartete, erreichte mich die Aufforderung zu einem weiteren Test für ein Stipendium in Hamburg. In mir flammte neue Hoffnung auf.

In Hamburg konnte man zwischen verschiedenen Fächern wählen. Ich entschied mich für Volkswirtschaft. Mein Traum war nach wie vor, die wirtschaftliche Lage meines Heimatortes zu verbessern. Die schriftliche Prüfung wurde wegen des Ansturms an Bewerbern in einem Basketballstadion abgehalten, wo wir auf den Zuschauerrängen saßen.

Als ich mitten in einer Aufgabe nachdenklich vom Blatt aufsah, fiel mein Blick auf jemanden, der nicht weit weg saß. Das war doch nicht möglich! Er lächelte mich an. Offensichtlich hatte er mich zuerst gesehen. Diese gelblichen Hasenzähne kannte ich – es gab keinen Zweifel, das war Salamun!

Nach dem Test trafen wir uns. Er erzählte, er sei schon seit drei Monaten in Jakarta und wohne bei Verwandten. Er hatte an dem Test teilgenommen, bei dem es um ein Stipendium in Boston ging, für das ich mich nicht beworben hatte. Darüber hinaus hatte er sich noch nirgends beworben.

»Wie lief's, Boi, war es schwer?«, fragte ich.

»Ach ja, TOEFL … unequal comparisons, irregular comparisons, was noch … cause connectors, causative verbs … das Übliche halt, Boi.«

Das Übliche halt? Ich dachte, ich höre nicht recht.

»Und der GMAT?«

»Analytisches Denken, Integrale, Matrizen, Kleinigkeiten! Und wie ist es dir ergangen?«

»Alles easy!«

Bevor mich das Gespräch weiter ärgerte und mir meinen Schwung nahm, wechselte ich das Thema.

»Hast du gehört, Mun? In der Zeitung sind Stipendien nach Hongkong ausgeschrieben. Hast du dich schon beworben?«

Gelangweilt senkte er seinen Blick.

»Das spar ich mir, Boi. Amerika und Hamburg sind doch genug.«

Das warf er so nonchalant hin, als läge Amerika bei seiner Oma um die Ecke und als wäre er schon oft nach Deutschland geflogen. Dabei war er letztes Jahr noch Tellerwäscher in einem Nudelrestaurant in Manggar gewesen.

»Wie bitte?«

»Ich denke, den Test für Hamburg werde ich bestehen, Boi, und wenn nicht, dann sicher den für Boston.«

Ich hatte Salamuns selbstgewisse Wichtigtuerei noch nie gut ertragen. Nun hatten mich der Kampf um ein halbwegs würdiges Überleben im Moloch Jakarta und die vielen Enttäuschungen dünnhäutig werden lassen und ich musste an mich halten, um nicht ausfällig zu werden oder einfach die Flucht zu ergreifen.

»Jetzt sag mal, Boi, wie oft hast du denn schon an einem Test teilgenommen?«

Tatsächlich waren es mittlerweile elf Tests, aber ich spielte das herunter:

»Ach, bloß ein paarmal.«

»Und du hast noch nicht bestanden?«

Ich tat so, als ob ich nicht ernsthaft dabei gewesen wäre, das sozusagen als Zeitvertreib angesehen hätte.

»Noch nicht, ich war zu sehr mit meiner Arbeit beschäftigt.«

»Du arbeitest schon?«

»Ja, sicher.«

»Wo?«

»In einem Elektronikbetrieb.«

»Da ist ja toll! In was für einem Elektronikbetrieb?«

»Im Energiebereich.«

»Was für Energie denn?«

»Kinetische Energie.«

»Toll!«

»Ja, so ist das.«

Ich war Sieger geblieben, aber es war ein durch Lügen erreichter Sieg, und das machte mir Bauchschmerzen. Wir tauschten noch unsere Adressen aus und verabredeten, uns bei Gelegenheit wiedersehen zu wollen. Ein paar Tage später wurden die Testergebnisse für Hamburg bekanntgegeben. Wir hatten beide bestanden. Nun musste ich zum Interview.

Die Nächte davor verbrachte ich schlaflos. Ich war drei Jahre lang stets von dem Jungen mit den Hasenzähnen besiegt worden. Ihm gelang alles, und er bekam alles, sogar Mutia, die nicht nur sehr intelligent war, sondern auch noch hübsch, während ich diese verfluchten Beine hatte, die immer schlotterten, wenn es ernst wurde.

Als ich es durchgestanden hatte, wartete ich mit großer Ungeduld auf die Ergebnisse. Wenn ich an Salamun dachte, ärgerte ich mich. Nicht dass ich es ihm nicht gegönnt hätte, wenn sie ihn nähmen. Im Gegenteil, es würde mich freuen. Herr, wenn Salamun durchkommt, dann sei so gütig und lass mich auch bestehen. Und wenn er durchfällt, dann lass wenigstens mich durchkommen, Herr!

Was wäre aber, wenn ich beide Tests bestünde? Ich stellte mir vor, wie ich an meinen Vater schrieb, dass ich im Moment Vorbereitungen träfe, um nach Genf in der Schweiz oder nach Hamburg zu gehen, und dabei wäre, entsprechende Visa zu beschaffen.

Als Erstes wurden die Testergebnisse für die Schweiz bekanntgegeben. Auf der Mitteilung fand ich unten meinen Namen und die Angabe: »Nicht bestanden«.

Zwei Tage danach erhielt ich den Brief mit den Testergebnissen für Hamburg. Darin lautete die entscheidende Angabe »Noch nicht bestanden«, was sehr höflich war – danke schön!

Diese letzten Absagen ließen meinen mühsam aufrechterhaltenen Optimismus in sich zusammenfallen. Obwohl meine Unterkunft ein Elendsquartier war, schloss ich mich darin ein. Wenn ich wirklich einmal die Tür aufmachte, hatte ich das Gefühl, alle Welt lache mich aus und die gleißenden Sonnenstrahlen durchbohrten mich.

Eines Tages klopfte es mehrmals sehr laut an meiner Tür. Als ich erschrocken aufmachte, stand Salamun vor mir, mit zerknittertem Gesicht. Er atmete schwer, als wäre er in größter Not.

»Was ist los?«

»Du musst mir helfen, Boi!« Er raufte sich die Haare.

»Was ist denn passiert?« Steckte er in Schulden, saß ihm ein rücksichtsloser Gläubiger im Nacken? Oder hatte er vielleicht ein Mädchen geschwängert?

»Ich bin ratlos.«

»Wieso?«

»Ich weiß nicht, wofür ich mich entscheiden soll!«

»Wofür denn entscheiden?«

Er blickte mich sorgenvoll an.

»Was ist deiner Meinung nach besser, Boston oder Hamburg?«

Dann grinste er mich mit seinen Hasenzähnen an. Ich trat einen Schritt zurück.

»Hey, hey!«, lachte er und nahm zwei Briefe aus seiner Tasche, die er mir entgegenstreckte. »Lies!«

Ich nahm die Briefe und las. In der Mitteilung über das Testergebnis zu dem Stipendium in Boston stieß ich mindestens zweimal auf das Wort Glückwunsch.

In dem anderen Schreiben von der Universität Hamburg hieß es, dass Salamun nunmehr Teil ihrer legendären akademischen Tradition sei. Sie hatten auch nicht vergessen, eine Reihe von Berühmtheiten anzuführen, die an dieser Alma Mater studiert hatten.

Mir zog es das Herz zusammen.

»Gratuliere, Boi! Sieht ganz so aus, als hättest du die Qual der Wahl«, beglückwünschte ich ihn und hoffte nur, dass er nicht merkte, wie heiser meine Stimme geworden war.

»Oh, da mach dir keine Sorgen, Boi! Ich habe mich schon entschieden, ich gehe nach Hamburg!«

26

In einem Bericht las ich, dass Stipendienbewerber im Durchschnitt viermal am Test scheitern, bevor sie Erfolg haben. Dort hieß es auch, wer siebenmal oder öfter durchfalle, solle besser Staatsdiener oder Romanautor werden oder ein Geschäft eröffnen, damit er Stellen anbieten und den Staat darin unterstützen könne, die Arbeitslosigkeit zu verringern.

Diese Statistik baute mich nicht gerade auf, ich war ja ohnehin absolut frustriert vom ständigen Scheitern meiner Bemühungen. Trotzdem fuhr ich fort, Bewerbungen loszuschicken. Nebenher folgte ich dem Rat meines Vaters und lernte Gitarre spielen. Natürlich nahm ich keine Stunden, sondern setzte mich zu den Straßenmusikern, die wie ich in den elenden Hütten am Bahndamm lebten, und lernte von ihnen die Griffe. Immerhin konnte ich nach einem Monat »Green Green Grass of Home« in C-Dur spielen.

Ob es dieses Lied war, oder ob mich mein Stipendien-Pech dazu inspirierte, wenigstens mein Glück in der Liebe zu finden, ist schwer zu sagen, jedenfalls begann ich, inmitten der allesverschlingenden Mammutstadt Jakarta nach A Ling zu suchen. Wann immer mir die Arbeit im Elektrik-Kiosk Zeit ließ, durchstreifte ich die Altstadt, wo viele Chinesen leben. A Lings Verwandte auf Belitong hatten mir ja gesagt, dass sie möglicherweise dort wäre.

Ich hörte mich um, ob irgendjemand eine A Ling aus Belitong kannte. Ich beschrieb ihre Art und ihr Aussehen. Dabei wurde mir bewusst, dass ich kein Foto von ihr besaß. Das war wirklich misslich, denn es gab unendlich viele junge Frauen mit diesem Namen, und alle sahen einander ähnlich. Mehrmals folgte ich einer Spur, aber wenn ich dann vor der jungen Frau stand, war es immer eine andere A Ling.

In einem Nudelrestaurant traf ich eine Frau mittleren Alters, die mir einen Hinweis gab. Sie kenne eine A Ling aus Bangka. Da die Inseln Bangka und Belitong benachbart sind und in derselben Provinz liegen, verwechseln die Leute sie oft miteinander. Jedenfalls bestätigte die Frau meine Beschreibung, und ich hatte das Gefühl, dass sie tatsächlich meine A Ling meinte. Nur stimmte mich die Aussage skeptisch, A Ling sei zusammen mit einigen anderen jungen Frauen nach Europa gereist, um dort als Altenpflegerin tätig zu sein. Die Frau konnte nicht sagen, welche Arbeitsagentur sie vermittelt hatte und in welches Land sie gegangen waren.

»Jedenfalls nach Europa, vielleicht nach England, vielleicht nach

Frankreich, Holland, Deutschland, Japan – keine Ahnung.« Ich wollte sie schon fragen, was für eine Note sie in Geografie hatte, ließ es aber sein.

Eines Tages kam ich aus der Altstadt zurück und ging am Bahndamm entlang. Es war die Jahreszeit, in der man Drachen steigen ließ, und überall standen Kinder, und ihre Drachen flatterten hoch am Himmel. Ich dachte daran, wie wir früher bei uns zu Hause immer unsere Wunschzettel an der Drachenschnur befestigt hatten, damit die Engel sie lesen konnten. Ich besorgte mir einen großen Drachen. Auf einen Zettel schrieb ich: »A Ling, wo bist du?«, und knotete ihn an die Drachenschnur. Den Drachen ließ ich so hoch steigen, wie es nur ging, dann kappte ich die Schnur.

Obwohl ich in der Zwischenzeit wieder eine Menge Bewerbungen abgeschickt hatte, kam keine Einladung. Ich versank immer tiefer in meine Enttäuschung. Wie gern hätte ich meinen Eltern Erfolg verkündet – aber auch ohne Stipendienplatz war es Zeit, einen Brief nach Hause zu schreiben.

Ich berichtete meinen Eltern, dass es mir gutgehe, dass ich eine Wohnung habe und an einer Reihe von Tests für Stipendien teilnähme. Ich legte dem Brief auch ein Foto von mir bei, das mich in Arbeitskleidung in der Seilfabrik zeigte. Ich wusste ja, mein Vater liebte Uniformen, und die Arbeitskleidung dort war uniformähnlich gewesen.

Einige Zeit später kam eine Antwort von meiner Mutter. Es gehe alles gut bei ihnen zu Hause. Das Leben sei schwer, aber die Leute in den Kaffeebuden unterhielten sich heiter. Die Sonne scheine wie immer, die Hühner gackerten und der Südwestmonsun habe eingesetzt. Sie erwähnte auch, dass mein Vater meine Arbeitsuniform bewundert habe, und tröstete mich:

Falls Du kein Glück hast bei Deinen Tests und Dir Jakarta nicht mehr gefällt, dann mach Dir keine Sorgen, Boi, hier bei uns gibt es genug Arbeit. Der

Schleusenwärter ist gerade von einem Krokodil angefallen worden und an den schweren Verletzungen gestorben. Du kannst seine Stelle übernehmen. Oder Du kannst in der Fabrik als Zinnwäscher arbeiten und Deinen Vater ersetzen. Dein Vater geht bald in Ruhestand. Du weißt, in der Fabrik haben die Kinder von Arbeitern Vorrang. Du kannst sicher sein, dass sie Dich nehmen.

Zum Schluss gab meine Mutter die rührende Frage meines Vaters an mich weiter, ob die Ergebnisse der Stipendientests im Radio durchgegeben würden, und wenn ja, auf welcher Frequenz.

27

Der Briefwechsel mit meiner Mutter hatte mir wieder Mut gemacht. Ich sandte weitere Bewerbungen ein. Bei manchen Ausschreibungen hieß es, man solle angeben, an welchen Testverfahren man schon teilgenommen habe. Dafür benötigte ich beinahe zwei Extraseiten.

Ich ärgerte mich maßlos über meine ständigen Misserfolge. Manchmal verfluchte ich die rücksichtslosen Interviewer, doch ich wusste, dass das ungerecht war. Ich versetzte mich in ihre Lage. Selbstverständlich konnte man ein wertvolles Stipendium nicht an einen unzivilisierten, tölpelhaften Burschen vergeben, der kaum ein Wort herausbrachte und unkontrolliert mit den Beinen zuckte wie ein Schamane in Trance. Der Ruf des Landes stand auf dem Spiel.

Ich musste in mich gehen, logisch und realistisch denken. Und dazu brauchte ich Bücher, die mir verrieten, wie man sich in Bewerbungsgesprächen richtig verhielt, um erfolgreich zu sein. Zum Glück gab es jede Menge dieser Ratgeber, und sie zu finden, war für mich wie eine Offenbarung. Warum war ich nicht vorher schon auf diese Idee gekommen? Die Lektüre öffnete mir die Augen und gab mir neue Zuversicht, denn offensichtlich war ich mit meinen Problemen nicht allein. Sehr viele Menschen hatten anscheinend Schwierigkeiten bei Bewerbungsgesprächen. In einem Buch stand, dass achtzig Prozent der Bewerber am Interview scheitern, weil sie zu nervös sind. Erst jetzt, wo ich das las, machte ich mir bewusst, wie sehr mir die Selbstzweifel zugesetzt und meine Unsicherheit verstärkt hatten.

Wenn einen ein Unheil trifft, dann kann man keinen schlimmeren Fehler begehen, als anzunehmen, man wäre der Einzige, der vom Unheil betroffen ist. Denn dann sucht man den Grund bei sich selbst und bildet sich ein, von einem Fluch befallen zu sein. Du kommst dir vor, als hätte Noah dich allein auf einer entlegenen Insel zurückgelassen, die nun von der Sintflut verschlungen würde, während alle anderen Geschöpfe Zuflucht auf seiner Arche gefunden haben. Der Gedanke ist unerträglich.

Wenn man den Ratgebern glauben konnte, dann gab es durchaus Bewerber, die noch schlimmer dran waren als ich. Ich las von Menschen, die sich während des Gesprächs vor Nervosität übergeben müssen oder derart in Panik geraten, dass man die Ambulanz rufen muss. Anderen gelingt es einfach nicht, die erste Hürde zu nehmen, die Angst ist so unüberwindlich, dass sie gar nicht erst zum Gespräch gehen. Natürlich gab es auch genug Leute, die sehr leicht durch ein Vorstellungsgespräch kommen, da brauchte ich nur an Salumun zu denken, was ich in meinem Frust leider viel zu oft tat. Aber hier hatte ich es schwarz auf weiß: Nicht nur für mich, auch für viele andere war es ein echter Albtraum. Vor Erleichterung führte ich in der Buchhandlung rund um die Kasse einen Freudentanz auf, so dass die kleine Verkäuferin kicherte, am liebsten hätte ich sie umarmt.

Ich kaufte den Ratgeber eines Autors, der – wie es im Klappentext hieß – selbst achtzehnmal beim Bewerbungsgespräch durchgefallen war. Im Vergleich dazu waren meine fünfzehn gescheiterten Versuche noch im Rahmen des Normalen. Der Verfasser war inzwischen Vorsitzender einer internationalen Organisation und offenbar glücklicher Familienvater, wie man auf dem Umschlagfoto sehen konnte, auf dem seine reizende Frau und ebenso reizende Kinder mit ihm zusammen posierten. Er selbst trug eine Fliege und sah sehr intellektuell aus. Er war mein Retter und mein neues Vorbild.

Seine Ratschläge waren ausgezeichnet:

Diskutiere nie mit dem Prüfer und bedränge ihn nicht! Wenn du gefragt wirst, denk nicht zu lange nach, denn das wird dir als Unwissenheit ausgelegt. Vergiss nicht, ein Interview oder ein Bewerbunsgespräch ist ein Kampf mit Worten, deine Zunge ist also deine Waffe, nutze sie optimal! Wenn die Frage auch noch so schwer ist, antworte einfach. Schweigen gleicht einer einfachen Fahrkarte ins Verderben. Wenn dir keine korrekte Antwort einfällt, nutze deine Fantasie. Ob die Antwort korrekt ist oder nicht, lässt sich später klären.

Denke immer daran, du hast Erfolg, wenn du länger sprichst als der Prüfer, mindestens im Verhältnis 1:3, d.h. wenn der Prüfer einen Satz sagt, musst du wenigstens drei Sätze vorbringen. Und vergiss nicht, so oft wie möglich das Passiv zu verwenden! Aktivsätze erwecken beim Prüfer leicht den Eindruck, du wärst aggresiv. Die Folge sind Spannungen, die du unbedingt vermeiden musst. Sonst wirst du unsicher und das ist dann das Ende.

Ein zu formaler Anzug hemmt dich und macht dich schnell nervös. Erscheine in alltäglicher Kleidung, aber gepflegt.

Und zum Schluss: Zeige niemals deine Nervosität. Wie immer du das anstellst, du musst sie verbergen. Stell dich vor dem Interview vor einen Spiegel und wiederhole dreimal den Satz: Ich bin auf das Gespräch gut vorbereitet! Ich bin auf das Gespräch gut vorbereitet! Ich bin auf das Gespräch gut vorbereitet! Viel Erfolg!

Ich hatte das Gefühl, dieses Buch wäre speziell für mich geschrieben worden. Wenn ich es nur früher entdeckt hätte! Ich hätte mir die Haare raufen können, wenn ich daran dachte, dass mir womöglich an die zwei Jahre voller bitterer Enttäuschungen und nagendem Selbstzweifel im unerbittlichen Jakarta erspart geblieben wären. Ich betete zum Allerhöchsten, er möge dem Verfasser gemeinsam mit seiner Frau und seinen Kindern den Weg ins Paradies weisen.

Es kam der Augenblick, wo ich die Methode aus dem Ratgeber anwenden konnte. Zusammen mit neunzehn anderen Kandidaten saß ich in einem Vorraum und wartete auf das Prüfungsgespräch für ein Stipendium in Holland. Ich musterte meine Konkurrenten, einen nach dem anderen. Meine jahrelange bittere Erfahrung bei Bewerbungsgesprächen hatte mir die Überlegenheit eines Fachmanns gegeben. Auch ohne eindeutige Indizien wie Nägelkauen oder Herumspielen mit dem Kugelschreiber konnte ich genau erkennen, wer nervös war und wer nicht. Ich erhob mich und eilte zur Toilette. Vor dem Spiegel dort rief ich: *Ich bin auf das Bewerbungsgespräch gut vorbereitet! Ich bin auf das Bewerbungsgespräch gut vorbereitet! Ich bin auf das Bewerbungsgespräch gut vorbereitet! Viel Erfolg!* Etwas irritiert beobachtete mich einer der Mitbewerber.

Ich wurde aufgerufen. Die Prüferin war eine junge, hübsche Dame. »Oh!«, rief sie erstaunt, als sie mich sah. Sie bat mich, Platz zu nehmen.

»Wir sind hier in einem Bewerbungsgespräch für ein Stipendium des Holland Generous Scholarship – ist Ihnen das klar?«

»O ja, das weiß ich«, erwiderte ich nach einer kurzen Pause und lächelte breit. Das war ein Ratschlag aus dem Buch. Die Prüferin musterte meine Kleidung. Getreu meinem Vorbild hatte ich mich locker gekleidet, aber gepflegt, ich hatte mir große Mühe gegeben und trug einen neuen Seidenschal.

»Ist es möglich, dass Sie versehentlich hier hineingeraten sind?«

»O nein, überhaupt nicht. Ich bin mit voller Absicht hier.«

»Haben Sie sich vielleicht im Zimmer geirrt?«

Sie dachte vielleicht, ich wäre hier im Haus, um im Musikstudio eine Dangdut-Aufnahme zu machen.

»Nein.«

Sie schlug eine Mappe auf und betrachtete das Foto, das ich meiner Bewerbung beigefügt hatte.

»Wann ist die Aufnahme gemacht worden?«

»Vor drei Wochen.«

»Das ist ja noch nicht lange her. Sie haben sich in der Zwischenzeit aber stark verändert«, meinte sie lächelnd. Ich konnte ihr Lächeln nicht deuten.

»Danke schön!«

»Sie kleiden sich jetzt moderner.«

Ihr Lächeln vorhin war also anerkennend gemeint.

»Vielen Dank!«

Sie sah sich meine Bewerbung an.

»Ist das Ihr Name?«

»Ja, ganz recht. So werde ich genannt.« Ich dachte an meinen Ratgeber und setzte das Passiv ein.

»Machen Sie sich große Hoffnungen, den Test für das Stipendium zu bestehen?«

»In der Tat! Es wäre schön, wenn meine Hoffnungen erfüllt würden.«

Vielleicht hatte sie gemerkt, dass ich verzweifelt versuchte, meine Nervosität zu verbergen. Sie schien das jedoch zu genießen.

»Haben Sie schon an vielen Bewerbungsgesprächen teilgenommen?«

»Ja, ich wurde schon oft interviewt, sehr oft, haha.«

»Kichern Sie immer, wenn Sie interviewt werden?«

»Das ist mir heute zum ersten Mal passiert, sonst noch nie, haha.«

Sie lachte.

»Sind Sie nervös?«

»Aber nein, überhaupt nicht.«

Im Vergleich zu früheren Gesprächen dieser Art fühlte ich mich tatsächlich relativ entspannt. Mir schlotterten jedenfalls nicht mehr die Beine. Nur rechts spürte ich ein sanftes Zittern in der Wade, aber das merkte man mir sicher nicht an.

»Hmm, gut. Wenn ich mir Sie so ansehe, könnte ich mir vorstellen, dass Sie Kunstliebhaber sind.«

»Haha.«

Wer würde sich nicht gern als Kunstliebhaber bezeichnen lassen?

»Ihrem Bewerbungsschreiben entnehme ich, dass Sie sich für die Wirtschaftswissenschaften interessieren. Stimmt das?«

»Das stimmt.«

»Welchen Ökonomen bewundern Sie?«

»Adam Smith.«

»Haben Sie sein berühmtes Buch …«

»›An Inquiry into the Nature and Causes of the Wealth of Nations‹.«

»Hmm … gut. Wenn Sie dieses Werk gelesen haben, dann können Sie mir sicher sagen, ob eine hohe Bevölkerungszahl – wie in unserem Land – für die Wirtschaft von Vorteil ist oder von Nachteil?«

»Folgendermaßen. Die Bevölkerung eines Landes, also die Menschen, kommen als Konsumenten in Betracht, aber auch als Arbeitskräfte. Je mehr Menschen, desto höher der Konsum. Ein höherer Konsum verlangt mehr Produktion und fördert damit die Schaffung von Arbeitsplätzen. Ein Beispiel: Eine große Zahl von Menschen bedeutet eine große Nachfrage nach Motoren. Mehr Nutzung von Motoren führt aber auch zu einem höheren Verschleiß an Motoren. Mit anderen Worten, je mehr Motoren kaputtgehen, desto höher ist der Bedarf an Dynamos und damit auch an Leuten, die Anker wickeln. Die Wirtschaft kennt nicht die Bezeichnung optimal, sondern spricht von Ausgeglichenheit, von Equilibrium. Deshalb ist eine hohe Bevölkerungszahl gut für die Wirtschaft eines Landes.«

Bei dieser Antwort hatte ich vor allem an den Ratschlag gedacht, mindestens dreimal so lange zu reden wie der Prüfer, egal ob es richtig oder falsch war.

»Hmm … wie sehen Sie denn Ihre Zukunft im Fach Ökonomie?«

»Ich hoffe, dass meine Erwartungen erfüllt werden.«

Sie lächelte: »Ich werde dafür beten, dass Sie Erfolg haben. Das war ein sehr erfreuliches Prüfungsgespräch. Wenn es nur an mir läge, würde ich ernsthaft erwägen, Ihren Namen auf die Liste der Kandidaten für das Stipendium zu setzen.«

»Besten Dank.«

»Gut. Wenn Sie genommen werden, sehen wir uns bestimmt wieder.«

Das hörte sich wundervoll an. Es war Honig für meine wunde Seele.

Eine Woche später kam die Mitteilung von der Kommission, die den Test durchgeführt hatte: »Nicht bestanden«.

28

Ich entschloss mich, einen letzten Versuch zu wagen und noch an einem einzigen Test teilzunehmen. Danach wollte ich heimfahren. Der Kapitän hatte ja damals gesagt, dass er jeden September im Hafen von Sunda Kelapa anlegte. Das wäre im kommenden Monat.

Es ging um ein Stipendium in Belgien. Wie immer bestand ich den schriftlichen Test ohne Schwierigkeiten und wurde zum Vorstellungsgespräch geladen. Bevor ich das Zimmer betrat, in dem das Gespräch stattfinden sollte, überfiel mich wieder große Nervosität.

Der Prüfer merkte sofort, dass meine Beine zitterten.

»Darf ich fragen, ob Sie bereits früher an einem Test für ein Stipendium teilgenommen haben?«

»Ja, schon oft.«

»Wie oft?«

»Siebzehn Mal.«

Der Prüfer stutzte.

»Haben Sie bereits einen solchen Test bestanden?«

»Schriftlich immer, im Interview noch nicht.«

Er lächelte irritiert.

»Was, glauben Sie, war der Grund dafür, dass Sie nicht ausgewählt wurden?«

»Weil meine Beine schlotterten.«

»Warum schlotterten oder – zitterten denn Ihre Beine?«

»Weil ich so nervös war.«

»Und warum waren Sie so nervös?«

»Weil ich vom Land komme und noch nichts von der Welt kenne.«

»Das heißt also, Sie fühlen sich minderwertig.«

»Ja, genau.«

»Gibt es noch einen anderen Grund, warum Sie sich minderwertig vorkommen?«

»Ja.«

»Worum handelt es sich dabei?«

»Mein Körper.«

»Wieso Ihr Körper?«

»Ich bin zu klein.«

»Aber Sie sind doch ein Indonesier. Im Allgemeinen sind Indonesier nicht sehr groß. Ich selbst bin auch nicht groß.«

»Das stimmt.«

»Geben Sie mir recht, wenn ich sage, dass jemand, der nervös ist, ein mangelndes Selbstvertrauen hat?«

»Da gebe ich Ihnen recht.«

»Noch einmal: Warum fühlen Sie sich minderwertig?«

»Weil ich vom Lande komme und noch nichts von der Welt kenne.«

»Schön, aber was ist der wahre Grund für Ihr mangelndes Selbstvertrauen?«

»Meine Größe.«

»Nicht Ihre Herkunft?«

»Nein.«

»Vorhin haben Sie mir recht gegeben, als ich gesagt habe, dass jemand, der nervös ist, kein Selbstvertrauen besitzt.«

»Richtig, das haben Sie vorhin gesagt.«

»Geben Sie mir jetzt auch noch recht?«

»Ja.«

»Besteht Ihrer Meinung nach ein ursächlicher Zusammenhang zwischen Ihrer Herkunft, also vom Lande, und dem Minderwertigkeitsgefühl?«

»Ja, das denke ich.«

»Warum?«

»Weil jemand, der vom Lande kommt, sich in einer Umgebung wie Jakarta meistens minderwertig fühlt.«

»Geben Sie mir recht, wenn ich sage, dass jemand, der nervös ist, ein mangelndes Selbstvertrauen hat?«

»Ja.«

»Macht Sie der Umstand nervös, dass Sie klein sind?«

»Ja.«

»Warum?«

»Weil ich vom Lande komme.«

Der Prüfer war ratlos und kratzte sich am Kopf. Aber merkwürdigerweise hatten allmählich meine Beine aufgehört zu zittern. Das hatte ich während eines Interviews noch nie erlebt. Meine eigene Offenheit hatte mich beruhigt. Ich fühlte mich frei. Ganz offensichtlich schätzte der Prüfer meine raschen und spontanen Antworten.

»Glauben Sie, dass Sie an einer europäischen Universität mit ihren hohen Anforderungen und ihrem harten Konkurrenzkampf bestehen können, wenn Ihnen das Selbstvertrauen fehlt?«

»Das ist unmöglich.«

»Haben Sie Ihrer Meinung nach ein Anrecht auf das Stipendium?«

»Ja.«

»Obwohl Sie nervös sind?«

»Ja.«

»Mit anderen Worten, obwohl Sie wenig Selbstvertrauen besitzen?«

»Ja.«

»Warum?«

»Weil ich mir meinem Vater zuliebe vorgenommen habe, eine der besten Universitäten zu besuchen, die es gibt. Wenn ich mein Studium dort abgeschlossen habe, möchte ich in meine Heimat zurückkehren und dort die Zustände verbessern.«

Zum ersten Mal sprach ich offen über meine Zukunftsvorstellungen, die ich seit meiner Kindheit in meinem Herzen trug, als ich mit zunehmendem Bewusstsein die Armut rings um mich herum wahrgenommen und später Lintangs bitteres Schicksal erlebt hatte. Danach fühlte ich mich frei und entspannt. Meine Beine zitterten nicht mehr. Der Prüfer nickte lächelnd mit dem Kopf.

»Weiter, wenn Sie in meiner Lage wären und einen Kandidaten vor sich hätten, der kein Selbstvertrauen besitzt, würden Sie den weiterempfehlen?«

»Nein.«

»Warum nicht?«

»Weil er in Europa nicht erfolgreich studieren und im Wettbewerb nicht bestehen könnte.«

Der Prüfer fühlte sich bestätigt, allerdings befriedigte ihn meine Antwort offenbar nicht ganz.

»Ja, und warum haben Sie Ihrer Meinung nach ein Anrecht auf das Stipendium?«

»Weil ich mir meinem Vater zuliebe vorgenommen habe, eine der besten Universitäten zu besuchen, die es gibt, und weil ich die Lage unserer Gemeinde verbessern möchte.«

»Nun sagen Sie ehrlich, ob Sie genügend Selbstvertrauen besitzen oder nicht!«

»Nein.«

»Warum?«

»Weil ich vom Lande komme.«

Ich sah schon Rauch aus seinen Ohren aufsteigen, aber er blieb gelassen und lächelte. Er sah mich lange an. Dann guckte er auf die Uhr, ob noch Zeit wäre, das Gespräch fortzusetzen.

»Gut, junger Mann, ich muss zugeben, dass dies ein interessantes Gespräch war. Wenn es nur an mir läge, würde ich Ihnen grünes Licht geben.«

Solche wohlklingenden Versprechungen hatte ich schon einmal gehört, dann aber in der Benachrichtigung nur die zwei dürren Worte gefunden: nicht bestanden. Fast wäre es mir lieber gewesen, der Prüfer hätte ganz offen mit mir gesprochen und mir einfach gesagt, dass ich nicht würdig sei, ein Stipendium von einer namhaften Universität zu bekommen. Dass sich meine Aussichten, die Hoffnung meines Vaters zu erfüllen, in Luft aufgelöst hätten. Dass meine Vorstellungen davon, die Lage meiner Gemeinde zu verbessern, Illusionen seien. Dass ich nichts weiter sei als ein Junge vom Lande, der nur dort bleiben solle, wo er herkomme, um dort sein Leben als Arbeiter zu verbringen.

Das Interview war beendet. Ich verließ das Prüfungszimmer und wäre fast wieder ins Zittern verfallen: Da stand jemand und wartete auf mich, es war Arai. Wie war das möglich? Wir fielen uns in die Arme. Wie sehr ich ihn vermisst hatte! Wir hatten uns oft geschrieben, aber er hatte nicht erwähnt, dass er nach Jakarta kommen würde.

»Wie geht's dir, mein Lieber?«, wiederholte er wieder und wieder.

Er hatte denselben Test wie ich in Kalimantan geschrieben, hatte bestanden und war jetzt zum Prüfungsgespräch nach Jakarta eingeladen. Er war am Morgen angekommen und hatte mich überraschen wollen. Arai, der verrückte Arai, war ja immer so. Aber wie Exzentriker ticken, das können nur Exzentriker begreifen.

29

Drei Wochen nach dem Bewerbungsgespräch fuhren wir zum Hafen von Sunda Kelapa. Vorher kauften wir für Jimbron noch schnell eine Spardose in Pferdeform. Wobei von schnell nicht die Rede sein konnte. Ich hatte mir keine Vorstellung davon gemacht, wie schwer es sein würde, in Jakarta eine Pferdesparbüchse aufzutreiben. Arai und ich durchforsteten die Läden der Stadt danach, bis uns die Füße rauchten. Doch ohne einen Ersatz für seinen fürsorglichen Liebesbeweis hätte ich Jimbron nicht unter die Augen treten mögen. Schließlich wurden wir tatsächlich fündig: in einem winzigen Laden direkt am Hafen. Kein Schimmel, kein Rappe, ein kleines, freundliches Pony.

Die Monalisa lag ruhig im Hafen vor Anker. Das Schiff wurde gerade für die Rückfahrt flottgemacht. Der Kapitän stand lächelnd auf der Brücke und freute sich, uns wiederzusehen. Er kam herunter:

»Wie geht's euch, Boi? Ihr seid aber mager geworden!«

Unten angekommen, nahm er uns genauer in Augenschein.

»Na, wie ist Jakarta?«

Wir schwiegen.

»Habt ihr gefunden, was ihr gesucht habt?«

»Nein, eher nicht …«

Ich lächelte bitter, Arai hielt die Hand vors Gesicht.

Drei Tage lang halfen wir dabei, die Monalisa startklar zu machen. Wir schrubbten und scheuerten jeden Winkel des Schiffs und besserten kleinere Schäden aus. Dafür durften wir gratis mitfahren. Dann ging es los. Der Anker wurde gelichtet, die Sirene ertönte, und wir lösten uns ganz langsam von der Mole.

Vom Bug aus schaute ich nach Jakarta hinüber. Die Dämmerung brach herein. Ein Licht nach dem anderen ging an. Die hohen Gebäude erstrahlten hell. So wie mich bei der Ankunft niemand begrüßt hatte, so sagte auch niemand Lebewohl, als ich abfuhr.

Die Zeit war rasch vergangen. Mir war, als wäre ich erst gestern mit flammender Begeisterung angekommen, um meine großen Träume zu verwirklichen. Heute lag alles in Scherben.

Zurück in unserem bescheidenen Haus, vergingen die ersten Tage ohne größere Ereignisse. Unsere alten Schulfreunde gingen zur Arbeit und waren mit ihren eigenen Angelegenheiten beschäftigt. Einige hatten schon Familie, hatten Kinder gezeugt und würden, wie das bei Malaien üblich war, damit fortfahren, bis acht auf der Welt waren. Jimbron arbeitete mit großer Hingabe im staatlichen Gestüt. Sein beispielloses Wissen über Pferde hatte ihm die Achtung und Anerkennung der Leitung eingebracht. Mit Freude nahm er unsere mitgebrachte Spardose entgegen.

»Aber da… das ist kein Po… Po… Pony, Boi«, korrigierte er vorsichtig meine irrige Ansicht.

»Sieh doch nu… nur die Mäh… Mähne. Das ist einfach ein Spi… Spielzeugpferd. Echte Pfe… Pferde sehen anders aus.«

Als ich ihm erzählte, wie seine Freundschaftsgabe mich im größten Elend gerettet hatte, breitete sich ein glücklicher Stolz in seinem Gesicht aus. Wie gut es tat, Jimbron wiederzusehen!

Ich selbst verbrachte viel Zeit mit meinem Vater. Wir unterhielten uns oft, wobei vor allem ich redete, während er schweigend zuhörte. Gelegentlich spielte ich ihm auf der Gitarre den Song »Green Green Grass of Home« vor. Dazu musste ich meine geringen Fähigkeiten zusammennehmen, dass mir der Schweiß auf der Stirn stand. Mein Vater kam nicht mehr auf die Frage zurück, wie es mit dem Gitarrenspiel bei Prinz Charles stand.

Abends ging ich nach draußen, denn es versetzte mir jedes Mal einen Stich, wenn ich sah, wie mein Vater am Ende eines für ihn viel zu anstrengenden Tages schlief. Er krümmte den Körper zusammen wie unter Schmerzen. Die Geschwulst am Knie war noch dicker geworden, die verkrüppelte Hand hing wie gebrochen herunter. Es schmerzte mich, dass es mir noch immer nicht gelungen war, einen Pokal für ihn zu erringen, obwohl ich alles darangesetzt hatte. Mein bisheriges Leben hatte nur aus Misserfolgen bestanden.

Ich ging oft zum Reisspeicher, dem Ort, wo alles begonnen hatte. Mir stand noch immer vor Augen, was meinem Vater dort widerfahren war. Alles, was ich unternommen, was ich mir erträumt hatte, hatte hier seinen Ursprung.

Ich lief zur Hafenmole hinunter. Dort saß ich und blickte aufs Meer, auf dessen Oberfläche nur kleine Wellen spielten. Ich sehnte mich nach A Ling. Es war heller Vollmond, so dass ich meine Handlinien erkennen konnte. Im Mondschein rief ich mir noch einmal die Zeilen von der Schönheit des fantastischen Ortes Edensor ins Gedächtnis, um meine Sehnsucht zu besänftigen.

Arai und mir war ein winziger Hoffnungsschimmer geblieben: Die Entscheidung der Prüfungskommission für das Stipendium in Belgien war noch nicht gefallen. Wir hatten unsere Heimatadresse hinterlassen und rechneten jeden Tag mit dem Testergebnis.

Doch selbst nach einigen Wochen war immer noch keine Mitteilung eingetroffen, und unser Warten wurde mit jedem verstrichenen Tag beklommener. Bestimmt waren wir abgelehnt worden, und die Kommission hatte es nicht für nötig befunden, die durchgefallenen Kandidaten über ihren Misserfolg zu benachrichtigen. Schweren Herzens machten wir uns mit dem Gedanken vertraut, den Fabrikdirektor aufzusuchen und ihn um Arbeit in der Zinnmine zu bitten. Unser Schicksal sollte offenbar das gleiche sein wie das meines Vaters. Wir würden einfache Arbeiter werden und Tag für Tag, Jahr für Jahr, Zinnsand schaufeln. Wie das in der ganzen Familie immer üblich gewesen war.

Es war nicht einfach, die Realität zu akzeptieren. Mein Vater klopfte mir auf die Schulter, um mir Mut zu machen. Ihm war klar, dass Arai und ich andere Vorstellungen von unserer Zukunft hatten. Und ich wusste, dass auch er große Hoffnungen für uns gehegt hatte, und schämte mich, seine Erwartungen in keiner Weise erfüllen zu können. Er hatte so viele Jahre lang auf unsere Unterstützung verzichtet, um uns eine gute Ausbildung zu ermöglichen, und uns war es nicht gelungen, etwas aus diesem Kapital zu machen. Wie nobel mein Vater war, dass er sich uns gegenüber nichts von der eigenen Enttäuschung anmerken ließ. Und doch nagten Scham und Ungewissheit an mir, es war schier unerträglich.

Arai und ich waren gerade bei den Hühnern, als wir die aufgeregte Stimme meiner Muter hörten: »Ikal, Arai, der Briefträger!«

Er überreichte uns zwei Briefe. Ich sah sofort, dass sie von der Kommission kamen. Da war sie also, die offizielle Absage. Wir hatten nicht den Mut, sie zu öffnen, und übergaben sie meiner Mutter. Dann zogen wir uns auf den Hof zurück und warteten unter dem javanischen Mandelbaum.

Während mein Vater auf der Türschwelle stehen blieb, trat meine Mutter mit den beiden Briefen auf die Veranda. Man sah ihr die Aufregung an, sie zögerte, die Briefe zu öffnen, denn sie wollte uns nicht noch eine weitere Hiobsbotschaft übermitteln. Es herrschte gespannte Stille.

Endlich machte sie die beiden Briefe auf und las sie, mehrmals. Sie war weder bestürzt noch lächelte sie, nahm sie nur immer wieder zur Hand. Mir war klar, dass ich zum wiederholten Male nicht bestanden hatte. Meine letzte Hoffnung auf ein Stipendium war zunichte. Arai, mein immer fröhlicher, starker Bruder, sah mich mit traurigen Augen an, er dachte dasselbe. Schließlich ließ meine Mutter die Briefe sinken und sagte etwas zu meinem Vater. Der wandte sich um und kam rasch die Treppe herunter. Seine Schritte waren unbeholfen, aber seine Augen strahlten. Er wackelte mit dem Kopf wie ein singendes Kind, legte beide Hände auf die Brust und kam freudig auf uns zu.

30

Wieder machten Arai und ich uns auf den Weg nach Jakarta, abermals mit einem Viehtransporter. Wir bedauerten, dass es nicht die Monalisa war – zu gerne hätten wir unserem Nat King Cole erzählt, dass sich Jakarta uns nun doch noch freundlich gezeigt hatte.

Und dann bestiegen wir zum ersten Mal in unserem Leben ein Flugzeug. Es war eine Maschine der KLM. Ich dachte an meinen Vater, für den es immer noch unbegreiflich war, wie Eisen in der Luft schweben konnte. Wobei all unsere Oberschulkenntnisse der physikalischen Gesetze Arai und mich ebenfalls nicht davon abhielten, in kindliches Staunen zu verfallen. Wir bewunderten alles, was wir sahen, die Stewardessen und den schicken Kapitän und seinen Kopiloten.

Nach einem Flug von mehr als zehn Stunden landete unser Flugzeug in Schiphol, dem Flughafen von Amsterdam. Es war Dezember, und als wir kurz vor der Landung mit aufgerissenen Augen hinunterblickten, war alles weiß. Es war das erste Mal, dass wir Schnee sahen.

Das Flughafengebäude war natürlich geheizt, so dass Arai und ich gar nicht auf die Idee kamen, dass draußen eine Kälte herrschen würde, die so bissig war wie ein wildes Tier. Wir suchten Famke Somers, eine Frau, die uns per E-Mail informiert hatte, dass sie uns abholen würde. In den letzten aufregenden Tagen vor unserer Abreise hatte ich mir alles, was uns erwarten würde, haarklein ausgemalt. Famke Somers war in meiner Fantasie um die vierzig und trug einen weißen, wolligen Pullover. Etwas mollig und mit ruhigem Blick aus freundlichen Augen arbeitete sie in der Vertretung der Europa-Universität in Amsterdam.

Plötzlich hörten wir jemanden rufen. Wir erschraken, blickten nach links, blicken nach rechts.

»Oiiik! Oiiik! Oiikkk!«

Eine junge Frau kam in Riesensätzen auf uns zugelaufen.

»Oiiik! Oiiik!« Tatsächlich, sie meinte uns. Wir blieben stehen, sie schnappte nach Luft, beugte sich einen Moment vor und ließ die Arme nach unten baumeln, um ihren Atem zu beruhigen.

»Warten Sie ... warten Sie ...«, japste sie. Dann richtete sie sich wieder auf, stemmte die Hände in die Hüften und sah uns an.

Wir fragten uns, wer das verrückte Mädchen war, hochaufgeschossen, sportlich, vielleicht einen Meter achtzig groß. Sie hatte einen leichten Pullover an, der ein Stück Bauch freigab. Die leuchtend blonden Haare hingen lose herab, sie war sehr schön.

»EU-Stipendium ... ich bin Famke, Famke Somers«, stellte sie sich vor und lächelte. Famke hatte uns bestimmt von unserem Foto her erkannt, zumal sich Arais markantes Gesicht leicht einprägte.

Wir verließen die Ankunftshalle, um zum Bahnhof zu fahren. Als Arai und ich die Glastür passierten, traf es uns wie ein Schock, die Kälte fuhr uns in die Glieder. Famke meinte, es sei recht mild, nur null Grad. Für uns allerdings ein Riesenunterschied zu den durchschnittlich dreiunddreißig Grad, in denen wir uns bislang jeden Tag bewegt hatten, das ganze Jahr über, unser ganzes Leben lang. Doch wir freuten uns über den Schnee und taten Famke gegenüber so, als machte uns die Kälte nichts aus.

Famke Somers war Kunststudentin in Amsterdam, eine Stipendiatin wie wir. Sie war außergewöhnlich freundlich. Sie sollte uns nach Belgien begleiten. Der Schnellzug fuhr über Utrecht, Dordrecht und Breda, das schon außerhalb der Niederlande lag, nach Brügge. Da Famke noch am selben Abend mit dem letzten Zug nach Amsterdam zurückmusste, konnte sie uns nur bis zum Bahnhof begleiten. Dort angekommen, nahmen wir ein Taxi, das uns zu der Unterkunft bringen sollte, deren Adresse uns in einer E-Mail mitgeteilt worden war. Wir hielten vor einem mehrstöckigen Haus mit spitzem verziertem Giebel und vielen Fenstern. Nachdem wir einen kleinen Vorplatz überquert hatten, standen wir vor einer Tür, die uns Rätsel aufgab. Wir klopften mehrmals, erhielten jedoch keine Anwort. Wir drehten am Türgriff, wir drückten gegen die Tür, sie war abgeschlossen. Eine Klingel gab es nicht, wohl aber eine Reihe kleiner Kästchen mit der Angabe des Stockwerks und des Namens, außerdem ein Knopf zum Drücken. Daneben ein Lautsprecher. Ich drückte auf den Knopf mit dem Schildchen *Van Der Wall*.

»Oik! Hhrghh hoegnog nog geehhnn nog gog gghrh …«, kam es aus dem Lautsprecher. Wir verstanden gar nichts.

»Grrhhh nog ikhh grhhstgen grrh!«

Das musste Holländisch sein, denn es kam aus der Kehle, so schwer und tief, wie ein Bär brummt. Noch einmal ein schnarrendes Dreeett, dann war es still. Ich drückte noch einmal auf den Knopf.

»Grrhh nog!! Ikhh grstgen gr!«

»Mis… Mister … Mister Van Der Wall?« Ich brachte meinen Mund direkt an den Lautsprecher.

»Ghhr!! Ghrr!!«

»Mister, English please …«

Stille. Ich drückte nochmals.

»Push the door right after the ding dong!«

Ich drückte gegen die Tür, sie ging auf! Ein Wunder!

Im Hausflur entdeckten wir ein Namensschild: *Simon Van Der Wall, Building Manager*. Vorsichtig klopfte ich an die Tür. Die Bärenstimme hieß uns eintreten. Drinnen, hinter einem mächtigen Schreibtisch, saß ein Mann, der so groß war wie die Wand hoch. Er hatte einen Backenbart und zog an einer Zigarre. Sein Gesicht war so kalt wie die Luft draußen vor der Tür. Wir hatten noch kein Wort miteinander gewechselt, da bedauerte ich schon, dass Famke Somers uns nicht bis hier hatte begleiten können.

»Wer seid ihr?«

»Wir kommen aus Indonesien.«

»Oh, ihr seid also diese Studenten! Da können wir im Moment nichts machen. Ich habe bereits mehrmals wegen eurer Ankunft in Jakarta angefragt, aber nie eine Antwort erhalten. Selbstverständlich haben wir freie Zimmer, aber die Verwaltung arbeitet heute nicht – es ist unmöglich, unmöglich!« Er gab uns keine Chance, Einwände vorzubringen.

»Heute ist Sonntag, ich bin nur durch Zufall hier im Büro. Sonst hättet ihr hier niemanden angetroffen. Außerhalb der Dienstzeiten kann ich nichts für euch tun.«

Ich wollte erklären, dass wir nicht wüssten wohin, wenn wir hier nicht bleiben dürften. Aber ich ahnte, das würde nur eine brummende und kränkende Suada von Herrn Van Der Wall auslösen: Das ist nicht meine Sorge! Ihr könnt ja von mir aus draußen kampieren, das ist eure Sache! Wenn ihr so dumm seid, könnt ihr nichts Besseres verlangen! Oder: So also arbeitet ihr! Ohne System! Ihr könnt nicht vorausdenken! Total ineffizient!

»Wartet bis morgen, wenn die Verwaltung wieder arbeitet. Dann könnt ihr hier einziehen.«

Arai sah mich völlig ratlos an. Draußen waren alle Straßen und Wege verschneit, an den Rändern überall glitzerndes Eis. Kleine Flocken schwebten vom Himmel. Mir zog es den Magen zusammen. Die Welt war grausam.

Als wir gingen, warf ich Herrn Van Der Wall noch einen Blick zu. Er beobachtete uns mit zusammengekniffenen Augen, den mächtigen Körper an den Türrahmen gelehnt, leicht nach vorn geneigt, in der linken Hand die Zigarre, als hätte er einen Revolver in der Hand und einen Patronengurt um die Hüfte. Er grinste uns an, als hätte er gerade einen Dieb verjagt.

Ich konnte nicht anders, ich musste an meinen Großvater denken, der unter den holländischen Kolonialherren massiv gelitten hatte. Und jetzt, so viele Jahre später, wurde sein Enkel von einem niederländisch sprechenden Mann wie ein Hund auf die Straße gejagt!

Wir verließen das unfreundliche Gebäude, schulterten unsere Rucksäcke, packten unsere schweren Koffer und versuchten uns einen neuen Plan zurechtzulegen. Mit dieser Panne hatten wir nicht gerechnet, eine solche Ungastlichkeit erschien uns so surreal, dass wir eine Weile brauchten, um zu begreifen, dass wir uns in dieser dunklen, kalten, fremden Stadt, viele tausend Kilometer von Belitong entfernt, selbst ein Dach über dem Kopf organisieren mussten. Als Erstes fragten wir Passanten nach den Möglichkeiten für eine Unterkunft. Sie schickten uns zu einem kleinen Hotel in der Nähe. Aber leider waren dort alle Zimmer belegt. Am Empfang hieß es, es gebe noch ein Motel, das liege aber etwas außerhalb.

Als wir aus dem Hotel kamen, war es bereits dunkel. Wir liefen an Häusern vorbei, in denen man durch die weihnachtlich geschmückten Fenster Leute sehen konnte, die im warmen Wohnzimmer beieinandersaßen.

Wir wussten natürlich, dass man in Europa anders als bei uns nicht einfach an eine Tür klopfen konnte. Hier war die Privatsphäre ein Heiligtum. Außerdem hatte uns das Erlebnis mit Herrn Van Der Wall gelehrt, dass man nicht zu viel erwarten durfte. Wenn ich auf Belitong unterwegs müde wurde, war ich oft genug zu fremden Leuten in irgendein unbekanntes Haus gegangen und hatte dort freundliche Aufnahme gefunden. Immer gab es da noch eine Matte und einen Platz auf dem Fußboden zum Schlafen. Manchmal war ich am nächsten Morgen sogar unter einer Decke aufgewacht. Hier war diese spontane Form der Gastfreundschaft undenkbar.

Alle Gebäude waren zu, niemand war auf der Straße, kein Fahrzeug kam vorbei. Wir hatten keine Ahnung, dass sich alle schon auf eine sehr kalte Nacht eingestellt hatten. Wir liefen im Freien herum, fingen Schneeflocken mit dem Mund auf, sahen unseren eigenen Fußspuren nach und hatten den Ernst unserer Lage noch gar nicht völlig begriffen. Arai kaufte an einem Kiosk, der gleich danach zumachte, noch einige Kerzen.

Wir blieben in Bewegung, die Rucksäcke geschultert und unsere schweren Koffer hinter uns herschleifend. Bloß nicht steif werden! Die Bäume waren alle weiß. Die Hauptstraße mit Schnee bedeckt. Die Dächer schienen unter der Schneelast zu ächzen.

Am Ende des Oudlaan fanden wir in einem kleinen Park eine Bank, die durch ein Vordach etwas geschützt war. Wir setzten uns und überlegten, wie es weitergehen sollte. Es blieb uns nichts anderes übrig, als den nächsten Morgen in dem kleinen Park abzuwarten. Der Schnee fiel weiter, fiel in immer dichteren Flocken. Eine beängstigende Stille breitete sich aus. Wir hatten Hunger und froren. Der Wind, der anfangs nur leicht geweht hatte, wurde unangenehm scharf, verwandelte die Schneeflocken in tausend Nadeln, die uns trafen. Vor wenigen Tagen hatten wir in Belitong noch bei neununddreißig Grad gebadet, und nun saßen wir bei Frost in einem verschneiten Park!

Die Nacht kroch heran. Der Eisteufel umkreiste uns. Erst biss er uns in die Ohren, die anfingen zu summen, dann zog er an unseren Backen, bohrte sich in die Knochen. Inzwischen war es zehn Uhr abends geworden, die Temperatur sank. Wir bekamen es nun mit der Angst zu tun, denn wir hatten ja überhaupt keine Erfahrung mit solchen extremen Temperaturen. Kein einziges Tier war zu sehen, entweder es gab hier keine, oder sie hatten sich alle vor der Kälte in ihre Löcher verkrochen.

Nacht und Kälte waren bald kaum noch zu ertragen. Der Wind von der Nordsee fegte ungehindert über das Land, pfiff und heulte. Nur zwei magere Gestalten, Leute aus der Provinz, die in ihrem ganzen Leben noch keinen Schnee gesehen hatten, leisteten ihm Widerstand. Kälte und Dunkelheit schlossen uns ein, die Zeit schien eingefroren.

Wir drängten uns auf der Parkbank eng aneinander, trotzdem schlotterten uns die Glieder, klapperten uns die Zähne, die Finger wurden runzlig und schmerzten. Irgendwann fühlte ich mich ganz sonderbar. Mir drehte sich alles vor Augen, und mein Kopf war merkwürdig leicht, schien gar nicht mehr zu mir zu gehören. Meine Kehle war wie zugeschnürt. Ich warf den Kopf hin und her, denn ich hatte immer stärker das Gefühl, keine Luft mehr zu bekommen. Ich beugte mich vor, Blut tropfte aus meiner Nase, machte rote Flecken in den Schnee. Ich atmete tief ein, aber dann war die Kehle wieder zu. Arai nahm seinen Schal und schlang ihn mir um den Hals.

»Wir müssen durchhalten, Boi!«, rief er voller Panik. Er machte seinen Koffer auf, holte alle Kleidungsstücke heraus und wickelte sie mir um den Leib, eine Lage über die andere. Ich keuchte. Meine Nase blutete wieder. Arai packte mich unter den Achseln und zerrte mich rückwärts durch den hohen Schnee hinter sich her, bis er torkelnd vor einer Eberesche stand. Dort war ein großer Laubhaufen, in den er mich schob. Warum legte er mich bloß auf den eisigen Boden? Seltsam. War er vielleicht vor Kälte verrückt geworden? Er ging in die Hocke und schaufelte mit beiden Händen Laub auf mich.

»Was soll das, Boi?« Arai schaute besorgt, murmelte etwas Unverständliches und machte weiter, bis nur noch mein Gesicht aus dem Laubhaufen herausschaute. Ich konnte nichts dagegen tun, denn ich war wie gelähmt. Die Temperatur war mittlerweile bestimmt unter zehn Grad minus gefallen. Ich wollte mich aufgeben, war auf alles gefasst. Aber Arai ließ das nicht zu. Er schrie mich an, ich solle weitersprechen, damit ich nicht einschliefe. Er brüllte Beleidigungen, um meinen Widerstand zu reizen, gab mir Backpfeifen, immer wieder. Nach einiger Zeit spürte ich, wie ganz, ganz langsam eine sanfte Wärme meinen Rücken heraufkroch.

Das faulende Laub, das Arai auf mich gehäuft hatte, wärmte mich. Als Arai sah, dass es mir besserging, warf er nochmals Ebereschenlaub auf mich. Mein Bewusstsein wurde langsam wieder klar, mein Herz schlug wieder normal, ich bekam Luft. Ich betrachtete Arai voller Dankbarkeit. Er jubelte laut.

»Humus! Humus, mein Lieber, Pyrus aucuparia, speichert Wärme! Auf diese Weise haben die preußischen Truppen im Winter überlebt! Liest du denn keine Geschichtsbücher?«

Arai zündete eine Kerze an und öffnete einen Plastikbeutel, in dem ihm meine Mutter als Reiseproviant getrocknete Sardellen mitgegeben hatte. Wir rösteten die kleinen Fische über der letzten Kerze. Arai lachte. Ich bewunderte ihn.

Das war unser Candlelight Dinner zum Empfang in Europa.

31

Am frühen Morgen begegneten wir einer Gruppe von Typen mit Slogans wie »Belgien für die Belgier« auf ihren Jacken. Sie trugen Transparente und waren anscheinend unterwegs zu einer Demonstration, um Stimmung zu machen gegen Immigranten, die ihnen angeblich die Arbeitsplätze raubten. Einer von ihnen zeigte uns vergleichsweise freundlich den Weg zum Bahnhof. Wahrscheinlich wirkten wir so mitgenommen nach unserer abenteuerlichen Nacht im Park, dass selbst diese rechten Typen Mitleid mit uns hatten.

Gemeinsam mit vielen anderen Stipendiaten aus den verschiedensten Ländern versammelten wir uns im Berlaymont, dem Gebäude der Europäischen Kommission in Brüssel. Der gewaltige Bau beherrschte das Zentrum des Europaviertels. Solide und mächtig schien er mir überdeutlich die Vorrangstellung Europas zu verkörpern. Seine sternförmige Architektur kündete von großem Selbstbewusstsein.

Als wir ankamen, strömten von allen Seiten Delegationen zusammen, offensichtlich zu einer internationalen Konferenz. Dolmetscher empfingen die Kontingente der einzelnen Länder. Es war ein aufregendes Sprachengewirr. Die Delegationen aus Afrika erschienen in ihren schönen traditionellen Gewändern, Frauen in wunderschönen weiten Gewändern mit malerischen Kopfbedeckungen. Männer trugen kostbare Boubous.

Sie wirkten alle sehr lebhaft und beschwingt. Die Abgesandten aus Entwicklungsländern, die immer bei den reichen Ländern Europas Schulden aufnehmen, kamen in überdimensionierten Limousinen angefahren. Die Vertreter der wohlhabenden Länder dagegen in Minibussen.

Die Überwachung war äußerst streng. Wer keine persönliche Einladung von Dr. Michaela Woodward hatte, brauchte sich keine Hoffnungen zu machen, die mehrfachen Sicherheitsschranken zu überwinden. Auch wir mussten uns dreimal durchsuchen lassen, zuletzt von einem Vertreter der Sicherheitsorgane, der das Lächeln seit Jahren verlernt hatte. Schließlich aber begrüßte uns eine Dame, die genauso aussah, wie ein Indonesier sich eine Skandinavierin vorstellt: blond, hübsch und riesig.

Sie hieß Erika Ingeborg und war die Sekretärin von Frau Dr. Woodward. Und tatsächlich, sie kam aus Schweden. Sie war nicht allzu freundlich, aber hilfsbereit, sehr gescheit und effizient. Sie begleitete uns ins Büro ihrer Chefin, die über den weiteren Verlauf unserer Stipendien zu entscheiden hatte.

Wir kamen jedoch im falschen Moment, denn Frau Dr. Woodward telefonierte gerade mit Famke Somers, die sich bei ihr beschwerte. Famke hatte am Abend zuvor Simon Van Der Wall angerufen und nach uns gefragt. Als sie erfuhr, was geschehen war, hatte sie ihm ordentlich den Marsch geblasen. Frau Dr. Woodward war ebenfalls aufgebracht, konnte sich jedoch nicht weiter um uns kümmern, da vier aufgeregte Besucher das Büro betraten und sie in ein lautes Streitgespräch über Wirtschaftspolitik verwickelten. Erst als sie die vier wieder herauskomplimentiert hatte, konnte sie sich uns zuwenden und machte ihrem Ärger Luft: »Das ist ja ungeheuerlich, dieser Simon Van Der Wall ist unmöglich!«

Sie versuchte sich zu beherrschen und fuhr in freundlichem Ton fort: »Bitte entschuldigen Sie, was gestern Abend passiert ist. Es soll ja bis sechzehn Grad unter null gewesen sein, wie haben Sie das denn nur überstanden? Aber machen Sie sich keine Sorgen, Erika wird die Sache mit Simon klären. Ist das okay?«

Erika zeigte keine erkennbare Reaktion.

»Erholen Sie sich einigermaßen, und morgen sehen wir uns wieder. Noch in dieser Woche arbeiten wir eine Projektbeschreibung Ihrer Studien aus.«

Als Erstes wurden wir getestet, damit festgelegt werden konnte, welche Universität für uns geeignet wäre. Arai und mir gingen die Augen über, als wir sahen, dass die Université de Paris, die Sorbonne, auf der Liste der Hochschulen stand, für die man optieren konnte. Seit uns Guru Balia damals in der ersten Klasse der Oberschule das Foto von Paris gezeigt hatte, war eine Ausbildung dort unser Traum gewesen.

Allerdings mussten wir unsere Hoffnungen der Realität anpassen, denn um uns herum gab es viele Konkurrenten, die uns haushoch überlegen waren, das konnten Arai und ich nur neidlos anerkennen. Ein Stipendiat von den Philippinen beispielsweise war ein junger Adam Smith. Er kannte sich in sämtlichen Theorien der Volkswirtschaft aus. Der Kandidat aus Taiwan war ganz offensichtlich ein echtes Universalgenie. Seine große Begabung führte allerdings dazu, dass ihm niemand folgen konnte, wenn er etwas erklärte. Und wie der Bewerber aus Peru über Literatur sprach, verriet, dass er sich durch ganze Bibliotheken gelesen haben musste. Wenn ich mir dagegen Arai und mich selbst anschaute, dann wurde ich eher an eine Reinigungskraft in der

Bezirksbibliothek in Belitong erinnert. Der Stipendiat aus Brasilien berührte mich ganz persönlich, denn er erinnerte mich an Lintang. Er sprach wie ein junger Isaac Newton über Physik und hatte dabei das gleiche Feuer in den Augen wie mein alter Freund aus den Zeiten der Regenbogentruppe.

Bevor ich kleinmütig werden konnte, sah ich zu Arai, dem Menschen mit der positivsten Ausstrahlung, den ich kannte. Er grinste mir aufmunternd zu. Ich besann mich darauf, dass ich als Zweitbester des Jahrgangs die Oberschule abgeschlossen hatte, und freute mich einfach, mit so vielen gescheiten Menschen zusammen sein zu können – was war das für ein Privileg! Ich dachte an meinen Vater, der zu mir gehalten hatte, obwohl damals, in der Wirtschaftskrise, meine Noten nach unten gegangen waren. Nach wie vor war mein Wahlspruch: Mach das Beste aus der Lage, in der du gerade bist.

Mit drei anderen Bewerbern bestanden Arai und ich den Test zum Studium an der Sorbonne. Ich im Fach Volkswirtschaft, Arai in Mikrobiologie. Wir konnten in Guru Balias Fußstapfen treten und in Frankreich studieren.

Von Brügge hatten wir nicht viel gesehen, aber Brüssel gefiel mir unheimlich gut mit seiner Mischung aus holländischem Funktionalismus und französischem Kunstsinn. Arai und ich waren eigentlich vollauf damit beschäftigt, in der Woche, die uns bis zum Start in Paris blieb, einen Studienplan auszuarbeiten. Doch wann immer wir etwas Zeit finden konnten, zogen wir los, schlenderten etwa in die Rue de L'Étuve, um uns die Statue des lustigen Jungen anzusehen, der gerade pinkelt, das Manneken Pis. Wir kannten die Skulptur von Fotos, und es war unvorstellbar für uns gewesen, dass dieser kleine dickliche Junge wirklich das Wahrzeichen Brüssels sein und Millionen Touristen anziehen sollte. Nun standen wir leibhaftig davor und lachten die Aufregung der letzten Tage aus uns heraus – selbst kleine Jungen, die in der neuen alten Welt Europas aus dem Staunen nicht herauskamen.

Wir wunderten uns zuerst über die vielen kleinen Geschäfte und Stände direkt neben dem Palais Des Beaux Arts und begriffen dann, dass Verkaufsbuden keineswegs überall ein Zeichen von Armut und Elend sind – im Gegenteil.

Gegen Ende der Woche waren unsere Gedanken dann nur noch auf Paris gerichtet. Samstagabend stiegen wir in einen Euroline-Bus nach Paris. Während der Fahrt träumte ich vor mich hin. Wir waren mittlerweile eine Woche in Europa. Unsere bisherige Reiseroute durch drei einander benachbarte Länder hatte die Form eines noch unvollständigen S.: Holland, Belgien und Frankreich.

Es schneite wieder heftig, und der Fahrer fuhr sehr vorsichtig. Auf dem Weg in Richtung Süden kamen wir durch Städte wie Liège, Marche und Bastogne, immer tiefer nach Frankreich hinein. Ich versuchte zu schlafen. Doch seit wir von Brüssel aufgebrochen waren, hatten Arai und ich einen beschleunigten Puls: Es ging nach Paris! Diese Stadt, von der uns ein Lehrer in einer armseligen Schule weit weg auf einer Insel am anderen Ende der Welt erzählt hatte, war über Jahre hinweg unser Leitbild gewesen. Wir konnten es einfach nicht glauben, dass wir nun in diesem Bus saßen und unser Traum wahr geworden war. Bis Paris waren es weniger als vier Stunden!

Paris schlief noch, als wir am Busbahnhof Gallieni ankamen. Am Ende des Bahnhofs, dort wo es zur Untergrundbahn hinunterging, waren obdachlose Immigranten dabei, ihre Schlafsäcke einzurollen. Am anderen Ende der Welt war ich einmal einer der Ihren gewesen. Sie taten mir leid. In Jakarta war es wenigstens warm gewesen!

Wir beeilten uns, die steile Treppe zur Metro hinunterzukommen. Hinter einem Gitter saß ein dunkelhäutiger Mann und trank Kaffee aus einer großen, breiten Tasse. Er musste schon sehr lange dort Fahrkarten verkaufen, denn er war eins mit seinen Gerätschaften geworden. Alles, was er benötigte, hatte er in Reichweite. Wir waren offensichtlich an jenem Tag die Ersten, die bei ihm eine Fahrkarte kauften. Obwohl Menschen so früh am Morgen meistens schlecht gelaunt sind, war er von ausgesuchter Freundlichkeit. Alle unsere Fragen auf Englisch beantwortete er bereitwillig auf Französisch.

»Hier sind eure Karten, mein Freund. Alle Fahrkarten bringen euch zum Eiffelturm«, lachte er. »Bienvenue à Paris, Monsieur.«

Wir stiegen in die Metro. Es waren nur ein paar Fahrgäste in dicken Jacken und Mänteln unterwegs. Fast ausschließlich Leute aus Afrika oder Asien. Ich studierte die Metro-Linien auf dem Plan über der Tür. Es war verwirrend, denn es waren nur rote und blaue Verbindungslinien zwischen einzelnen Punkten zu sehen. Sie reichten von Gallieni bis zu einem Bahnhof, der schwierig auszusprechen war: Pont de Levallois-Bécon. Die Metro fuhr mit unheimlicher Geschwindigkeit. Arai und ich konnten es kaum erwarten, zum ersten Mal den Eiffelturm zu sehen, doch wir wussten immer noch nicht, wie wir dorthin kommen sollten. An einer Station stieg eine Inderin zu, wie an ihrem Sari zu erkennen war. Sie setzte sich neben mich, und ich fragte sie:

»Eiffel?«

»Der Turm? Trocadéro. Ihr müsst hier umsteigen«, sagte sie und wies auf eine Metrolinie. Bei »Havre-Caumartin steigt ihr um, nehmt die Linie zum Pont de Sèvres und fahrt bis Trocadéro, okay?«

An der Station Trocadéro waren wir ganz allein, für normale Touristen war es noch zu früh. Wir gingen durch den unterirdischen Gang und erreichten die Treppe nach oben. Wir schleppten noch immer unsere Koffer und die Rucksäcke. Langsam stiegen wir mit dem Gepäck die Treppe hoch, Arai war zuerst oben und brüllte:

»Ikal!«

Ich beeilte mich nachzukommen, wollte wissen, was los war. Da sah ich ihn. Noch war er teilweise in Nebel gehüllt, ragte hoch und machtig in den Himmel.

Der Turm erschien mir wie eine riesige Dame, aufrecht und stolz, unnahbar. Die Spitze erreichte eine unglaubliche Höhe, schwebte im Nebel wie eine Königskrone. Madame war hochmütig, blickte nach oben und wollte mit niemandem als dem Himmel reden. Doch unmerklich spähten ihre scharfen Augen nach unten, ihr entging nicht die kleinste Bewegung in Europa.

Wir gingen näher ran, bis wir unter ihrem weitausladenden Rock standen. Ein leichter Wind kräuselte die Seine, die sich hier teilt und unter jahrhundertealten Brücken dahinfließt. Friedlich und ruhig, als würde sie sich langsam aus dem Paradies ergießen.

Ich streckte die Hand aus und berührte die Grande Dame. Sie kümmerte sich nicht um mich, wurde nur immer schöner, denn die Sonne war höher gestiegen und übergoss die riesige Konstruktion mit ihren Strahlen. Ich betrachtete Arai, bewunderte seine ungeheure Kraft, Träume zu verwirklichen. Nun waren wir in Paris gelandet. Ich musste an die Worte des alten Weh denken, dass ich hier die Mosaiksteine meines Lebens finden würde. Und tatsächlich, in Paris hatte ich den ersten Mosaikstein gefunden.

32

Im Rahmen unseres Stipendiums hatte man uns eine Pariser Unterkunft organisiert, wofür wir insbesondere nach der schockierenden Erfahrung in Brügge mehr als dankbar waren. Eine Dame mit dem wohlklingenden Namen Maurent LeBlanch begleitete uns dorthin. Sie nahm unser Appartement nach allen Seiten hin in Augenschein.

»Ich hoffe, Ihr fühlt euch wohl hier. Vergesst nicht, morgen um zwei ins Büro zu kommen, für die Anmeldung.«

Maurent blieb fortan immer mit uns in Kontakt, sie war unser »Verbindungsoffizier« an der Sorbonne.

Maurent blickte aus dem Fenster. Genau betrachtet, war sie eine attraktive Frau. Ich war gleich fasziniert von ihrer Tasche. In aller Heimlichkeit hatte ich die Fähigkeit entwickelt, Frauen nach ihren Handtaschen zu beurteilen. Sie hatte eine Fendi-Tasche, also besaß sie nicht nur Geld, sondern auch Geschmack. Es war eine Clutch mit einer feinen Kette, um sie bei Bedarf über die Schulter zu hängen. Nach meiner Beobachtung besaßen Frauen, die gern teure Taschen trugen, eine Mischung aus weiblichen und männlichen Charakterzügen. Außerdem hatte sie eine unglaubliche Stimme, die besonders gut klang, wenn sie ihren Namen sagte. So unauffällig wie möglich versuchte ich sie dazu zu bringen, ihn wieder und wieder auszusprechen.

»Also, morgen müssen wir zu Ihnen, Madame …« – ich zögerte.

»Maurent«, antwortete sie bereitwillig.

»Gut, wir kommen in Ihr Büro. Wir sagen dem Pförtner, wir möchten zu Madame … ach, Verzeihung, ich habe es schon wieder vergessen!«

»Maurent …«, sagte sie.

Ich freute mich jedes Mal diebisch, wenn sie wieder mit ihrer schönen tiefen Stimme ihren Namen genannt hatte.

Sie führte uns durch die Gebäude der Sorbonne und zeigte uns die Räume, in denen bedeutende Männer wie Montesquieu, Voltaire, Pascal, Louis Pasteur, René Descartes, Baudélaire und Derrida gelehrt hatten.

Schon in der Woche darauf begann die Studienroutine unser Leben zu beherrschen. Ab jetzt gab es nur noch drei Aktivitäten: Vorlesungen besuchen, die Kunst- und Kulturszene von Paris kennenlernen und lernen, lernen, lernen. Routine und Langeweile sind zwei enge Freunde, die bevorzugt gemeinsam auftreten, doch erst in Paris fand ich heraus, dass Routine keineswegs immer langweilig sein muss.

Unsere Seminare waren außerordentlich interessant. Da wir aus den unterschiedlichsten Ländern kamen, konnte ich hier nebenher Studien zu nationalspezifischen Verhaltensweisen treiben. Es gibt viele Leute, die die Existenz solcher Eigenheiten abstreiten, aber meiner Erfahrung nach gibt es sie in unterschiedlicher Ausprägung ganz bestimmt. In jedem Fall gab es hier für mich viel zu beobachten. Die Studenten aus England waren selbstbewusst, streitlustig und agil in ihren Beiträgen. Der Dozent hatte seinen Vortrag kaum beendet, da gingen bei ihnen schon die Hände hoch, um kritische Fragen zu stellen, Thesen abzulehnen und eigene Theorien zu entwickeln. Irgendwo hatte ich gelesen, dass unter den zweihundert bedeutendsten Persönlichkeiten der Geschichte die Engländer am stärksten vertreten sind. Wenn ich mir das Auftreten meiner Kommilitonen anschaute, konnte ich mir das gut vorstellen. Zwei deutsche Kommilitonen, Marcus Holdvessel und Christian Diedrich, kamen stets zehn Minuten vor Beginn der Vorlesung, setzten sich auf die gleichen Plätze in der Mitte und gingen alle Fragestellungen systematisch und methodisch an. In allen mathematischen Fragen waren die beiden spitze, in ihren Seminararbeiten gingen sie selten neue Wege, aber sie waren unglaublich genau. Ihre Noten waren mindestens *distingué*. Die beiden waren unzufrieden mit unserem Lehrplan in Wirtschaftswissenschaften und reichten bei der Fakultät Vorschläge für dessen Änderung ein. Arai und ich konnten nur staunen angesichts der Gründlichkeit und des ernsthaften Pragmatismus, mit dem sie ihr Anliegen in die Hand nahmen.

Die hellsten Köpfe im Seminar waren die beiden Holländerinnen Saskia und Marike Ritsema, zwei schweigsame Mädchen, die immer ganz hinten in der letzten Reihe saßen. Sie hielten sich in der Diskussion eher zurück, waren aber zweifellos dazu bestimmt, ihr Examen mit summa cum laude zu bestehen. Dabei hatten sie eine vollkommen entspannte, gelassene Art.

Während der Vorlesung konnte man ihre Aufmerksamkeit beinahe körperlich spüren. Nur ganz selten zogen sie die Stirn kraus, weil sie mit den Ausführungen eines Dozenten nicht einverstanden waren, meldeten sich aber nicht gleich mit ihren Einwänden zu Wort, wie das die englischen Studenten gewöhnlich taten. Sie waren ziemlich konventionell gekleidet, legten keinen besonderen Wert auf solche Äußerlichkeiten. »Niet belangrijk«, meinten sie achselzuckend. Wenn man sich mit ihnen unterhielt, stellte man jedoch bald fest, dass die beiden jungen Frauen aus den Niederlanden viel radikaler dachten als beispielsweise ihre deutschen Kommilitonen. Sie wollten nicht nur den Lehrplan in den Wirtschaftswissenschaften reformieren, sondern gleich die ganze Universitätsstruktur.

Nur Abraham Levin, Y'hudit Oxxenberg, Yoram Ben Mazuz und Becky Avshalom konnten gelegentlich mit Saskia und Marike gleichziehen. Die Studenten aus Israel hatten allesamt etwas Geniales. Noten waren ihnen gleichgültig. Sie kümmerten sich nicht um Nebensächlichkeiten, ihr ganzes Interesse galt den bedeutenden Fragen. Y'hudit, Yoram und Becky behandelten Levin wie ihren Meister. In den Vorlesungspausen suchten sich die vier gewöhnlich eine Parkbank und diskutierten. Meistens war es Levin, der sprach und gleichzeitig an seinem Backenbart drehte. Sie wirkten immer so, als würden sie irgendetwas aushecken. Jedenfalls hatten sie noch viel weiter reichende Ideen als Saskia und Marike, die den Universitätsbetrieb erneuern wollten. Sie wollten ganz Frankreich reformieren!

Einen tiefen Eindruck hinterließen bei mir die französischen Studenten Charlotte Gastonia, Sylvie Laborde, Jean Pierre Minot und Sebastien Delbonnel. Wie sie dachten und fühlten, wurde mir anlässlich einer Aufführung des Filmklassikers »Jean de Florette« klar, nach dem Roman »Die Wasser der Hügel« von Marcel Pagnol. Es ist die Geschichte des ehrlichen Jean Cadoret, einem Buckligen, der mit größten Schwierigkeiten zu kämpfen hat, um seine Familie als Bauer durchzubringen. Der Bedauernswerte wird von seinen missgünstigen Nachbarn betrogen. Ich war hingerissen von der Art und Weise, wie Gérard Depardieu spielte. Aber es überraschte mich, wie meine französischen Freunde den Film interpretierten. Charlotte erzählte, sie habe ihn schon mehrmals gesehen und sei sogar in die Provence gefahren, um das Haus der Cadorets in einer kargen Gegend zu besuchen. Dabei sei es ihr gleichgültig gewesen, ob die Geschichte von Jean de Florette echt gewesen sei oder fiktiv. Diese Leidenschaft für die Kunst, egal in welchem Bereich, begegnete mir in Frankreich immer wieder.

Neben diesen außergewöhnlichen Studenten gab es vier andere, die stets zu spät kamen und schrecklich unkonzentriert und unruhig waren. Wenn der Dozent etwas erklärte, fragten sie immer wieder nach unwichtigen Dingen, so dass sie allen auf die Nerven gingen. Sie machten sich Aufzeichnungen, um das Gehörte zu Hause noch einmal durchzugehen, kamen damit aber nie hinterher, weil ihr Französisch nicht gut genug war. Oft nickten sie verständnisvoll in der Vorlesung, als hätten sie alles verstanden, dabei hatten sie keine Ahnung, worum es ging. Wo andere Frankreich revolutionieren wollten, waren ihre Ziele ganz bescheiden. Ihnen genügte es vollkommen, einen passablen Abschluss mit C zu schaffen. Entscheidend war ganz einfach, die Prüfungen nicht wiederholen zu müssen und so viel Zeit wie nur irgend möglich für andere Dinge zu haben, wie zum Fußball zu gehen, in Cafés herumzuhocken oder durch Paris zu schlendern. Viel Energie mobilisierten sie vor allem dafür, Gründe zu finden, mit denen wir die Stipendiengeber dazu bringen konnten, das Büchergeld zu erhöhen.

Diese vier Kommilitonen waren Monahar Vikram Raj Chauduri Manooj, Pablo Arian Gonzales, Ninochka Stronovsky und ich. Wir waren wie die Länder selbst, aus denen wir kamen, ohne rechte Orientierung, aber guten Willens, erst verwirrt, dann bemüht, das Versäumte so schnell wie möglich nachzuholen.

Monahar Vikram Raj Chauduri Manooj duldete nicht, dass man seinen großartigen Namen verkürzte. Aber es war auch nicht gut möglich, ihn immer mit der ganzen Pracht seiner fünf Namen anzureden. Wir einigten uns schließlich auf die Formel MVRC Manooj. Damit konnte er sich abfinden. Seine Zustimmung signalisierte er, indem er seinen Kopf mehrmals rhythmisch hin- und herschwenkte.

Gonzales war ein lustiger Kerl, vor allem weil seine Grundeigenschaft die Fröhlichkeit war und er ein hübsches Gesicht hatte, wie ein Baby. Seine kugelrunden Augen lächelten immer. Er war nicht sehr groß, aber ziemlich dick, hatte krauses Haar und hinkte leicht. Gonzales war der Sohn eines Schmiedes aus Guadalajara. Er hatte ein Stipendium der Weltbank. Bevor er nach Frankreich kam, war er Mathematiklehrer an einer Oberschule und Fußballtrainer gewesen.

Von Anfang an verstanden wir – Gonzalez, MVRC Manooj, Ninochka Stronovsky und ich – uns sehr gut. Ninochka kam aus Georgien. Sie hatte das Stipendium für Frankreich bekommen, weil sie eine wahre Schachmeisterin war.

An jedem Monatsanfang, wenn wir unser Geld bekamen, taten MVRC Manooj und Gonzales so, als kennten sie uns nicht. Dann aßen sie nicht in der Mensa, sondern gingen aus, schick angezogen und in eine atemberaubende Wolke aus Eau de Toilette gehüllt. Das süße Leben hielt allerdings immer nur bis zum fünfzehnten. Danach pumpten sie ihre Kommilitonen reihum an, damit sie bis zum Monatsende durchkamen. Am nächsten Ersten waren sie wieder reich und gingen ihren Gläubigern aus dem Weg.

33

Das Appartement Mallot, in dem wir wohnten, lag direkt am Bahnhof Gare de Lyon. Es hatte einen besonderen Vorzug: Vom Fenster aus konnte man auf den Eiffelturm sehen. Unser Hausherr war ein alter Maler, der den ganzen Tag lang schlief. Er stand erst gegen neun Uhr abends auf und blieb dann bis zum nächsten Morgen auf. Die ganze Nacht über malte er in aller Stille. Seine Motive waren entweder Menschen oder Ansichten der Stadt. Beim Malen, aber nur dann, hatte er stets eine Baskenmütze auf. Ein französischer Künstler mit seiner Baskenmütze vor der Leinwand – das fand ich einen wunderbaren Anblick. Arai und ich waren mit ihm sehr befreundet. Er schenkte mir eine Baskenmütze, die ich bis heute immer trage.

Unser erster Winter ging zu Ende. Er hatte uns in Brügge mit einer heftigen Umarmung begrüßt, und nun verabschiedete er sich auf leisen Sohlen von uns in Paris. Danach begann die Jahreszeit, in der es vor fröhlichem Radau nur so krachte und knackte, als das Eis von Telefonmasten, Parkuhren, Brückengeländern, Reklametafeln, aus den Kronen und von den Ästen der Platanen abfiel. Wenn ich morgens aufstand, konnte ich im Osten einen roten Streifen am Himmel sehen. Dann wurden die Dächer an der L'Avenue de la Bourdonnais zum Spatzenparadies. Die Vögel putzten die Eisreste aus den Dachrinnen, Wasserrohren und Schornsteinen. Der kahle, bleiche Park färbte sich wieder bunt. Die Stadt räkelte und regte sich.

Eichhörnchen lugten zwischen den Wurzeln der Bäume oder zwischen den Latten der Parkbänke hervor und kletterten die Baumstämme hoch. Alles summte und pfiff, hüpfte um die Wette nach dem Takt der Spechte, die an den Stämmen der Pappeln klopften.

Der Metroschaffner fand sein Lächeln wieder, nachdem er die letzten drei Monate mürrisch dreingeblickt hatte. Der Blumenverkäufer grüßte jeden, der vorbeikam. In den Theatern bauten die Bühnenbildner die düsteren gotischen Kulissen ab. Die Stücke aus dem Winterprogramm, wie das blutrünstige Drama »Bram Stoker's Dracula« oder »Caligula«, wo sich alle gegenseitig umbringen, wurden abgesetzt, und stattdessen gab man jetzt den Klassiker »The Sound of Music«. Der Prospekt im Hintergrund zeigte ein grünes Österreich, samt Bergmassiv und Schönwetterwolken.

Arai und ich gingen oft ins Theater, und da meldete sich eine alte Sehnsucht wieder, die wir seit der Zeit unserer Bestrafung durch Guru Mustar im Herzen bewahrt hatten: nämlich die, Schauspieler zu werden.

Wir schlossen uns einer kleinen Theatergruppe an. Sie bestand aus Theaterliebhabern, darunter auch vielen Pensionären. Wir waren alle Amateure, denen es um nichts anderes ging, als Neugier und Freude an der Sache mit Gleichgesinnten zu teilen. Es stellte sich schnell heraus, dass wir beide keine besondere Begabung als Schauspieler besaßen, aber wir schätzten die Herausforderung, uns einzubringen, die aufregenden Erfahrungen während der Proben, die Spannung vor der Aufführung und das Lampenfieber, wenn man auf der Bühne stand. Wir spielten kleine Parts, aber wir freuten uns darüber, auch wenn wir nur stumm als Statisten über die Bühne zu laufen hatten. Nur wenn in einem Stück Migranten vorkamen, durften wir jeder ein paar Sätze übernehmen. Ich fühlte mich überglücklich und probte meine kleine Rolle vor dem Spiegel.

Monsieur Moullec, der Gründer der Theatergruppe, gleichzeitig Bühnenbildner, Regisseur und manchmal auch Autor, Maskenbildner und Arrangeur, war ein Mann mittleren Alters. Er war ein grenzenloser Optimist und zeichnete sich durch wahrhafte Engelsgeduld aus. Arai und ich übernahmen freiwillig alle möglichen Aufgaben im Theater. Wir richteten die Bühne mit ein, halfen bei den Kostümen und versuchten, uns überall nützlich zu machen. Aus freien Stücken zu arbeiten, machte um so vieles mehr Spaß als alle Verrichtungen, die wir für Hungerlohn zum nackten Überleben geleistet hatten.

»Das Gesicht eines Menschen, seine Bewegungen erzählen Geschichten«, war Monsieur Moullecs Überzeugung. Das erinnerte mich an meinen pantomimischen Vater.

Von Monsieur Moullec lernten wir unheimlich viel über das Theater. Und ich erkannte, dass die Theaterarbeit Erfahrungen mit sich bringt, die weit über das hinausgehen, was an der Universität erlernbar ist. Vor allem aber erfuhr ich, dass sie glücklich macht.

»Es gibt keine Freude, die dem Gefühl eines Künstlers gleichkommt, der an einem Meisterwerk arbeitet«, erklärte Monsieur Moullec und sah uns an. Uns klopfte das Herz.

Einmal schlug mir Monsieur Moullec vor, ich solle selbst versuchen, ein Stück zu schreiben, auf Englisch, denn im Französischen war ich noch nicht so zu Hause. Es sollte um einen Studenten aus Indonesien gehen, der nach Frankreich kommt. Als ich ihm meine Ausarbeitung zeigte, war seine Reaktion: »Hmm, du musst noch viel lernen. Aber lass dich nicht entmutigen, mach unbedingt weiter!« Diese Worte von Monsieur Moullec freuten mich enorm. »Merci, Monsieur.«

Paris hatte mich verzaubert. Es gab dort so viele Orte, die uns anregten, etwas Neues zu probieren, die uns inspirierten, neue Ideen eingaben, die wir später nach unserer Rückkehr realisieren könnten. Das machte für mich die Bedeutung von Paris aus.

Von einer Bank im Jardin du Luxembourg aus beobachtete ich eine Gruppe von Musikern, Leute beim Sonnenbaden, herumtollende Kinder, einen Eisverkäufer, Gaukler, junge Leute auf Inline-Skates – diese bunte, freie Vielfalt regte mich an. Wenn ich wieder zurück war, wollte ich meine eigene Theatergruppe haben!

Neben dem Theater und unseren Ausflügen in die Kunstwelt von Paris wollten wir uns, soweit es unser Studium erlaubte, nach einem Nebenjob umsehen. Wir brauchten Geld, denn wir träumten schon lange – schon seit der Oberschulzeit – von einer Reise durch Europa.

Durch Mittelsmänner, die Arbeit suchenden Ausländern halfen und sich gut auskannten, fand ich einen Teilzeitjob als Portier in einem Hotel unweit der Metrostation Goncourt. Arai arbeitete in demselben Hotel als Liftboy. Es war keine angenehme Arbeit. Zu Hause auf Belitong und in Jakarta hatten wir wesentlich härter gearbeitet, aber hier gab es Phasen zäher Langeweile, und dann wieder mussten wir flink sein wie die Makaken. Diese Wechsel setzten uns zu.

34

Waren wir wirklich schon fast ein Jahr in Europa? Es musste so sein, denn der Herbst, wieder eine unbekannte neue Jahreszeit, neigte sich dem Ende zu. Für uns, die wir aus Indonesien nur Regenzeit und Trockenzeit kannten, war es absolut faszinierend, zu sehen, wie sich hier die Welt im Wechsel der Jahreszeiten veränderte. Die sanfte, schrittweise Verwandlung begeisterte mich, und ich wünschte mir, mein Vater könnte das erleben, denn ich wusste, wie sehr ihm das gefallen hätte.

Nach Abschluss des dritten Semesters überkam mich eines Tages eine merkwürdige Vorahnung. Ich konnte mich schlecht konzentrieren und spürte eine untergründige Nervosität, als ob etwas Außerordentliches passieren sollte. So ein Gefühl hatte ich manchmal, aber meistens war es unbegründet. Doch diesmal ließ es sich nicht vertreiben. Möglicherweise hatte meine Unruhe mit Arai zu tun. Er war nämlich mittags verschwunden, ohne zu sagen, was er vorhatte. Er sei bald wieder da, hatte er erklärt.

Inzwischen ging es gegen Abend, ich wartete in unserer Wohnung auf Arai, der längst hätte zurück sein müssen. So etwas war noch nie vorgekommen. Seit neuestem hatte Arai ein Handy, und ich hatte schon hundertmal seine Nummer gewählt, aber er hatte sein Gerät leider ausgeschaltet. Ich rief bei allen unseren Freunden an. Nichts. Ich war sehr besorgt, aber ich hatte keine Ahnung, wo ich ihn nachts hätte suchen sollen. Immer wieder versuchte ich es auf dem Handy – erfolglos. An Schlaf war nicht zu denken, und doch musste ich irgendwann weggenickt sein, denn als ich benommen aufwachte, war es schon hell. Einer Eingebung folgend, machte ich mich auf den Weg zum Campus in der Hoffnung, er hätte so lange bei den Biologen im Labor gearbeitet, dass er möglicherweise darüber eingeschlafen wäre. Aber er war nicht dort. Ich fragte alle, die ich traf, doch niemand konnte mir etwas sagen. Arai war verschwunden. Ich stieg ins oberste Stockwerk der Universität. Von dort oben überschaute ich den ausgedehnten Campus mit allen seinen Gebäuden, konnte die Seine mit ihren vielen Windungen sehen, bis sie am Horizont verschwand. Wo bist du, Arai?

Ich lief zurück in unsere Wohnung, hoffte wieder, er wartete dort schon auf mich, würde mich an der Tür erschrecken, mich wie gewöhnlich mit seinen Scherzen beruhigen. Aber alles blieb leer. Inzwischen war es Nachmittag, er war länger als vierundzwanzig Stunden fort. Ob ich zur Polizei gehen sollte?

Die Sache war ernst. Hatte ich nicht gerade erst im Internet gelesen, dass in letzter Zeit immer mal wieder Asiaten von einem mysteriösen Syndikat entführt worden waren? Von Geheimorganisationen oder einer okkulten Sekte? Arai war viel zuzutrauen, hatte er sich etwa ohne mein Wissen in Indonesien an politischen Aktionen beteiligt und war nun aus dem Verkehr gezogen worden? Bei dem Gedanken blieb mir der Atem weg.

Entsetzliche Vorstellungen quälten mich. Ich verlor die Nerven und rannte aus dem Haus. Ich lief ziellos durch Paris. Ich war völlig durcheinander. Was sollte ich meinem Vater sagen, wenn Arai etwas passiert war? Ich ging die Rue Hector-Malot entlang und dann weiter zur Gare de Lyon.

Zunächst bemerkte ich es gar nicht, doch nach einer Weile erreichte es mein Bewusstsein: Aus all den kleinen Radios der Blumenverkäufer kam ein und dieselbe Melodie, und zwar in einer Art Endlosschleife, oder bildete ich mir das nur ein? Ich ging weiter, aber das Lied, dass ich von irgendwoher kannte, aber nicht zuordnen konnte, verfolgte mich. Verstört lief ich zum Boulevard Diderot, versteckte mich in der Menge, aber die Radios der Zeitungskioske brachten denselben Song. Von allen Seiten drang es in ewiger Wiederholung auf mich ein, hallte in meinen Ohren wider wie ein Mantra. War ich der Einzige, der das hörte? Vielleicht lag es an meiner Sorge um Arai, vielleicht war ich verrückt geworden?

Panik ergriff mich, ich rannte zur Metrostation, bahnte mir einen Weg durch die Menge. Weg, nur einfach weg hier. Ich sprang in die Metro und ließ mich auf einen Sitz fallen, rang nach Luft. Was geschah nur mit mir? Und was war mit Arai passiert?

Die Frau neben mir lauschte ganz versunken einer Melodie in ihrem Kopfhörer. Als ich näher hinhörte, wurde mir ganz schwindelig: Es war derselbe Song.

Die Frau sah traurig aus. Unaufhörlich drangen die Töne aus dem Kopfhörer, aber der melancholische Blick dieser Frau beruhigte mich auf merkwürdige Weise. Und da, plötzlich läutete eine Glocke in meinem Kopf. Ich kam wieder zu mir. Ich hatte begriffen. An der nächsten Station stieg ich aus und nahm die Linie in Richtung Père-Lachaise. Dort stieg ich aus und lief zum Eingangstor des Friedhofs. Ich schlängelte mich zwischen den dicht gedrängt stehenden Grabsteinen hindurch, die zum Teil hoch aufragten, mit Inschriften in Latein, schwarz, moosüberzogen. Ich zuckte zusammen, denn auf einmal stand ich vor dem Grab von Frédéric Chopin. Seit fast hundertfünfzig Jahren lag er dort. Ich ging weiter. Viele Grabsteine waren zerborsten, standen schief oder lehnten sich an die Nachbarsteine. Krähen hatten sich auf den Steinen niedergelassen, krächzten.

Von irgendwoher drangen Fetzen von Gesang. Ich ging den Tönen nach. Der Duft von Weihrauch und von Blumen empfing mich. Leute in Hippie-Kleidung bildeten einen Kreis. Es waren Hunderte. Sie hielten Kerzen in der Hand und warfen Blumen auf ein Grab. Ich trat näher. In den Grabstein war ein Name eingraviert: James Douglas Morrison 1943–1971. Es war der 3. Juli, sein Todestag. Morrison-Fans aus aller Welt hatten sich an seinem Grab zusammengefunden.

Ein älterer Mann spielte auf einer Laute Jim Morrisons »End of the Night«, das Lied, das den ganzen Tag schon im Radio zu hören gewesen war. Nach den vielen Stunden der Sorge und Angst überwältigte mich diese Szenerie, ich war sehr bewegt. Als ich aufblickte, entdeckte ich Arai in der Menge.

35

Ich konnte mir gerade noch verkneifen, Arai gegenüber seinen früheren Auftritt mit »Light My Fire« vor Zakiahs Haus anzusprechen, obwohl mir klar war, dass er auf dem Friedhof Père-Lachaise nicht nur um Jim Morrison, sein Idol, trauerte. Er dachte noch immer mit Sehnsucht an Zakiah, seine erste Liebe, die ihn mit ihrer schnöden Abweisung sehr gekränkt hatte.

Seit wir in Europa waren, hatte Arai ihr bereits mehrere Briefe geschrieben, aber nie eine Antwort erhalten. Ich hatte auch nie bemerkt, dass er sich für irgendeine andere Frau interessiert hätte. Dabei hatte Zakiah von Anfang an nichts von ihm wissen wollen, das war offensichtlich immer noch so und würde, wie ich fürchten musste, auch so bleiben. Manchmal ist Liebe wahrhaftig bitter.

Aber was soll ich über Arai und seine unerfüllte Liebe reden, wo ich doch selbst betroffen war! Auch unter dem Ansturm der neuen Eindrücke in Europa hatte ich A Ling nicht vergessen können. Selbst in Paris, der Stadt der Liebe, machte ich mir immer noch Hoffnungen auf A Ling. Eines Tages würde ich sie wiedersehen, das sagte mir mein Herz – bis eine Studentin namens Katja Kristan auftauchte.

Katja war im gleichen Seminar wie ich und sehr attraktiv. Unter anderem wegen ihrer auffallend strahlenden Augen, aber auch weil sie wunderbar argumentieren konnte und viel über Literatur wusste. Gonzales meinte, er würde sie sofort heiraten, wenn sich eine Gelegenheit dazu ergäbe, und er wäre ohne weiteres bereit, seinen Pass zu wechseln und Deutscher zu werden, selbst wenn er dann Kaminkehrer werden müsste.

Ich weiß gar nicht mehr, wie diese Geschichte begann. Weder bei ihr noch bei mir war es Liebe auf den ersten Blick, es ergab sich einfach, dass wir oft in Gruppen zusammenarbeiteten, und auf diese Weise kamen wir uns näher. Als ruchbar wurde, dass etwas zwischen uns lief, kamen meine Freunde MVRC Manooj, Gonzales und Nochka aus dem Staunen nicht heraus. Ich war nicht gerade die Sorte Mann, in die sich Frauen in Paris verliebten. Ich konnte es selber nicht verstehen. Es ist merkwürdig, wie Menschen einander begegnen und sich mögen. Man erklärt es mit dem Hinweis auf das Schicksal, spricht von Chemie oder führt sonst ein Gesetz gegenseitiger Anziehung an. Ich halte es eher mit der Theorie meines Freundes MVRC Manooj, der behauptete, dass Katja mich mochte, weil sie ein Problem mit den Augen habe – sie war weitsichtig.

»Wenn sie dich richtig sehen könnte und wüsste, mit wem sie sich da eingelassen hat, dann wäre ihr klar, welch fatalen Irrtum sie begangen hat.«

»Genau, da hast du recht!«, bemerkte Gonzales, während Nochka laut auflachte. Ich lachte über mich selbst, wollte aber doch wissen, wie es war, eine Europäerin zu lieben.

Nachmittags hatte ich eine Verabredung mit Katja und wartete am Eingang der Station Notre-Dame-des-Champs. Sie kam vom Boulevard Edgar Quinet herüber. Als sie um die Ecke bog, erschrak ich und dachte: *Sie ist zu schön für dich*. Sie sah wirklich aus wie ein Fotomodell.

Eines Tages traute ich mich an eine Frage, die ich ihr schon lange hatte stellen wollen:

»Katja, was bedeutet die Liebe für dich?« Das war natürlich eine ziemlich dumme Frage.

»Oh, die Liebe, Ikal, die Liebe ist wie ein Fernsehkanal, wenn du dich langweilst, wechselst du einfach zu einem anderen Sender, das ist alles!«

»Genau, da hast du recht!«, entgegnete ich lachend.

»Stell mir noch ein paar Fragen, Ikal, das macht Spaß!«, forderte sie mich kichernd auf. Ich war stets etwas irritiert, wenn sie kicherte. Und sie kicherte eigentlich immer, vor allem, wenn ich auf ihre Fragen antwortete. Etwa, was für Musik mir gefalle, und als ich dann sagte »Green Green Grass of Home«, da konnte sie sich überhaupt nicht mehr beruhigen, sie kicherte, bis ihr die Tranen kamen. Ich wurde misstrauisch. Ob sie vielleicht meine Nähe suchte, weil ich so dämlich war?

»Welchen Film magst du besonders, Ikal?«

»›Rambo‹.«

Sie kicherte und hielt sich die Hand vor den Mund. Sie lief rot an und schüttelte sich vor Lachen.

Ich war fast jeden Tag mit ihr zusammen. Ich lernte eine Menge von ihr, unter anderem gab sie mir eine Art Crashkurs in Literatur. Sie stellte mir einen persönlichen Kanon zusammen, und so las ich mich unter ihrer Anleitung langsam durch Teile der Weltliteratur. Damit eröffnete sie mir buchstäblich eine ganz neue Welt, in der ich mich von Lektüre zu Lektüre immer lieber bewegte.

Je länger ich Katja kannte, desto mehr bewunderte ich sie. Sie war nicht nur besonders schön, sondern auch besonders klug. Vor allem ihre geistige Freiheit imponierte mir. Als sie einmal nach Hause zu ihrer Familie in Bayern fahren musste, begleitete ich sie zur Station Gare de Lyon. Ich blickte dem Zug lange nach und fühlte, wie sehr ich Katja vermissen würde. Zugleich jedoch wurde mir bewusst, dass ich mir wünschte, sie käme nicht wieder nach Paris zurück.

Eine Woche später holte ich Katja am Bahnhof ab. Sie stieg aus und sah noch schöner aus als eine Woche zuvor. Doch wie die Jahreszeiten wechseln, so hatte ich mich auch verändert. Wenn ich Katja ansah, tauchte A Ling vor meinen Augen auf. Katja merkte das und verstand, was in mir vorging. Wir kamen überein, von nun an Freunde zu sein und blieben es wirklich.

Die kurze Liebesgeschichte mit Katja hatte die alte Sehnsucht wieder wachgerufen und obgleich ich mich selbst zur Räson zu bringen versuchte, konnte ich nichts dagegen tun, dass eine fixe Idee in mir die Oberhand gewann: Ich wollte A Ling in Paris suchen. Sie ausgerechnet hier zu finden war natürlich eine völlig überspannte, irrationale Hoffnung, und doch – hatte nicht der Nudelverkäufer damals in Jakarta gemeint, die junge Frau, die ich ihm als A Ling beschrieben hatte, sei vielleicht mit einer ganzen Gruppe Frauen nach Europa gereist, um dort als Pflegerin für alte Leute zu arbeiten?

Ich begann meine zwanghafte Suche bei Arbeitsagenturen. Arai unterstützte mich tatkräftig, war sogar eifriger dabei als ich selbst. Sehr sorgfältig verfolgte er Berichte über Menschenhandel. Er sammelte Zeitungsausschnitte, heftete sie zusammen mit Fotos von Frauen aus asiatischen Ländern an die Wände unserer Wohnung und studierte sie wie ein Detektiv.

Wir besuchten Migrantenvereine, durchstreiften Chinatown und andere Viertel in Paris, die man in Reiseführern nicht findet. Wir entdeckten Seiten der Stadt, die ihren eigenen Reiz hatten. Wir kamen mit den skurrilsten Leuten zusammen, mussten uns haarsträubende Geschichten anhören und bekamen es gelegentlich mit ziemlich groben Menschen zu tun. Arai war begeistert. In seiner Redeweise und in seinen Bewegungen wirkte er bald wie ein professioneller Detektiv. Zwischendurch gestand ich mir ein, dass das, was wir nun taten, überhaupt nichts mehr mit unserer Suche nach A Ling zu tun hatte, die ohnehin von Anfang an eine verrückte Idee war. Allerdings begann mir allmählich, ebenso wie Arai, das gefährliche Spiel Spaß zu machen. Zwei Jungen aus einem indonesischen Dorf suchten in Paris nach der ersten Liebe des einen, die möglicherweise bereits ein Opfer des Menschenhandels geworden war, zogen hier und dort Erkundigungen ein, schlichen herum, hielten heimlich Ausschau. Es war unglaublich spannend.

Im Internet gab ich ihren vollständigen Namen ein: A Ling Njoo Xian Ling + Paris. Es war wie ein Wunder, ich fand den Namen und eine Adresse. Und noch erstaunlicher, das Appartement Chevalier lag nur einen Block von unserer Wohnung in der Rue Hector Mallot entfernt! A Ling, die ich nun seit vielen Jahren suchte, war vielleicht nur einen Block von mir entfernt. Hoffentlich ist sie nicht mit einem Börsenmakler verheiratet und hat schon drei Kinder, dachte ich.

Der Portier gab uns die Nummer des Appartements von Njoo Xian Ling. Wir stiegen die Treppe zum dritten Stock hoch. Nervös stand ich vor der Tür und drückte auf den Klingelknopf. Ein uralter Chinese machte die Tür auf. Seine Augen waren geschwollen. Seine Brauen waren blau angelaufen wie bei einem Boxer nach einem Kampf. Er war völlig in Tränen aufgelöst.

Ich trat in den Korridor und fragte: »Njoo Xian Ling?« Der Mann blickte auf, brach aber wieder in Tränen aus wie ein Kind, das sich an der Ofentür verbrannt hat.

»Da«, sagte er und schaute auf ein Foto. Es zeigte offenbar seine Frau, die gerade verstorben war. Die Nachricht im Internet, die ich nicht verstanden hatte, war sicher die Todesanzeige gewesen.

Ich verließ das Appartement Chevalier mit sehr gemischten Gefühlen. Yung Hong, der alte Mann, der nun allein leben musste, tat mir furchtbar leid, ich selbst war enttäuscht, weil ich A Ling nicht gefunden hatte.

36

Ich legte meine Hand eine Weile auf die gusseiserne Skulptur einer Fontaine Wallace, einem der öffentlichen Trinkwasserbrunnen, und übertrug die Wärme auf meine Wange. Ich war glücklich, aber etwas unruhig. Wellen von Touristen überschwemmten Paris. Die Galerien waren voller Besucher. Die Schlangen vor den Kassen reichten bis auf die Straße. Es war Sommer, Paris war ein einziges Festival.

»So, und jetzt schau mal her!«, rief ich Arai zu und zog eine Papierrolle hervor. Ich rollte sie auf, Arai war perplex. Es war unsere Weltkarte, vergilbt und eingerissen, die Arai zu Hause auf Belitong an die Wand unserer Baracke gehängt hatte. Ich hatte sie ohne sein Wissen als Talisman mit nach Europa gebracht. Die schiefe Acht, die er eingezeichnet hatte, war immer noch zu sehen. Ich erinnerte mich an Arais Worte damals:

»Von Paris aus fahren wir durch Europa, bis nach Afrika. Das ist unser Traum, Bois! Träumt nur, denn der Herr wird eure Träume in seine Arme nehmen!«

Damit hatte er Jimbron und mich entflammt. Und so unmöglich mir damals die Verwirklichung dieses Traums erschienen war – jetzt sah das ganz anders aus. Noch eine Woche Sommerkurs, und dann lagen zwei Monate Semesterferien vor uns.

Bereits im Jahr zuvor hatten wir angefangen, uns auf die Reise vorzubereiten, indem wir Studentenjobs angenommen hatten. Das gesparte Geld würde jedoch nicht ausreichen. Außerdem mussten wir für den Fall, dass uns unterwegs das Geld ausging, eine Notlösung parat haben.

Famke Somers half uns dabei. Sie studierte Kunst und reiste viel herum. Ihre Rucksackreisen finanzierte sie zum Teil, indem sie im Sommer in den Großstädten Europas als lebende Statue auftrat.

Wir trafen uns mit ihr in Amsterdam. Sie zeigte uns, wie man sich den Körper anmalt, machte uns mit den entsprechenden Materialien vertraut, gab uns Beispiele, wie wir unsere Ausstattung durch Schmuck und anderes Zubehör vervollkommnen konnten, und – das war die Hauptsache – sie übte mit uns Technik und Praxis des Auftretens. Weil wir so klein waren, sollten wir bei unserem ersten Auftritt zwei Delphine darstellen. Famke hatte uns dafür Flossen und Fischschwänze verfertigt. Wir betrachteten uns im Spiegel und waren begeistert, wir waren zwei wunderbare Delphine.

Wir traten in der Nähe des Madame Tussauds auf, mit Blick nach Osten zum Koninklijk Paleis, denn der Glimmer auf unseren Körpern sollte von den Strahlen der Nachmittagssonne zu schimmerndem Glanz erweckt werden.

Wie wir merkten, gehörte der Platz vor dem Koninklijk Paleis am Samstag den Touristen, aber auch den Straßenkünstlern: Zauberer und Akrobaten, Musiker und Musikgruppen in allen möglichen Variationen traten auf. Famke hatte uns bereits davon erzählt, dass Städte in Europa sich im Sommer in eine offene Bühne für Darbietungen jeglicher Art verwandeln. Obwohl wir beide nicht besonders talentiert waren, liebten Arai und ich die Künste in jeder Form. Und man brauchte glücklicherweise keine große Begabung, um als lebende Statue aufzutreten. Man musste sich nur ein passendes Kostüm beschaffen und genug Ausdauer besitzen, um dreißig Minuten bewegungslos zu stehen. Danach eine kurze Pause, und weiter ging es. Das war alles.

Wir freuten uns, Teil dieses frohen sommerlichen Treibens zu werden. Wenn wir auf diese Weise unsere Reisekasse aufstocken konnten, umso besser! Wir mimten also Delphine und konnten aus den Augenwinkeln Famke sehen, die uns aus einiger Entfernung beobachtete. Sie lächelte zufrieden und hielt mehrmals zum Zeichen der Anerkennung den Daumen hoch.

37 Unsere Reise begann getreu unseres langgehegten Planes: Wir folgten Arais schiefer Acht, zunächst in nordöstlicher Richtung. Wir besaßen ein Schengen-Visum und konnten damit in vielen europäischen Ländern frei reisen.

In Deutschland erlebten wir einige sehr schöne Tage. In München, Frankfurt und Berlin traten wir wieder als lebende Skulpturen auf. Eine Nacht verbrachten wir in einem Winkel des Kölner Bahnhofs, eingehüllt in unsere Schlafsäcke. Gegen Mitternacht näherten sich uns zwei Leute von einem Sicherheitsdienst, ein Mann und eine Frau. Wir stellten uns schlafend, und einer der beiden beugte sich zu uns herunter. Aber anstatt uns, wie wir erwarteten, wach zu rütteln und des Platzes zu verweisen, zog er sorgsam den Reißverschluss von Arais Schlafsack zu. Das machte uns großen Eindruck.

Weiter ging es mit der Bahn nach Norden, bis an die Ostsee. Das Meer lag ruhig da, leichte Wellen kräuselten die Wasseroberfläche. Aber dann kamen Küstenstreifen, wo sich die Wellen in der Brandung brachen. Die Gischt glitzerte im Licht der Sommersonne. Wir standen am Ufer der Ostsee und riefen: »Skandinavien, wir kommen!«

Trotz des Sommers war es in Helsinki kühl. Dort traten wir verstärkt als Delphine auf, um Geld zusammenzubringen für unsere waghalsige Tour. Wir hatten uns in den Kopf gesetzt, ein riesiges Gebiet zu durchqueren: Russland, das Land der braunen Bären.

Aus Gesprächen mit Rucksacktouristen erfuhren wir, dass die meisten auf ihrer Europareise nicht weiter als bis nach Helsinki kamen. Als Backpacker durch Russland zu reisen sei sehr schwierig, meinten sie. Sie erzählten uns furchterregende Geschichten. Einige, die eingereist waren, hatten auf halber Strecke kehrtgemacht. Von Helsinki aus fuhr man üblicherweise wieder nach Westen. Arai und ich kamen jedoch von weit her, von einer abgelegenen Insel, die auf Landkarten kaum verzeichnet ist. Wir hatten schon ein halbes Leben lang von unserer Europareise geträumt und bereits so viele Hürden genommen. Ein Zurück kam für uns nicht in Frage. Arai trug mir spontan ein Gedicht vor:

Ich möchte den Gipfel meiner Träume erklimmen
Den fordernden Felsen bezwingen
Ich will mich an Gefahren erproben
Die Rätsel der Welt mit Forschergeist erkunden

Ich scheue kein Abenteuer
Habe keine Angst vor dem Labyrinth des Lebens
Dessen Ausgang niemand kennt

Ich sehne mich danach
Das eines mit dem anderen reagiert
Wie ein Uran-Molekül
Das sich verbindet, verdoppelt, explodiert,
In überraschende Richtungen auseinanderfliegt

Ich möchte in die Ferne reisen
Fremde Sprachen und Menschen entdecken
Ich möchte unterwegs sein, mich an den Sternen orientieren
Möchte Steppen und Wüsten durchqueren
Selbst wenn die Sonne mich verbrennt
Wenn ich vom Sturm erfasst schwanke
Wenn ich von Kälte gepackt erschaure
Ich suche ein aufregendes Leben, voller Eroberungen
Ich möchte leben! Ich möchte die Essenz des Lebens spüren!

Das war typisch Arai. Wie ich ihn liebte für diese wilde Lebenslust! Vor meinem inneren Auge sah ich ihn wieder als kleinen Jungen, wie er damals, als mein Vater und ich ihn nach dem Tod seiner Eltern abholten, auf der Ladefläche des Kopralasters die Arme im Fahrtwind ausgebreitet und sich mit dieser Zuversicht der Welt entgegengelehnt hatte.

Und doch, wer hätte geglaubt, dass wir tatsächlich einmal die Welt bereisen würden?

38 »Belomorsk«, sagte Arai und zeigte auf einen Punkt in Collins Weltatlas. »Das liegt ganz im Norden von Russland. Von dort fahren wir, ohne anzuhalten, bis nach Olovyannaya, dort im Osten.« Er zeigte auf einen anderen Punkt nahe der russisch-mongolischen Grenze.

Bisher war unsere Reise durch Europa sehr einfach gewesen, nicht schwieriger als ein Picknick irgendwo im Freien, aber ebenso wie Arai war ich von der Idee beherrscht, mir große Ziele zu stecken und zu erproben, wie weit ich gehen könne. Die Entfernung von mehreren tausend Kilometern zwischen Belomorsk und Olovyannaya war wirklich eine Herausforderung, und wir fragten uns, ob wir das bewältigen könnten!

Als wir in Belomorsk ankamen, waren wir pleite. Wir zeigten unsere lebende Skulptur drei Stunden lang, bis uns die Füße weh taten, doch niemand warf Geld in unseren Hut. Das Problem war, dass sich außer uns kein Tourist in den Norden Russlands verirrte und dass die Bevölkerung dort selbst furchtbar arm war. Von Belomorsk aus hielten wir uns an den Weg der Ochsenkarren, der von Pflaumenbäumen gesäumt war. Wir fragten nicht erst lange, sondern pflückten uns Pflaumen und aßen, bis uns die Bäuche schmerzten. Sie hinterließen einen bitteren Geschmack unter der Zunge.

Die nächste Station auf Arais Linie war Moskau. Dort traten wir im Arbat, der berühmten Straße, als Delphine auf, neben Kalinka- und Hopak-Tänzern. Die interessantesten Begegnungen auf unserer Reise verdankten wir unserer bescheidenen Straßenkunst. Nie werde ich Lara Mirniavsky vergessen, einen alten Kosaken, der auf der Straße Vorstellungen als Clown gab. Er war ein absolut anarchischer Charakter, aber sehr lustig. Ich hatte bereits in Paris einiges über die Geschichte und über die einzigartige Kultur der Kosaken gelesen. Deswegen war es für mich ein besonderes Erlebnis, einen von ihnen persönlich kennenzulernen.

Nach den ersten Wochen Russland waren unsere Schuhe schon

langsam durchgelaufen, unsere Sachen schmutzig und wir selber abgemagert.

Je weiter wir ins Landesinnere kamen, desto schwieriger wurde es für uns, voranzukommen. Die Busse wurden zunehmend schäbiger, in den Zügen wurde Vieh zusammen mit Passagieren befördert, und weite Strecken mussten wir zu Fuß zurücklegen.

»Was meinst du, Boi?«, fragte Arai, dem es nicht geheuer war, wie dünn ich geworden war. »Hast du immer noch Lust, unsere Reise fortzusetzen?« Er war natürlich genauso abgezehrt wie ich, seine Sorge hatte uns beiden zu gelten, aber diese selbstlose Fürsorglichkeit war eben typisch für ihn.

»Wenn es dir zu viel wird, drehen wir um und fahren nach Rom, setzen uns in ein Café am Trevi Brunnen und schauen uns die schönen Frauen an, die auf der Vespa vorbeifahren!«

Ich lächelte nur, ich kannte Arai, und Arai kannte mich. Als wir uns in die Augen sahen, konnten wir gegenseitig den festen Willen erkennen, auf keinen Fall aufzugeben.

Am schlimmsten erging es uns in Sysran, der Stadt an der Wolga. Als wir dort auftreten wollten, wurden wir von der Straße weg von der Polizei verhaftet. Wir hatten es mit einem Inspektor und zwei Korporalen zu tun, die kein Wort Englisch konnten und es als Zumutung betrachteten, als ich ihnen zu erklären versuchte, dass wir gültige Dokumente besäßen. Sie wollten in ihrer eigenen Sprache angeredet werden. Als ich meine Erklärungen zum dritten Mal vorbrachte, wurde der Inspekteur, der nach Wodka roch, wütend und rammte mir den Gewehrkolben in den Bauch. Arai wollte mir helfen, da versetzte ihm einer der Korporale mit dem Pistolengriff einen Schlag in den Nacken, so dass er hinfiel und gegen das Tischbein stürzte. Ich konnte gerade noch den Inspektor daran hindern, Arai nun auch noch zu treten. Ich war schockiert. So übel waren wir noch nie behandelt worden.

Am nächsten Tag brachte uns die Polizei an die Stadtgrenze und ließ uns laufen, hungrig, mit zerschundenen Gesichtern, verzweifelt.

Unsere wichtigsten Utensilien, der Kompass und Collins Weltatlas, waren auf dem Polizeirevier geblieben. Nicht weit weg standen wilde Pflaumenbäume. Aber die Erntezeit war vorüber.

Unseren Plan, nach Olovyannaya zu reisen, mussten wir aufgeben. Russland war zu groß, es nahm überhaupt kein Ende. Oftmals versperrten Berge oder Wälder den Blick in die Ferne. Aber hinter den Bergen war wieder nur Russland und hinter den Wäldern ebenfalls. Natürlich war uns das Ausmaß dieses Landes seit Grundschulzeiten bekannt, doch vielleicht hatte uns hier unser Idealismus in Verbindung mit unserer Herkunft von der winzigen Insel Belitong einen Streich gespielt.

Wir kamen durch viele Dörfer oder Ansiedlungen, oft waren es verlassene Holzfällersiedlungen, wo wir zugleich staunten und erschraken. Wir stießen auf Bewohner, von denen man erzählte, dass sie ihre Neugeborenen in Kuhmilch badeten und die Nachgeburt aufs Dach warfen.

Finanziell waren wir komplett am Ende, obwohl wir äußerst vorsichtig mit unseren Ausgaben gewesen waren. Manchmal nahm uns ein Getreide- oder Gemüselaster mit, dann wieder schlichen wir uns als blinde Passagiere auf Petroleum-Züge, so kamen wir schließlich ans Schwarze Meer und konnten uns nach Bulgarien und Rumänien durchschlagen. Das waren jedoch die ärmsten Gegenden von Europa.

Am ersten Tag in Crainova erregte ein magerer alter Mann, der uns folgte und ständig beobachtete, mein Misstrauen. Er trug einen Overall wie ein Handwerker, Stiefel, eine dunkle Brille, einen breit gezogenen Schnurrbart und eine tief ins Gesicht gezogene Fischerkappe. Die Art und Weise, wie er sich bewegte, erschien uns verdächtig. Er schaute sich ständig um. Wenn wir näher kamen, lief er weg. Er zog an einer Pfeife und trug einen Rucksack, in dem eine Röhre mit einem Sprühkopf steckte.

Wenn wir ihn ansahen, sah er sofort weg. Dennoch folgte er uns beharrlich. Als wir uns auf einer Parkbank zum Schlafen einrichteten, blieb er in unserer Nähe, er lag auf der Lauer wie ein Wolf, der darauf wartet, dass seine Beute unachtsam wird. In jener Nacht wurde es sehr kalt, und wir zogen auf dem Vorplatz eines Kindergartens um, wo wir uns unter eine Rutsche legten, unter der der Boden die Wärme gespeichert hatte.

Mitten in der Nacht wurde ich plötzlich wach, weil jemand an meinem Rucksack zerrte, den ich als Kopfkissen benutzte. Ich sprang auf: »Arai!«

Seit meiner Kindheit hatte mich Arai immer beschützt. In einem kritischen Moment wie diesem rief ich reflexartig nach ihm.

»Ikal!«

Arai zeigte denselben Reflex.

Wir sprangen auf und wichen sofort einen Schritt zurück. Drei Männer und eine Frau standen vor uns, mit Mienen, die nichts Gutes verhießen. Besonders furchteinflößend war die Frau, die Anführerin der Bande, die uns anschaute, als hätte sie irgendwelche Drogen genommen.

Sie riefen sich gegenseitig kurze Anweisungen zu, in einer slawischen Sprache, von der wir kein Wort verstanden. Mehrfach verwendeten die Männer das Wort Gothia, das musste der Name der Frau sein.

Jetzt sahen wir, dass alle bewaffnet waren, zwei zückten Messer, der dritte schwang einen Baseballschläger, und die Anführerin zog einen chinesischen Doppelstock aus dem Gürtel.

»Jonas! Kostov! Ronin!«, befahl Gothia.

Sie kamen näher. Die Lage wurde bedrohlich für uns. Doch anstatt zurückzuweichen, ging Arai nun seinerseits zum Gegenangriff über, machte wild entschlossen einen Schritt auf die Räuber zu, um sie zu vertreiben.

Ohne nachzudenken, sprang ich Arai zur Seite. Uns war klar, dass wir gegen sie keine Chance hatten, aber irgendein Dämon war in uns gefahren, der uns davon abhielt, aus Selbstschutz klein beizugeben. Arai war nicht zu stoppen.

»Go to hell, scumbags!«, schrie er sie an.

»You people die tonight! Hoit!«, kam es von Gothia zurück.

In diesem Moment tauchte unser Verfolger im Overall auf, ich sah aus dem Augenwinkel, wie er mit seinem Rucksack hantierte, und plötzlich waren wir von einer dichten, beißenden Nebelwolke umhüllt.

Die Angreifer stutzten, brüllten wie angestochen und stürzten Hals über Kopf davon. Wir beeilten uns, aus der Giftwolke zu kommen, keuchten und rieben uns die Augen, bis sich der Dunst verzogen hatte.

Der Alte kam auf uns zu, streckte lachend die Hand aus und stieß unverständliche Laute aus. Wir brauchten einige Zeit, um uns von unserem Schock zu erholen und zu begreifen, wer uns da gerettet hatte. Es war ganz offensichtlich ein Landsmann, den wir niemals ausgerechnet hier vermutet hätten. Er hatte kaum noch Zähne im Mund und sprach so undeutlich, dass wir nur ahnen konnten, was er uns erzählen wollte. Schließlich reimten wir uns zusammen, dass er Toha hieß und aus Purbalingga, einer Stadt in Mitteljava, stammte. Er hatte Indonesien im Jahr 1965 aus politischen Gründen verlassen und war nach Rumänien gekommen und Schädlingsbekämpfer geworden – daher das Insektizid, mit dem er unsere Angreifer in die Flucht gejagt hatte. Er hatte uns seit dem Vortag nicht aus den Augen gelassen, weil er wusste, was für Banden sich hier rumtreiben. Wir schämten uns ein wenig, dass wir unseren Schutzengel zu Unrecht verdächtigt hatten.

39

Göttin Fortuna lächelte, als wir in der Stadt der Akropolis ankamen. In Athen wimmelte es von Touristen, die uns als lebende Skulpturen gebührend würdigten. Auch wenn wir nur Straßenkünstler waren, übertraf die Summe, die die Touristen uns armen Jungen in den Hut warfen, an guten Tagen das Monatsgehalt eines Lehrers bei uns zu Hause.

Von Athen aus gelangten wir relativ einfach in die Türkei.

An der Bar eines kleinen Cafés in Göreme lagen in einer schön gearbeiteten Silberschale die Geschäftskarten aus, zweisprachig, auf Türkisch und Englisch, stand unter dem Namen des Inhabers – Mehmed Mustafa – der Zusatz »Pilot«. Als er merkte, dass ich seine Karte studierte, erklärte der große, starke Mann hinter dem Tresen: »Ja, ich bin Pilot eines Heißluftballons.« Ungefragt fing Mehmed Mustafa an, von seinem Beruf zu erzählen – es war unglaublich spannend. Arai und ich waren begeistert und es stand fest, dass wir nicht weiterreisen würden, ohne einmal mit Mehmeds Ballon geflogen zu sein. Und so kamen wir in den Genuss, Göreme, einen der merkwürdigsten Orte, die ich jemals gesehen hatte, aus der Vogelperspektive zu betrachten. Die Reiseführer hatten recht, wenn sie behaupteten, hier komme man sich vor wie auf dem Mond. Vor allem aber waren die charakteristischen Tuffsteingebilde mit ihren immer neuen, immer bizarreren, von Wind und Wasser geschliffenen Formationen unglaublich schön. Die Beschreibung als Mondlandschaft traf es nur teilweise, diese Naturskulpturen wirkten wie ein fantastisches Märchenreich, besonders von oben.

Nach unserer Ballonfahrt händigte man uns eine Art Zertifikat über diesen Flug aus, den ich sorgsam verwahrte, dieses Schriftstück würde meinen Vater beeindrucken!

Ein Fährschiff brachte uns nach Italien. Ich wollte unbedingt nach Mailand, denn als kleiner Junge hatte ich mich doch eine kurze Zeit lang nach einem italienischen Maler genannt, auf dessen Foto ich in einer alten Zeitung auf dem Fischmarkt gestoßen war. Viel Hoffnung, Matteo Galliano ausfindig zu machen, hatte ich nicht, aber versuchen wollte ich es doch – nach unserer Pariser Spurensuche waren wir schließlich Fahndungsprofis.

Eine Galerie Matteo Galliano war ziemlich leicht zu finden, und wir hatten Glück, Matteo Galliano war anwesend, und zwar in voller Pracht, denn er war ein Mann, der großen Wert auf sein Äußeres legte:

helles Seidenhemd, eng geschnittene Hosen aus feinem Leder, dazu spitze Stiefel. Um den Hals trug er lange, dicke Perlenketten, das lange Haar hatte er zu einem gepflegten Zopf gebunden.

Matteo Galliano empfing uns mit ausgesuchter Freundlichkeit. Später merkten wir, dass seine Freundlichkeit sich sogar noch steigern konnte, wenn es sich um junge Frauen handelte. Mit Hingabe erklärte er den Besuchern seiner Galerie jedes einzelne Bild, seine Bedeutung und die Philosophie, die darin zum Ausdruck kam. Mehrfach sprach er davon, dass von Frauen die größte Inspiration ausgehe, ja dass Frauen selbst bewundernswerte Kunstwerke seien.

Obwohl ich ihn gerade erst kennengelernt hatte, waren wir sofort miteinander vertraut, zumal er, wie sich schnell herausstellte, selbst schon in Indonesien gewesen war. Bereits in den ersten fünf Minuten unserer Bekanntschaft erzählte er begeistert von seinem Besuch dort, sprach über die Kultur, die Strände, über das gute Essen und – natürlich – von den Frauen. Alles gewürzt mit charmanten Scherzen. Am Ende fragte ich ihn direkt:

»Verzeihung, sind Sie selbst auch Maler?«

»O nein, ich liebe Gemälde, aber ich selbst male nicht. Ich bin nur Galerist. Aus Liebe zur Malerei habe ich diese Galerie eröffnet. Ich verkehre viel mit Malern, jungen wie alten, auch mit vielen Malerinnen. Doch ich liebe auch Musik. Ja, ich bin offen für alles. Das Leben währt nur einen Augenblick, da will ich nichts ablehnen oder verurteilen. Ich habe alle Musik gern, nicht nur eine Richtung wie manche Leute. Ich mag Jazz, Pop, Rock, klassische Musik, Volksmusik – wenn die Qualität stimmt, höre ich alles gern. Früher habe ich selbst versucht zu malen, doch ich habe es wieder aufgegeben. Mir fehlte das Talent. Ich unterstütze lieber Künstler, begabte Künstler.«

Vorsichtig versuchte ich, das Gespräch auf seinen Namen zu bringen.

»Wissen Sie, ich hieß früher auch mal Matteo.«

»Ah.«

Er wollte Näheres wissen, und ich erzählte ihm meine Geschichte, die ihn in Erstaunen versetzte. Dann brach er in ein lautes Gelächter aus.

»Wie seltsam eine andere Kultur sein kann!«

»Haben Sie von Anfang an Matteo Galliano geheißen? Haben Sie jemals Ihren Namen geändert?«

»Soweit ich weiß, trage ich diesen Namen seit meiner Geburt. Meine Mutter sagt, sie habe mich schon als Ungeborenen Matteo genannt.«

»Kennen Sie einen Maler dieses Namens?«

Er dachte nach.

»Ja, es gibt einen Maler dieses Namens, aber ich kenne ihn nicht persönlich.«

Ich fragte ihn schließlich noch, ob er mit seinem Namen glücklich sei.

»Sehr sogar, der Name passt zu mir.«

Ich verließ die Galerie mit dem Gefühl, einen Menschen getroffen zu haben, der erfüllt war von Lebensfreude und mit offenen Armen jeden empfing, weil er mit sich selbst im Reinen war. Meinen Matteo Galliano, dessen Namen ich mir als Kind geborgt hatte, fanden wir nicht mehr in Mailand, aber dafür hatten wir den Galeristen Matteo Galliano kennengelernt, der mir zeigte, dass Begeisterung für eine Sache der Quell unendlicher Zufriedenheit sein kann. In der kleinen Galerie in Mailand hatte ich einen weiteren Mosaikstein meines Lebens gefunden.

Ob jedes Land, vielleicht sogar jede Stadt einen eigenen Liebeszauber hat? Das fragte ich mich, als wir in Verona vor dem Haus standen, in dem Shakespeares Julia gelebt haben soll.

Unterhalb des Balkons hatte man eine Statue von Julia aufgestellt. Es heißt, verliebte Paare müssten den Busen dieser Statue berühren, wenn ihre Liebe ewig währen soll. Millionen von Verliebten hatten deshalb Julias rechten Busen gestreichelt, so dass er hell glänzte, während der Rest der Statue bronzefarben dunkel ist. Viele Verliebte hatten ihre Namen nebst Liebesschwüren an die Mauern geschrieben, und da die Mauern nicht ausreichten, auch an Wände, auf den Fußboden, auf Parkbänke, an Türrahmen, Fenster, Balken und Pfosten.

Bei uns gab es den blauen Augenblick, hier war es nicht die Natur, sondern die Poesie, die den Liebeszauber versprach.

Ich legte Julia nicht die Hand auf die Brust, sondern saß nur still da und beobachtete die Paare, wie sie engumschlungen oder Hand in Hand vorbeiwandelten, junge Männer mit jungen Frauen, Männer mit Männern, Frauen mit Frauen.

Von Sehnsucht nach A Ling erfasst, griff ich zu meinem ganz privaten Liebeszauber und versenkte mich im Geiste wieder einmal in die idyllischen Beschreibungen des Dorfes Edensor. Ich stellte mir die Trauerweiden vor, die sich im Wind wiegten, und die Mauer aus Stein, die sich vom Dorftor her um das ganze Dorf herum zog. Die eng beieinanderstehenden Häuser, die bis weit den Hang hinauf reichten. An den Häusern rankte wilder Wein empor, davor standen alte Holzbänke. Hummeln umschwärmten Narzissen und Margeriten. Die Sonnenstrahlen spiegelten sich im Wasser des stillen, wunderschönen Darrow.

Angesichts der überwältigenden Schönheit Italiens bereuten wir, uns so lange an Russland abgearbeitet zu haben, aber da war nichts mehr zu machen, die Zeit der Semesterferien war bald vorbei und wir mussten weiter, unsere Route führte uns über Florenz nach Reggio.

Hier schlugen direkt vor unserer Nase die Wellen des Tyrrhenischen Meeres an die Küste, von der wir lange geträumt hatten. Dort drüben lag Afrika. Wir setzten nach Sizilien über, beschafften uns Visa und bestiegen ein Schiff nach Tunesien. Tatsächlich war unser Traum in Erfüllung gegangen, Europa zu bereisen und bis nach Afrika zu gelangen. Die Weissagung, die der alte Weh vor so vielen Jahren draußen auf dem Meer aus den Sternen gelesen hatte, war fast erfüllt, die schiefe Acht war fast vollzogen. Wie so oft auf unserer Tour dachten Arai und ich an Jimbron, der damals in Manggar der Dritte im Bunde gewesen war. Ob es ihm gutging und ob er glücklich war mit seinen Pferden?

Unsere Reise ging dem Ende zu. Von Casablanca aus fuhren wir nach Portugal und dann weiter nach Spanien, in das Land, das für uns eine spezielle Rolle spielte, denn nachdem wir in so vielen Städten zu Delphinen erstarrt waren, wollten wir unbedingt einmal in Barcelona auf der Plaça de Catalunya auftreten, die Famke uns in Amsterdam als Mekka der Straßenkünstler beschrieben hatte. Sie hatte nicht zu viel versprochen, nie zuvor hatten wir eine solche Fülle von Straßenkünstlern gesehen wie auf diesem Platz.

40

Wir hatten auf unserer Reise entdeckt, wie viel Armut es selbst aus unserer indonesischen Perspektive in Europa gab. Umso mehr faszinierte uns die Schweiz mit ihrem Reichtum, der so selbstverständlich an jeder Ecke zu sehen war. Wir gingen in Interlaken die Bahnhofstraße entlang, als ein Bentley an den Straßenrand fuhr und leise hupte. Ich trat zur Seite. Das Luxusauto verlangsamte seine Fahrt und hielt an. Der Chauffeur, ein älterer Mann mit einer Mütze, wie sie Piloten tragen, ließ das Fenster herunter und winkte mich heran. Ich dachte, er wollte nach einer Adresse fragen und trat näher.

In gepflegtem Englisch fragte er: »Wären Sie bereit einzusteigen?«

Er drehte sich ostentativ zum Fond um. Dort saß ein sehr elegant gekleideter Herr, schlank und gutaussehend, das weiße Haar wohlfrisiert. Er lächelte und neigte grüßend seinen Kopf. Was war das für ein ungewöhnliches Angebot?

»Wären Sie bereit?«

»Danke schön, Verzeihung, ich gehe gewöhnlich zu Fuß, danke schön.«

Ich wollte mich abwenden, aber er fragte noch einmal: »Wären Sie bereit?«

Der elegante Herr lächelte und verneigte sich wieder andeutungsweise.

»Vielen Dank. Aber ich gehe lieber zu Fuß.«

Ich drehte mich um und ging. Der Bentley fuhr wieder an, er folgte mir langsam. Der Chauffeur, nun leicht ungeduldig, rief mir halblaut zu:

»Dreihundertfünfundsiebzig Euro? Ist das okay?«

Ich blieb stehen. Wie naiv ich doch war! Jetzt erst verstand ich.

»Nur für kurze Zeit«, der Fahrer wurde deutlicher. »Weniger als eine Stunde.«

Ich ging nicht darauf ein. Der Bentley folgte mir weiter.

»Mein Boss möchte dich, Boy«, flüsterte der Chauffeur. »Bitte …«

Der Wagen hielt mit einem Ruck an, blieb mit laufendem Motor stehen. Ich trat näher. Dreihundertfünfundsiebzig Euro waren eine Menge Geld. Verlockend viel. In Rupiah waren das fast vier Millionen. Ich klopfte an das hintere Fenster, und der Herr öffnete es. Aus einem Impuls heraus hätte ihn gern beschimpft, aber dann besann ich mich darauf, was meine Mutter mir stets vorgelebt hatte, jedem Menschen mit Respekt und vorurteilsfrei zu begegnen. Es wäre nicht recht von mir gewesen, ihn zu kränken. Ich brauchte nicht grob zu werden, um ihm klarzumachen, dass ich nicht interessiert war.

»Verzeihen Sie, aber ich habe heute viel zu tun. Vielleicht ein andermal, wer weiß?«

Er verstand meine höfliche Zurückweisung.

»Gut, junger Mann. Vielleicht ein anderes Mal. Einen schönen Tag!«

Der Wagen fuhr an. Arai und ich setzten unseren Spaziergang fort. Ich sah dem Bentley noch lange nach.

Wir kehrten nach Paris zurück und schlossen damit die Acht, die Arai vor all den Jahren mit großer Geste auf die zerfledderte Weltkarte gezeichnet hatte. Ich war so voller Bilder, Eindrücke, Erfahrungen und konnte es in diesem Augenblick doch kaum fassen, dass wir ganz real all diese Orte und Gegenden bereist hatten. Ich fühlte mich benommen, als hätte ich die Erfüllung unseres Traums nur fantasiert. Da sah ich in Arais vertrautes Gesicht, mager von unseren Abenteuern, sah seine Augen leuchten, und wir fielen einander in die Arme.

Schweigend betrachteten wir das Wahrzeichen dieser Stadt, das für lange Zeit so etwas wie unser Leuchtturm gewesen war. Ich wusste, dass wir beide gerade an Guru Balia dachten, wie er uns frischgebackene Oberschüler draußen auf dem Schulhof für Paris begeistert und uns aufgefordert hatte, nach den Sternen zu greifen.

Wie viel wir ihm verdankten.

Auf dieser Reise hatte ich ganz neue Seiten an mir kennengelernt, von deren Existenz ich bisher nichts gewusst hatte, Kräfte, die mir bisher verborgen geblieben waren. Ich war erfüllt von dem Wunsch, etwas aufzubauen. Leise sprach ich die Worte des alten Weh vor mich hin: »Reise durch Europa, bis du nach Afrika kommst, such die Mosaiksteine zusammen, die dein Leben darstellen, und du findest dich selbst.«

41

Arai und ich waren wieder mit Vorlesungen und Seminaren beschäftigt und kehrten zu unserer früheren Studienroutine zurück. Die Anforderungen in unseren jeweiligen Studienfächern verschärften sich jetzt, da es aufs Examen zuging, deutlich. Arai verbrachte viel Zeit im Labor. Wenn ich einmal vorbeischaute und ihm zusah, wie er sich in einem viel zu großen Kittel, mit zerwühltem Haar und roten Augen der Last der Aufgabenflut entgegenstemmte, war ich heilfroh, dass ich nicht Mikrobiologie studierte. Wenn er dagegen sah, welche Bücherberge ich in meinem Fach Wirtschaftswissenschaften durchackern musste, und wenn er sich von mir die Logik der Ökonomie erklären ließ, dann schüttelte er nur den Kopf und schätzte sich glücklich, nichts mit alledem zu tun zu haben.

Einen Nachteil hatte unser intensives Studium. Wir waren nicht mehr so aktiv in der kleinen Theatergruppe von Monsieur Moullec wie früher. Allerdings besuchten wir ihn fast jedes Wochenende und ließen uns immer wieder von ihm anregen.

Vor allem weil mich die Mathematik nach wie vor begeisterte, wählte ich als Spezialgebiet für mein Examen die Theorie der Ökonomie. Ninochka Stronovsky entschied sich ebenfalls dafür. Gonzales und Manooj waren noch nicht so weit, sie mussten viele Vorlesungen wiederholen.

Eines Tages erreichte mich ein Brief meiner Mutter. Darin ließ mein Vater mir ausrichten, dass das Zinn in unserer Gegend nun im Untertagebau gefördert werden müsse, da sich der Tagebau erschöpft habe. Wer bisher in der Zinnförderung tätig gewesen sei, wende sich jetzt der Viehzucht zu und versuche sich auch als Reis- oder Gemüsebauer. Die meisten hätten darin aber keine Erfahrung.

Das war mir klar, denn unsere Gesellschaft war eine Gesellschaft von Bergleuten. Sie verstanden nichts von Landwirtschaft.

Gegen Ende des Briefes schrieb meine Mutter, es wäre schön, wenn Arai das Fach Düngemittel studierte und ich mich zum Apothekerassistenten ausbilden ließe, damit wir uns nach unserer Rückkehr der Probleme in der Heimat annehmen könnten.

Der Brief brachte mich in Verlegenheit und hinterließ ein bitteres Gefühl in mir. Wie naiv meine Eltern doch waren! Sie verstanden überhaupt nicht, wozu ich an der Sorbonne war. Andererseits rührte es mich, dass mein Vater, der es selbst schwer genug hatte, sich um das Schicksal anderer kümmerte.

Plötzlich schämte ich mich. Ich hatte meine Erwartungen an das Leben so hoch geschraubt, dass mir der Gedanke an die anderen abhandengekommen war. Dieser Brief zeigte mir die Schattenseite meiner Utopie. In den vergangenen drei Jahren hatte ich täglich neue Entdeckungen machen dürfen und mich entsprechend weiterentwickelt. Zum ersten Mal nahm ich in dieser Klarheit wahr, wie weit unsere Welten inzwischen auseinanderklafften. Ich war stolz, mein Ziel, Wirtschaftswissenschaftler zu werden, fast erreicht zu haben, und mein Vater wünschte sich, dass ich Apothekerassistent würde. Arai stand kurz vor dem Examen in Mikrobiologie, mein Vater jedoch hoffte, dass er Fachmann für Düngemittel würde. Ich holte mir einen Bogen Papier, um den Brief zu beantworten. Ratlos starrte ich auf das leere Papier und konnte keine Worte für die Antwort finden.

An jenem Abend trat ich vor die Statue des Robert de Sorbon. Der düstere Robert, alt, moosüberwachsen. Vor achthundert Jahren hatte dieser Visionär mit der Weisheit eines Theologen die Universität Sorbonne gegründet, um die Wissenschaften voranzubringen. Ich las noch einmal den Brief meiner Eltern und befragte die Statue: Monsieur de Sorbon, Ihr seid so weise, sagt mir, was ich meinem Vater antworten soll!

Lange konnte ich nicht einschlafen. Mitten in der Nacht kramte ich das Safarihemd mit den vier Taschen hervor und küsste es. Vor meinem inneren Auge sah ich meinen Vater auf seinem Fahrrad, wie er mühsam in die Pedalen trat, um mein Zeugnis abzuholen. Ich hatte Sehnsucht nach ihm.

Zu Beginn des letzten Semesters gab es eine verlockende Ausschreibung. Studenten konnten das Abschlusssemester an einer der Universitäten absolvieren, die ein Partnerschaftsabkommen mit meiner Fakultät geschlossen hatten.

Man konnte unter gut einem Dutzend Universitäten wählen. Besonders attraktiv waren bekannte Hochschulen in den Niederlanden, in Deutschland und in Italien. Viele Studenten entschieden sich für eine italienische Universität. Es gab jedoch auch drei Hochschulen in England, nämlich in London, Manchester und in Sheffield.

England hatte ich schon immer kennenlernen wollen. Da es jedoch nicht zu den Ländern zählte, die das Schengener Abkommen ratifiziert hatten, hatten Arai und ich bislang kein Visum für das Land bekommen. Die Gelegenheit war günstig, und die Aussicht auf neue Erfahrungen an einer Universität, von der ich noch nicht allzu viel gehört hatte, reizten mich. Kurzentschlossen meldete mich für ein Semester an der Sheffield Hallam University an. Arai blieb in Paris.

42 Das Fährschiff brachte mich von Calais über den Ärmelkanal nach Folkstone. Von weitem konnte man die berühmten weißen Klippen von Dover sehen. Am Nachmittag kam ich an der Victoria Station in London an. Ohne Arai fühlte ich mich in dem Trubel junger Leute, die gerade zu einem Konzert nach Bristol aufbrachen, einsam und verloren. Ein Bus des National Express brachte mich nach Sheffield, in die Midlands.

Alles, was ich gelesen hatte, stimmte. Sheffield war alles andere als eine Touristenstadt. Es sah wirklich exakt so aus wie in dem Film »Ganz oder gar nicht«: eine Industriestadt mit verfallenen Fabriken. Auf den schwarzen Schornsteinen nisteten Störche. Riesige Lagerhallen, mit hohen Drahtzäunen umgeben, lagen brach und verwahrlosten. Die Stadt, einst gepriesen als das Zentrum der englischen Industrie, hatte sich nach der Rezession der neunziger Jahre noch nicht wieder erholt. Ab und zu sah man ein paar Menschen vor Fish-and-Chips-Buden.

Ich konzentrierte mich ganz auf die Vorlesungen und meine Forschungen für die Abschlussarbeit. Während mir die Zeit in Paris wie im Flug vergangen war, wurde sie mir hier in Sheffield zu lang, aber letztlich war ich froh, meine Kraft nicht dafür aufwenden zu müssen, mich selbst vor den Pariser Ablenkungen zu bewahren. Hier gab es nur das Studium, und so konnte ich bald meine Untersuchungen abschließen und unter der Leitung von Tom Hopkins, einem hochgeachteten Professor für Mikroökonomie, die Ergebnisse zusammenfassen.

Professor Hopkins war mit meiner Abschlussarbeit sehr zufrieden. »Transfer Pricing« war ein anspruchsvolles Thema, bei dem die Mathematik des Equilibriums eine fundamentale Rolle spielte. Pionier auf diesem Gebiet war der Nobelpreisträger John F. Nash, dessen Leben in dem Film »A Beautyful Mind« dargestellt ist.

Wenn jemand von einem Festnetztelefon in Indonesien eine Mobilfunknummer in Amerika anwählt, sind mindestens vier Unternehmen am Zustandekommen der Verbindung beteiligt: der Netzbetreiber in Indonesien, die internationale Netzagentur, der Betreiber des Satelliten und schließlich der Betreiber des Funknetzes in Amerika. In Wirklichkeit sind oft sogar mehr als vier Parteien involviert. Die Gebühr, die der Benutzer des Telefons zu bezahlen hat, nennt man Transfer Pricing. Die Gebühr wird unter den beteiligten Unternehmen aufgeteilt. Diese Aufteilung ist ein schwieriger Prozess, denn die einzelnen Unternehmen unterscheiden sich in Kapazität, Betriebssystem und Kostenstruktur, so dass es immer wieder zu Streitigkeiten kommt. Die Gewichtung der Anteile ist derart komplex, dass man zur Berechnung auf das Nash-Gleichgewicht zurückgreifen muss.

Nach Ansicht von Professor Hopkins bot das Modell, das ich in meiner Arbeit entwickelt hatte, eine alternative Lösung des Problems der Gebührenverteilung. Er schlug mir vor, es so weiterzuentwickeln, dass man seine Gültigkeit nicht nur durch Simulationen evaluieren könnte, sondern dass es durch mathematische Sätze fundiert würde.

»Es kann durchaus sein, dass aus Ihrer Arbeit sogar eine neue Theorie in der Mikroökonomie entsteht. Seit Jahren ist auf diesem Gebiet kein neues Modell mehr geschaffen worden.«

Ich freute mich über die Maßen über das Lob, begriff aber, dass sich mein Modell noch auf der untersten Entwicklungsstufe befand und noch weit von einer Theoriebildung entfernt war. Ich musste noch viel, viel lernen.

»Es ist ein erster Schritt«, meinte Professor Hopkins, der mich zur Fortsetzung meiner Arbeit ermuntern wollte. »Fassen Sie die Ergebnisse Ihrer Forschungen in einer Publikation zusammen, damit das Konzept fortgeschrieben werden kann, setzen Sie sich ruhig der Kritik aus, nehmen Sie Vorschläge entgegen – und schließen Sie Ihre Ausbildung ab.«

Normalerweise traf ich Professor Hopkins auf dem Campus, aber er pflegte noch eine alte Tradition. Für die Übergabe des Abschlussberichts lud er mich zum Nachmittagstee in seinem Haus ein.

Er wohnte in Doncaster, nicht allzu weit von Sheffield entfernt. Vom Busbahnhof aus gab es eine Verbindung dorthin. In Doncaster war es kein Problem, die Adresse zu finden, denn jeder, den ich fragte, gab mir bereitwillig und ausführlich Auskunft, und nach einer halben Stunde stand ich vor Professor Hopkins' Haus. Es hatte einen einfachen, aber sehr schöne Vorgarten, in dem Herbstanemonen und Angelonien blühten. Sie wirkten wie Wildblumen. Eingefasst waren sie von Rabatten mit dicht stehenden Tagetes.

Ich drückte auf den Klingelknopf. Im Haus waren langsame Schritte zu hören. An der Tür erschien eine Dame von vielleicht fünfzig Jahren. Sie lächelte mich an. Ein vornehmes Gesicht, eine echte englische Lady. Sie hatte helle Haut und gepflegtes graues Haar, das mit einem Band zusammengehalten wurde, das mit einer Blüte in der Farbe der Borte ihrer Bluse und ihrer Sandalen verziert war.

»Sie sind sicher Ikal!«, sagte sie freundlich. »Es tut mir leid, aber Kins wurde überraschend zum Campus gerufen. Sie möchten bitte auf ihn warten, bis er wieder zurück ist …«

Kins war also der Spitzname meines Professors.

»Es wird wohl etwa zwei Stunden dauern, *oh dear* …«

Sie bat mich herein und führte mich ins Wohnzimmer, wo ich Platz nahm. Inmitten der Bücherregale mit bedeutender Literatur, mit Enzyklopädien und wissenschaftlichen Zeitschriften fühlte ich mich sehr wohl, aber zwei Stunden waren eine lange Zeit. Frau Hopkins schien meine Gedanken zu erraten.

»Junger Mann, Sie können wählen, möchten Sie lieber mit mir Tee trinken und plaudern, oder sollen wir durch den Garten gehen und über die Blumen und das Wetter sprechen? Oder – waren Sie denn schon einmal in der Gegend und haben die Dörfer gesehen?«

»Nein, Madame.«

»Dort drüben kommt der Bus jede halbe Stunde vorbei. Es ist ein herrlicher Nachmittag, geradezu perfekt, um sich die Dörfer in der Umgebung anzusehen.«

Ich hätte zwar gern mit der eleganten Dame Tee getrunken und geplaudert, aber ein Ausflug in die Umgebung war noch verlockender. Ich ging zur Haltestelle und nahm einen der klapprigen Busse. Drinnen saßen ein paar schweigsame Menschen mit verschlossenen Gesichtern, die anscheinend ihren Gedanken nachhingen.

Der Bus fuhr scheppernd durch die Gegend und hielt in jedem Dorf. Ab und zu stieg einer der schweigsamen Dorfbewohner aus, und ein anderer stieg ein. Wir kamen an alten Scheunen vorbei, an Feldern mit späten Sonnenblumen und weitläufigen Weiden, auf denen hier und da ein paar Schafe grasten, dann wieder Pferde. Es war ein düsterer Spätnachmittag in einer abgelegenen Gegend Englands.

Ohne dass ich es wahrgenommen hätte, war ich bereits fast eine Stunde unterwegs. Unser Bus wand sich durch zahlreiche Kurven, erreichte immer kleinere Dörfer und Ortschaften und überwand schließlich mühevoll eine Steigung. Anfangs standen links und rechts noch dichte Tannen, so dass man von der Landschaft nichts weiter sehen konnte. Aber als wir in einer Kurve aus dem Tannenwald herauskamen, lag eine Landschaft vor mir, die mich elektrisierte – ich sah ein Bild, das ich seit Jahren im Kopf trug.

Der Bus kroch auf ein Dorf zu, das von einer Mauer aus großen schwarzen Flusssteinen umgeben war. Die meisten Häuser waren von wildem Wein bewachsen, zwischen ihnen zogen sich gewundene Pfade. Alles war da. Da war das Dorftor mit dem steinernen Hahn, das mir so vertraut war, dort waren die Trauerweiden, darunter die Bänke. Mir war, als wäre ich aus der Zeit heraus und in das Traumland gefallen, in das ich mich über die Jahre hinweg schon so oft innerlich zurückgezogen hatte und aus dem ich jedes Mal wie von einem geheimen Zauber gestärkt aufgetaucht war.

Als der Bus hielt, stieg ich aus. Die erste Passantin, der ich begegnete, sprach ich an: »Verzeihen Sie bitte, können Sie mir sagen, wie der Ort hier heißt?«

Sie sah mich freundlich an und sagte: »Aber sicher, das ist Edensor.«

43

Die Prüfungskommission nahm meine Abschlussarbeit ohne Einspruch an, und nun stand mir als Letztes die mündliche Prüfung bevor. Als ich die Einladung zum Interview erhielt, fielen mir meine Erfahrungen bei der Bewerbung um ein Stipendium in Jakarta wieder ein. Bis zuletzt waren Interviews für mich immer ein Schrecken gewesen.

Drei Professoren nahmen die Prüfung ab, einer von ihnen war Professor Hopkins. Ich wurde ins Prüfungszimmer gebeten und sollte Platz nehmen. Ich wunderte mich, dass ich nicht im Mindesten aufgeregt war, obgleich es von einem der Prüfer, einem Schotten, Wirtschaftsmathematiker, hieß, er sei äußerst kritisch.

Das Prüfungsgespräch verlief sehr angenehm. Ich musste eine Reihe von Fragen zu den Annahmen beantworten, die ich in meiner Arbeit formuliert hatte, damit mein Modell des Transfer Pricing umgesetzt werden konnte. Diese Annahmen waren nach der Ansicht eines Prüfers für die tägliche Praxis des Telekommunikationsbetriebs nicht realistisch genug. Ich erwiderte mit einigen methodischen Aspekten und fügte hinzu:

»Ich habe mich in meinem Studium mit der Theorie der Wirtschaft beschäftigt, nicht mit ihrer Praxis.« Der Prüfer lächelte und focht meine Ausführungen nicht weiter an. Er hatte mit seiner provokativen Kritik offenbar nur prüfen wollen, ob ich verstanden hatte, was ich verteidigte.

»Sehr gut, junger Mann!«

Nach dem Prüfungsgespräch saß ich noch in der Bibliothek. Warum war ich bei diesem Prüfungsgespräch nicht nervös gewesen? Was ich bei dem Poesie-Wettbewerb damals erlebt hatte, hatte mich lange Zeit verfolgt und blockiert. Und nun war das einfach nicht mehr da, keine Spur davon. Natürlich hatte ich mich auf dieses mündliche Examen extrem gut vorbereitet. Aber das allein konnte es nicht sein, denn ich hatte mich auf Interviews immer gut vorbereitet und war trotzdem jedes Mal krankhaft aufgeregt gewesen. Meine neue Gelassenheit musste mit dem Besuch in Edensor zu tun haben, denn seitdem war ich mit mir im Reinen. Vielleicht war das der wichtigste Mosaikstein in meinem bisherigen Leben. Und den hatte ich in einem abgelegenen Dorf in England gefunden.

Ich hatte die Prüfung bestanden und erhielt für meine Abschlussarbeit ein Lob in Form eines »Letter of Commendation«. Darüber hinaus bekam ich ein Stipendium zur Fortsetzung meines Studiums in Sheffield. Ich rang mit mir – durfte man eine solche Chance ungenutzt vorüberziehen lassen? Nach reiflicher Überlegung kam ich jedoch zu dem Schluss, dass für mich die Zeit gekommen war, mir eine passende Arbeit zu suchen und das anzuwenden, was ich gelernt hatte. Hatte ich nicht von klein auf den Wunsch gehabt, zu studieren, um die Situation bei uns zu verbessern? Jetzt war der Augenblick gekommen. Ich entschloss mich, nach Indonesien zurückzukehren. Arai blieb in Paris, um sein Studium abzuschließen.

Zwei Wochen nach dem Examen brach ich zur Heimreise auf.

Es war wundervoll. Ich war frischgebackener Hochschulabsolvent, brannte vor Begeisterung, hatte eine Menge überschüssiger Energie und war voller Idealismus. Ich glaubte mich mit allem Notwendigen ausgestattet, um mein Schicksal in Jakarta in die Hand zu nehmen.

Ein Student, der gerade sein Examen bestanden hat, kann einen Ochsen stemmen. Natürlich zog es mich mit Macht zu meinen Eltern, ich hatte sie so lange entbehrt und brannte darauf, ihnen mein Abschlusszeugnis zu präsentieren. Doch ich hatte mir fest vorgenommen, erst nach Hause zu fahren, wenn ich einen guten Job gefunden hätte und ihnen endlich etwas von dem zurückgeben könnte, was sie all die Jahre für mich getan hatten.

Ich war sehr zuversichtlich, dass ich schon bald in Lohn und Brot stehen würde. Mit dem glänzenden Examenszeugnis und dem Letter of Commendation in der Tasche und meiner Auslandserfahrung besaß ich ein ganz anderes Selbstvertrauen als damals, als ich zum ersten Mal gleich nach Schulabschluss nach Jakarta gekommen war. Jakarta empfing mich mit einem Lächeln. Doch dieser freundliche Empfang sollte sich bald als Täuschung herausstellen, denn ich hatte keinen günstigen Zeitpunkt für meinen Arbeitseinstieg gewählt. Überall prallte ich mit meiner Begeisterung gegen die Mauer der bitteren Realität: Wieder war die Wirtschaft meines Landes von Erschütterungen heimgesucht, der Wert der Rupiah drastisch gefallen. Innerhalb weniger Monate versank Indonesien in einer Finanzkrise nie da gewesenen Ausmaßes. Der Präsident nahm wiederholt Umbesetzungen seines Kabinetts vor, um die Situation in den Griff zu bekommen. Doch der Domino-Effekt war nicht aufzuhalten, praktisch alle Unternehmen waren in Gefahr, zusammenzubrechen. Wieder griff die Arbeitslosigkeit um sich.

Da keine Firma neue Leute einstellte, erhielt ich auf meine Bewerbungen nicht eine einzige Antwort. Wobei die Unternehmen nicht nur keine neuen Kräfte einstellten, viele mussten einen signifikanten Teil ihrer Angestellten entlassen. Es war ein Unglücksjahr für alle jungen Leute, die gerade ihre Ausbildung abgeschlossen hatten und Arbeit suchten. Jakarta, das mich gerade noch freudig begrüßt hatte, war das Lächeln im Nu vergangen.

Die Situation der Wirtschaft war einfach zu erklären. Krisen dieser Art werden im ersten Semester der Volkswirtschaftslehre unter den

Themen »Faktoren der Produktion« und »Wechselkurse« behandelt. Allerdings hört man in den Vorlesungen nichts von gutgekleideten Herren in Anzug und Krawatte, die teure Aktenkoffer mit sich herumtragen und ziellos vor Malls auf und ab laufen, weil sie immer noch so tun, als würden sie morgens zur Arbeit gehen, obwohl sie bereits entlassen wurden. Nichts von Menschen, die sich von hohen Gebäuden stürzen, weil die Bank, bei der sie ihre Konten hatten, zusammengebrochen ist und sie ihr gesamtes Geld verloren haben. Und nichts von Topmanagern, nach denen die Polizei fahndet.

So schlimm stand es um mich nicht, aber mein glühender Ehrgeiz nützte mir überhaupt nichts, denn niemand interessierte sich für mich. Selbst Leute mit einer höheren Qualifikation, als ich sie hatte, standen den Verhältnissen hilflos gegenüber. Trotzdem bewarb ich mich weiter. Dutzende von Briefen schickte ich hinaus. Monatelang wartete ich vergeblich auf Antwort. Wenn es wirklich einmal ein oder zwei offene Stellen gab, meldeten sich sofort tausend Bewerber.

Ich kam mir vor wie in einem Albtraum. Ich hatte gerade erst in Sheffield meinen glänzenden Studienabschluss gefeiert und war voller Pläne gewesen, und nun lief jede Hoffnung auf eine Zukunft hier ins Leere.

Weil mich die Not dazu zwang, bewarb ich mich für Stellen, die absolut nicht meinen Qualifikationen entsprachen: als Angestellter in einem Reisebüro, als Vertreter einer Versicherung, als Grundschullehrer – doch selbst diese Bewerbungen wurden nicht beantwortet.

Nachdem ich mich fast acht Monate vergeblich um eine Stelle bemüht hatte, kam ich zu der Erkenntnis, dass es keinen Zweck hatte, noch länger in Jakarta zu bleiben. Außerdem drängte es mich, meine Eltern wiederzusehen. Sosehr ich mir gewünscht hatte, ihnen als erfolgreicher Mann mit einem guten, lukrativen Job entgegenzutreten, die Sehnsucht war größer … Ich wollte heimkehren und zu Hause abwarten, bis sich die wirtschaftliche Lage gebessert hätte. Dann würde ich es noch einmal in Jakarta versuchen.

Da meine Mittel erschöpft waren, musste ich mich zur Heimreise wieder auf der Monalisa einschiffen, die zwischen den Inseln Viehtransporte übernahm. Im Hafen von Sunda Kelapa traf ich unseren Kapitän wieder.

»Wo warst du denn so lange, Boi?«

Ich sah den Kapitän an und wollte ihm von meiner Reise nach Europa erzählen, wusste jedoch nicht, wo ich anfangen sollte.

»Das ist eine lange Geschichte, Käpt'n.«

Kaum waren wir in See gestochen, hörte ich Nat King Cole »Unforgettable« singen. Ob das gemeint ist, wenn es heißt, dass sich die Geschichte immer wiederholt?

44

Bevor das Schiff im Hafen von Belitong anlegte, zog ich die Uniform aus der Zeit an, in der ich im Goncourt Hotel als Portier gearbeitet hatte. Mein Vater war schon immer glücklich gewesen, wenn er jemanden in Uniform sah. Er hielt uniformierte Menschen für klug und diszipliniert. Er selbst hätte ja auch fast eine Uniform bekommen, doch daraus war nichts geworden, damals auf dem Platz vor dem Reisspeicher.

Vom Hafen aus nahm ich den letzten Minibus. Da er bereits voll besetzt war, wurde ich zusammen mit einigen Gemüseverkäufern in der »Business Class« untergebracht, das hieß: oben auf dem Dach. Unter den anderen Fahrgästen, denen ich in meiner Gewandung mit Gehrock und Zylinder wie ein Jahrmarktzauberer vorkommen musste, entstand große Heiterkeit, als ich, mitsamt meinem großen Koffer und meiner Tasche aufs Dach verfrachtet wurde.

Der mit Fahrgästen und Waren überfüllte Bus neigte sich in jeder Kurve so weit zur Seite, dass man jedes Mal bangte, er werde umstürzen. Wir fuhren durch kleine Städte, durch Dörfer und Siedlungen, kamen durch Wälder und kreuzten steppenartige Ebenen. Mit Erstaunen nahm ich wahr, dass dort Pferde frei herumliefen. Das war ein Anblick, wie ich ihn von früher gar nicht kannte. Die prächtigen Rosse aus Tasmanien hatten sich also eingelebt und vermehrt. Ich war gespannt zu erfahren, was wohl nun der Gesprächsstoff in den Kaffeebuden war. Ob es immer noch um das Zinn ging? Oder um die Veränderungen in unserer Siedlung? Ich war wirklich neugierig.

Während der Jahre in Paris und Sheffield hatte ich mein Heimweh und die Sehnsucht nach meinen Eltern ganz gut im Griff gehabt, aber nun, so kurz vor dem Ziel, konnte ich es kaum erwarten, nach Hause zu kommen und meine Eltern wiederzusehen. Was würde wohl mein Vater sagen?

Endlich kamen wir in meinem kleinen Heimatort an. Ich sah mich um. Auf den ersten Blick hatte sich nichts verändert. Es gab keine neuen Häuser oder sonst etwas Neues. Alles war noch so wie früher, die Straße, die Brücke, die alten Häuser und Gebäude, nur älter und schäbiger.

Die Nachmittagssonne schien noch hell, als der Bus mich am Rand der Hauptstraße vor unserem Haus absetzte. Mein Vater stand auf der Veranda und sah dem Bus entgegen. Er rief nach meiner Mutter, und sie kam heraus. Beide lächelten, als ich mit meinem großen Koffer über den Vorplatz kam.

Ich küsste meiner Mutter die Hand. Mein Vater bewunderte meine Uniform. Er nahm mich in die Arme und hielt mich lange fest. Ich machte meinen Rucksack auf, holte mein Zeugnis heraus und zeigte es meinem Vater.

»Ich habe ein Stipendium bekommen und habe an einer berühmten Universitat meinen Abschluss gemacht, Vater.« Diese Worte hatte ich seit meiner Kindheit in meinem Herzen aufgehoben. Es war ein unbeschreiblich schönes Gefühl, sie nun vor meinem Vater aussprechen zu können. Mein Vater vollführte seine Glückwunschgeste, er lächelte breit, seine Augen strahlten, er legte beide Hände auf die Brust und wackelte mit dem Kopf hin und her wie ein kleiner Junge, der ein Lied singt.

Die ersten Tage blieb ich zu Hause, es gab so viel zu erzählen, aber dann zog es mich an den Ort, wo alles begonnen hatte: Ich wollte die Schule der Regenbogentruppe wiedersehen. Was ich an ihrer Stelle fand, war hoch gewachsenes Alang-Alang-Gras. Wenn man sich auf die Zehenspitzen stellte, konnte man in der Mitte noch verwitterte Bretter und Balken unserer ehemaligen Schule erkennen. Unsere Bäume, das Filicium und der Jakaranda, standen noch aufrecht da wie früher und erinnerten an die alten Zeiten. Der Blumengarten war von Unkraut überwachsen, überall machte sich Buschwerk breit.

Ich setzte mich unter den Jakaranda und dachte an die Menschen, denen ich in meiner Jugend begegnet war, meine Klassenkameraden, Pak Harfan, Bu Mus, Arai, Jimbron, Weh, Guru Balia – und A Ling. Früher hatte ich allein auf dem Schulhof gesessen, von der Schönheit des Dorfes Edensor gelesen und mich nach A Ling gesehnt. Das Dorf, von dem ich mir nicht vorstellen konnte, wo es liegen mochte, hatte ich schließlich in den Midlands gefunden.

Ich verbrachte einige Zeit damit, in der Siedlung herumzulaufen und nach meinen Freunden Ausschau zu halten. Viele hatten inzwischen Familie und waren hierhin oder dorthin gezogen, arbeiteten in der Bezirkshauptstadt. Ratgeber Weh war irgendwo auf dem Meer unterwegs, niemand wusste, wo. Guru Balia und Guru Mustar unterrichteten noch in der Oberschule. Und Bu Mus hatte, nachdem die Schule der Regenbogentruppe geschlossen worden war, eine Stelle als Grundschullehrerin in der Bezirkshauptstadt angenommen. Ich war der Einzige, der noch in unserer kleinen Gemeinde wohnte.

45

Eins muss gesagt werden: Schlichte Arbeitskraft war die einzige Qualifikation, die jemand nötig hatte bei uns in der Siedlung. Universitätsabschlüsse, und seien sie noch so glänzend, waren hier sinnlos. Nur hatte ich keine Lust, im Tagebau zu arbeiten, ich wollte nicht in die Viehzucht und auch nicht auf den Bau. Um ein Geschäft aufzumachen, fehlte es mir sowohl an Kapital wie an Talent. Ich hatte Wirtschaftswissenschaften studiert, aber nicht, um ein Wirtschaftsunternehmen zu führen. Ich hatte auch keine Ahnung von der Landwirtschaft, hatte nicht Fischen gelernt, wusste nicht, wie man eine Bootswand verpicht oder wie man Kautschukbäume anzapft. Meine ganze Ausbildung und Schulung, meine Einstellung zum praktischen Leben führten nicht in die Richtung derartiger Berufe.

Dass meine Mutter Erklärungen dieser Art akzeptieren würde, war jedoch mehr als fraglich. So etwas konnte sie nicht verstehen. Dass ein junger Mann, kerngesund an Leib und Seele, nicht einer Arbeit nachging, erschien ihr einfach verachtenswert. Sie wollte von all den Zeugnissen, von Wirtschaftswissenschaften, von der Mathematik des Gleichgewichts, von allem, was mir Kopfschmerzen gemacht hatte, nichts wissen. Es zählte für sie nicht, dass der Wert der Rupiah zusehends verfiel und Indonesiens Wirtschaft am Zusammenbrechen war. Dass von den zwanzig Millionen Einwohnern Jakartas viele noch besser ausgebildet waren als ich und trotzdem in dieser kritischen Situation arbeitslos waren. Ich versuchte ihr klarzumachen, dass ein Hochschulabsolvent in Jakarta durchschnittlich zwei Jahre brauchte, bis er eine Stelle gefunden hatte, die seinen Interessen und seiner Qualifikation entsprach. Als ich ihr mit Statistiken kam, wurde sie richtig wütend:

»Ich schere mich nicht um solchen mystischen Quatsch!«

Ich verehrte meine Mutter sehr. Sie war geradeheraus, das war ihre große Stärke. Als ich fast drei Wochen zu Hause war und immer noch keine Aussicht auf Arbeit hatte, hakte sie nach.

»Du hast doch hoffentlich weitere Bewerbungen nach Jakarta geschickt, oder?«

Ich sagte: »Noch nicht!«, denn ich hatte gerade eine Woche zuvor fünf Bewerbungsschreiben auf den Weg gebracht. Ich hatte mich sogar bei Firmen um Stellen beworben, die keinerlei Bezug zu meiner Ausbildung hatten. Zum Beispiel bei einer Sandalenfabrik, wo sie einen Werksleiter suchten.

Am allerliebsten wäre ich als Wirtschaftswissenschaftler an die Uni gegangen, sowohl die Lehre als auch die Forschung hätten mich gereizt. Aber freie Stellen im Hochschulbereich waren noch seltener als solche in der Industrie. Die Industrie dagegen suchte keine Wissenschaftler, sondern erfahrene Praktiker. Ich hatte studiert, um die Situation in meiner Heimat zu verbessern, und ich hatte eine Menge zu bieten, nur war das nicht gefragt.

Als ich meiner Mutter sagte, ich hätte noch keine weitere Bewerbung abgeschickt, war sie gerade auf dem Weg zur Küche. Sie blieb abrupt stehen und sah mich an. Ihr Blick war schwer zu beschreiben.

»Ja, was hast du denn die ganze Zeit gemacht?«

Ich senkte den Kopf.

»Nichts.«

»Nichts? Du sagst ›nichts‹? Was ist das für eine Antwort? So etwas habe ich von einem, der auf der hohen Schule war, noch nicht gehört!«

Ich schwieg.

»Du hast erzählt, du hättest an der Universität studiert! Was hast du denn auf deiner Universität gelernt? Das möchte ich doch gern wissen! Vielleicht hast du dich da im Ausland bloß herumgetrieben. So sind die jungen Leute heute, wollen unbedingt studieren und haben dann keine Arbeit! Und fallen den Eltern zur Last! Das war früher anders. Da brauchte man keine Zeugnisse, hatte aber immer Arbeit, war fleißig, hat sich angestrengt, hat hier was hochgehoben, dort was geschleppt!«

Ich ließ meinen Kopf noch tiefer sinken.

Einen Monat gab sie mir Zeit. Wenn ich dann noch immer keine Arbeit hätte, müsste ich nehmen, was angeboten würde. Ich musste vergessen, dass ich Absolvent der Sheffield Hallam University war und mein Examen mit »sehr gut« bestanden hatte.

Doch die Frist, die mir meine Mutter gesetzt hatte, verstrich, und der junge Mann, der einmal so hochfliegende Ziele gehabt hatte, der eine neue Theorie der Betriebswirtschaft entwickeln wollte, war nicht einmal in der Lage, sein eigenes Schicksal zu bestimmen. Stattdessen bediente er nun die Gäste in der Kaffeebude Solidar.

Ich hatte nicht viele Möglichkeiten, dafür aber eine Mutter, die keine Kompromisse einging. So besehen war die Arbeit in der Kaffeebude zwar eine Notlösung, aber es war die einzige Lösung, die es überhaupt gab. Immerhin war das noch besser, als dass mir meine Mutter ständig in den Ohren lag und die Nachbarn sich über mich mokierten, ich wäre nichts weiter als ein nutzloser Faulpelz.

In Jakarta hatte ich mit einem Mann gesprochen, der seinen MA in Amerika gemacht hatte und nun Grundschullehrer war. Ich hatte einen Architekten getroffen, der als Vertreter für eine Pharmafirma arbeitete, einen Tierarzt, der in einem Telefonladen tätig war, und einen Juristen, der sich als Versicherungsvertreter durchschlug. Junge Akademiker mussten zusehen, dass sie überlebten, und jede Tätigkeit annehmen, die ihnen angeboten wurde – und hoffen, dass die Wirtschaft sich schon wieder erholen würde.

Genau das versuchte ich, und so bedrückend die Arbeit in der Kaffeebude auch war, ich sagte mir immer wieder, dass das alles nur vorübergehend sei. Ich wollte sparen, um baldmöglichst abermals mein Glück in Jakarta zu versuchen.

So zwang ich mich dazu, jeden Tag in aller Frühe zur Arbeit aufzubrechen. Durchs Fenster beobachtete meine Mutter, Betel kauend, jede meiner Bewegungen. Ihren stechenden Blick glaubte ich manchmal bis zum Nachmittag in meinem Rücken zu spüren.

Wenn ich in der Kaffeebude ankam, deren Besitzer mein Onkel war, empfingen mich schon dessen Schimpfkanonaden. Die Regierung war ihm verhasst, und ständig beklagte er den moralischen Verfall der Gesellschaft. Ich war der Einzige, bei dem er alle seine politischen, sozialen und persönlichen Enttäuschungen abladen konnte.

Seine Kaffeebude hieß Solidar, man hätte also meinen können, dass von ihrem Besitzer Solidarität zu erwarten war. Aber mein Onkel war sehr temperamentvoll und damit auch oft grob und verletzend. Außerdem hatte er als Folge eines Blasenleidens seine sexuelle Kraft eingebüßt und war oft missmutig gestimmt – ein mit sich selbst unzufriedener, streitsüchtiger Nörgler, dessen Äußerungen immer sarkastischer wurden.

»Hast du gehört, was ich gesagt habe, Boi?«

Er verlangte immer eine klare Antwort. Es war ihm nicht genug, wenn man einfach nickte zum Zeichen, dass man den Unsinn gehört hatte, den er verzapfte. Wenn man das nicht tat, schimpfte er weiter.

»Ich habe alles gehört, Onkel.«

Er war ein Vetter meines Vaters. Während mein Vater manchmal nur acht Sätze in der Woche sagte, brachte es sein Vetter auf achthundert in einer Minute.

»Diese jungen Leute heutzutage können alles nur kaputtmachen! Sie haben keinen Respekt vor dem Alter oder vor ihren Lehrern. Sie haben alles und denken, die Schule ist nichts wert. Früher, weißt du, wie das früher war, Boi? Da hatten wir nichts, keine Bücher, keine Lehrer, aber wir waren klüger. Und wir haben gearbeitet. Wir waren nie arbeitslos. Wir hätten uns geschämt, wenn wir nicht gearbeitet hätten. Die Jugend heute? Die jungen Leute genießen es, keine Arbeit zu haben! Sie sind schon erwachsen, liegen aber den Eltern noch auf der Tasche. Wozu studieren sie, wenn sie dann nur herumlungern?«

Mein Onkel machte mich zu seinem Stellvertreter und erklärte, ich wäre wie er für alles verantwortlich. Das hörte sich gut an, doch in Wirklichkeit war ich Mädchen für alles, sollte die Kasse der Kaffeebude führen, die Waren einkaufen, den Arbeitseinsatz der drei Bedienungen organisieren und bei viel Betrieb selbst bedienen. Währenddessen betrachtete mich mein Onkel vom Lehnstuhl der Veranda aus mit einem abschätzigen Blick und fuhr fort mit seinen endlosen Tiraden.

»Ich kann mir nicht vorstellen, wie es mit unserer Republik weitergehen soll. Junge Leute mit bester Ausbildung arbeiten in der Kaffeebude! Unsere Demokratie ist in Gefahr, heißt es dann überall. Es ist doch alles vergeblich. Und warum? Wir sind unabhängig geworden, sind aber Unterdrückte geblieben! Unsere Jugend ist zu nichts nutze!«

Ich nahm mir jeden einzelnen Satz meines Onkels vor, dachte darüber nach und kam zu der Erkenntnis, dass jeder Beruf, egal welcher, eine achtbare, wertvolle Seite besitzt. Ein Lehrer beispielsweise, der mit einem kleinen Gehalt in einer abgelegenen Gegend unterrichtet, kann sich als Staatsdiener sehen, der die Aufgabe übernommen hat, den Menschen Bildung zu bringen. Ein Briefträger garantiert der Bevölkerung die Versorgung mit Nachrichten. Ein Mann, der Insektizide versprüht, beschützt vor allem die kleinen Kinder vor Mückenstichen, damit sie zu einer starken neuen Generation heranwachsen können, gesund und bereit, eines Tages die Führung des Landes zu übernehmen. Wer Zahnprothesen anfertigt, vermag das Leben der Menschen zu verbessern, indem er ihnen ihr Selbstbewusstsein zurückgibt. Ein Fotograf kann den Sekundenzeiger anhalten, ohne ihn zu berühren. Er hält die Geschichte fest und besiegt die Zeit. Der Monteur von Parabolantennen öffnet den Menschen ein Fenster zur Welt.

Nur der Arbeit in einer Kaffeebude eine erhabene Seite abzugewinnen fiel mir schwer, wie ich es auch betrachtete.

Im Laufe der Zeit lernte ich, die Nörgeleien meines Onkels zu überhören, wie man Störgeräusche bei einem defekten Radio ausblendet. Seine Batterien wurden langsam schwach, seine Stimme schwoll an und ab wie bei einem zerknitterten Tonband, bis er schließlich in seinem Lehnstuhl einschlief und schnarchte. Doch merkwürdig, zu bestimmten Zeiten konnte mein Onkel plötzlich freundlich und mitfühlend sein. Dann wurde seine Stimme sanft, und er lobte mich in den höchsten Tönen. In seinem ganzen Leben hätte er noch keinen Menschen von so höflichem Auftreten getroffen, der so fleißig sei wie ich. Ohne bestimmten Anlass ließ er gelegentlich fallen, dass die Zahl der Gäste zugenommen hätte, seitdem ich in seiner Kaffeebude arbeitete. Dann klopfte er mir auf die Schulter, drehte sich um, sah auf einem Tisch leere Kaffeetassen und verfiel sofort wieder in seinen gewohnten Tonfall: »Boi, was stehst du da herum! Trag die Tassen weg und mach die Tische sauber, du Faulpelz! Du bist zu nichts nutze!«

46

Ich war jeden Tag in der Kaffeebude und entdeckte während der Arbeit ganz neue, mir bisher unbekannte Seiten an meinen Bekannten und Freunden. Es war wirklich interessant, Menschen unterschiedlicher Herkunft dabei zu beobachten, wie sie miteinander umgingen, ihre Meinungen und Einstellungen zu allen möglichen Themen zu hören. Die Kaffeebude war eine kulturelle Oase, und die Arbeit, die ich anfangs so verabscheut hatte, fing langsam an, mir Spaß zu machen.

Unsere Gäste spielten gerne Schach. Viele kamen jeden Tag für ihre Partien zu uns und tranken dabei Kaffee. Einer der Spieler johlte jedes Mal laut, wenn er seinen Gegner geschlagen hatte. Es war niemand anderes als Makruf, mit dem wir als Schüler aneinandergeraten waren, als er Jimbron wegen seines Pferdewahns verspottet und mich wegen meines Vaters beleidigt hatte, weil er nicht lesen und schreiben konnte.

Je länger ich mir sein wichtigtuerisches Gebaren ansehen musste, desto mehr wuchs meine Abneigung. Jedes Mal, wenn Makruf lautstark einen seiner Siege feierte, musste ich an Ninochka Stronovsky denken, die nur gelacht hätte über diesen Kaffeebudenschachmeister! Mich packte die Lust, Makruf im Schach herauszufordern und seine Spielstärke zu testen.

Ich war immer noch kein besonders guter Spieler, aber ich wusste, dass Makruf gleichfalls kein Spieler von Rang war. Ab und zu gewann er eine Partie bei einem Turnier, schaffte es aber nie auf einen der vorderen Plätze. Im Rahmen der Feierlichkeiten zum Unabhängigkeitstag am 17. August sollte wieder ein Turnier stattfinden, und ich beschloss, gegen ihn anzutreten.

Zunächst jedoch musste ich mich in Form bringen. Wann immer ich Zeit hatte, kletterte ich auf einen der Lastwagen, die das Zinn in die Bezirkshauptstadt transportierten, um in der dortigen Bibliothek Bücher über Schach zu lesen. Dort konnte ich auch ins Internet, um Verbindung zu Ninochka aufzunehmen. Sie hatte mir schon in Paris ein paar effektvolle Tricks beigebracht, nun wurde sie zu meinem Coach. So lernte ich eine Reihe von Spielzügen kennen, beispielsweise die Berliner Verteidigung oder die Englische Eröffnung.

Die Anmeldefrist zum Turnier lief an. Ich schrieb mich sofort ein. Makruf ebenfalls. Für die erste Runde hatte das Organisationskomitee das K.-o.-System angesetzt, wobei sich jeder Teilnehmer seinen Gegner aussuchen konnte. Ohne lange zu überlegen, forderte ich Makruf heraus. Auf diese Gelegenheit hatte ich gewartet.

Makruf hatte jedoch keine Lust, gegen mich anzutreten, denn er hielt mich für keinen ebenbürtigen Gegner. Er meinte von sich, er wäre ein kampferprobter Schachchampion. Diejenigen, die sich noch an unseren Zusammenstoß von damals erinnerten, setzten ihm jedoch zu, so dass er sich hätte schamen mussen, wenn er nicht gegen mich angetreten wäre. Wer Makruf am meisten drängte, war mein Onkel, vermutlich weil er wollte, dass ich Makruf kleinkriegte. Allerdings beschlich mich zwischendurch der Verdacht, es könnte auch umgekehrt sein, vielleicht wollte er lieber sehen, wie Makruf mich besiegte.

Mit seinem ganzen Auftreten zeigte mir Makruf von Anfang an seine Geringschätzung. Er wusste, dass es beim Schach auf die mentale Stärke ankommt, und meinte, es wäre genug, wenn er mich verunsicherte, so dass ich meine Konzentration verlöre. Er konnte ja nicht wissen, dass ich unter der Anleitung von Ninochka Stronovsky, der Schachmeisterin aus Georgien, hart trainiert hatte.

Bei der Auslosung zog Makruf Weiß. Er nahm sein Kaffeeglas, kniff die Augen zu und schob als ersten Zug einen Bauern zwei Felder vor. In seinem Gesicht las ich, dass er sich sicher war, dass er auf jeden meiner Züge die richtige Antwort hätte. Und mein Argwohn gegenüber meinem Onkel erwies sich als berechtigt: Vor meinen Augen feuerte er Makruf an.

»Putz ihn weg, Ruf! Lass dich bloß nicht von dem Kraushaar besiegen! Wenn du gewinnst, spendiere ich dir einen Gratiskaffee!« Die Gäste in der Kaffeebude lachten laut. Doch ich blieb locker und konzentrierte mich ganz auf das Schachbrett vor mir.

»Ein Amateur!«, rief mein Onkel, als er meinen ersten Zug sah. Makruf lächelte abschätzig. Es folgte Zug auf Zug. Ich musste zugeben, Makruf war kein leichter Gegner, schon nach relativ kurzer Zeit geriet ich in Bedrängnis.

»Das geschieht dir recht, Kraushaar! Du denkst, Schach wäre einfach? Hmm, falsch, Schach ist was für Leute mit Verstand! Jedenfalls nichts für jemanden wie dich! Du spielst besser Federball!«

Makruf hatte die Lacher auf seiner Seite. Angefeuert von meinem Onkel, griff Makruf jetzt kühn an. Mehrmals musste mein König vor Makrufs Offizieren auf eine sichere Stelle flüchten. Voller Schadenfreude lachte mein Onkel, als ich weiter in die Enge getrieben wurde.

»Ich schätze, höchstens noch sechs Züge, dann ist dein König hin, Boi! Du machst deinem Onkel Schande!« Makrufs Parteigänger klatschten laut Beifall. Aber so leicht gab ich mich nicht geschlagen. Eine Schachmeisterin stand hinter mir. Als Makruf angriff, stand mit einem Mal ungewollt seine Flanke offen. Ich erkannte meine Chance und griff meinerseits an.

Mit einem diagonalen Zug in die rechte Ecke traf ich Makrufs Verteidigung direkt ins Herz. Makruf war platt und versuchte, einen ungeschützten Bauern zu retten, indem er ihn ein Feld vorschob. Im nächsten Zug putzte meine Königin den verwaisten Bauern vom Brett. Makruf verlor fast die Fassung. Seine Parteigänger stutzten. Mein Onkel staunte.

Mein Angriff hatte Makrufs Offiziere durcheinandergebracht. Jetzt war ich dran. Kaltblütig nahm ich Makruf einen Bauern nach dem anderen. Im Nu hatte sich das Blatt gewendet. Makrufs König war eingekreist. Er selbst geriet in Panik. Plötzlich war ich es, der angefeuert wurde. Makrufs Leute standen wie festgenagelt im Kreis um unser Brett herum und rührten sich nicht vom Fleck. Meinem Onkel stand der Mund offen. Makruf bemühte sich, seine Verteidigungslinie aufrechtzuerhalten, aber es war zu spät.

»Ich hab's die ganze Zeit gewusst, du hast keine Ahnung vom Schach, Ruf. Los, Ikal, feg Makruf vom Brett!« Die Umstehenden klatschten Beifall – mein Onkel hatte die Fronten gewechselt.

Ich platzierte meine Dame vor Makrufs König. Der suchte Schutz hinter einem Bauern.

»Prima, Ikal! Das ist ein Neffe, auf den man stolz sein kann.« Alles lachte.

Dann zog ich meine Königin ein letztes Mal. »Schachmatt.«

Makruf riss die Augen auf. Er konnte es nicht glauben.

»Siehst du, Makruf, ich habe dich besiegt! Ich kann lesen und schreiben!«

Makruf sah mich starr an. Mein Onkel schüttelte mir fest die Hand und lächelte breit. »Anscheinend bist du nicht so dumm, wie ich angenommen hatte, Boi.«

Nach meinem Sieg über Makruf nahm ich nicht mehr weiter am Turnier teil. Viele bedauerten meinen Schritt, sie meinten, ich hätte sicher im nächsten Spiel auch gewonnen, vielleicht wäre ich sogar unter die ersten zehn gekommen. Obwohl ich es niemandem verriet, hoffte ich doch, dass alle begriffen, warum ich diese eine Partie gespielt hatte: einzig und allein, um die Würde meines Vaters zu verteidigen.

47 Am Ende wollte mein Onkel meinen Sieg über Makruf dann doch nicht recht würdigen.

Er behauptete kurzerhand: »Du hast bloß Glück gehabt, Boi!«

Ich äußerte mich nicht dazu, denn ich war mir nicht sicher, ob er nicht recht hatte. Mein Onkel hob ein schmutziges Glas hoch und winkte Midah heran, eine der Bedienungen. Er herrschte sie an:

»Midah! Nicht mal ein Glas kannst du abwaschen! Einen größeren Auftrag kann man dir sowieso nicht zumuten!«

»Hasanah! Warum siehst du aus, als käme gleich ein Wirbelsturm? Wir sind in einem Betrieb, in dem die Gastlichkeit großgeschrieben wird. Da müsst ihr entsprechend auftreten. Das ist … Wie heißt das doch? Ach, jetzt hab ich's vergessen …«

Mein Onkel dachte angestrengt nach.

Hasani duckte sich ängstlich, denn er kannte die Reihenfolge auswendig. Nach Hasanah war er an der Reihe.

»Hospitalität! Das ist der Fachausdruck.«

Hasani sah auf, sah mich an, dann meinen Onkel.

»Was haben wir denn mit dem Hospital zu tun?«

»Was sagst du da, Ni? Ich kann es nicht ausstehen, wie du redest! Du sprichst, als wär ich wer weiß wie ungebildet, nimm dich bloß in acht!«

Hasani rührte sich nicht.

»Du willst wohl einem Krokodil das Schwimmen beibringen, was? Tu bloß nicht so, als wüsstest du was! Was soll aus dem Land noch werden? Jetzt werden die Untergebenen frech. Wir sagen ein Wort, ihr darauf gleich zwei. Wir haben noch nicht ausgeredet, da werden wir schon unterbrochen. Kein Respekt!«

Midah, Hasanah und Hasani lernten nichts aus der Erfahrung mit meinem Onkel. Man durfte ihn einfach niemals unterbrechen, vor allem nicht, wenn er zornig war. Dann war es besser zu schweigen. Und so war ich der Einzige, der vor seinen Wutausbrüchen einigermaßen sicher war, während sich meine Kollegen ständig beschimpfen lassen mussten.

Midah war eine Witwe von zweiundvierzig Jahren und machte den Eindruck, als ob sie auf dieser Welt schon viel Unglück gehabt hätte. Hasanah war gerade achtzehn und wirkte, als sei er auf der Welt, um sich herumschubsen zu lassen. Hasani war Ende dreißig, ein ewiger Junggeselle, der sich danach sehnte, eine Ehefrau zu finden. Jedes Jahr am Ende der Regenzeit hielt er sich bereit für den blauen Augenblick. Er erinnerte mich an die Figuren in Filmen, Hörspielen und Comics, die sich immerfort beschimpfen lassen müssen.

Ich fragte sie oft, warum sie bei meinem Onkel blieben. Könnten sie nicht zu einer anderen Kaffeebude wechseln? Sie lächelten bloß.

»Das wirst du schon noch kapieren, Boi«, meinte Midah.

Ich jedenfalls wollte aufhören. Ich war nun schon fünf Monate in der Kaffeebude tätig und nahm mir vor, noch einen Monat zu bleiben und dann nach Jakarta zu gehen. Das Geld dafür hatte ich schon beisammen. Noch einmal wollte ich versuchen, in Jakarta eine geeignete Arbeit zu finden. Dagegen konnte selbst meine Mutter nichts einwenden. Meinen Onkel und seine Beschimpfungen würde ich noch einen weiteren Monat ertragen können. Meine Überlebensstrategie beherrschte ich ja inzwischen. Allerdings brachte eine Nachricht von Midah meine schönen Pläne durcheinander.

Midah erzählte, vor einigen Tagen habe ein großes Schiff im Hafen angelegt. Es sei aus Singapur gekommen. Die Passagiere seien vor allem junge Frauen gewesen, sowohl Malaiinnen wie Chinesinnen, die dort arbeiteten und zum Urlaub nach Hause gekommen seien. Ich dachte natürlich sofort an A Ling.

Vor Überraschung konnte ich mich zuerst nicht von der Stelle rühren. Warum hatte ich nie daran gedacht, dass A Ling möglicherweise in Singapur arbeitete? In einem Büro, in einer Fabrik, als Verkäuferin in einem Laden, als Altenpflegerin, Babysitter oder Hausangestellte? Schon immer arbeiteten viele Frauen aus unserer Gegend in Singapur oder Malaysia. Wie hatte ich nur so vernagelt sein können! Anstatt irgendwelchen diffusen Tipps zu folgen, hätte ich einfach mal vernünftig nachdenken müssen. Blind vor Sehnsucht hatte ich sogar in Europa nach A Ling Ausschau gehalten. Und erst jetzt dämmerte mir, dass ich an den falschen Orten gesucht hatte.

Am Nachmittag fuhr ich in aller Eile zum Hafen. Vom Hafenmeister erhielt ich jedoch die Auskunft, das Schiff aus Singapur komme erst im Januar. Ich drehte also wieder um und fuhr nach Hause. Die Nacht über konnte ich keinen Schlaf finden. Ich entschloss mich, meinen Plan zu ändern und das Schiff aus Singapur noch abzuwarten.

Das Problem war nur, was meine Mutter dazu sagen würde.

Ich hatte keine Wahl, ich musste ihr gestehen, dass ich meine Abreise nach Jakarta verschieben wollte, um auf A Ling zu warten. Die Worte wollten mir nicht über die Lippen. Doch meiner Mutter gegenüber konne ich nicht um den heißen Brei herumreden. Mein Leben war schon traurig genug, und ich wollte meine unglückliche Situation nicht noch weiter erschweren, indem ich meine Mutter anlog. Bei uns heißt es, dass es Unglück bringt, wenn man seine Mutter belügt.

Als ich meine Erklärung vorbrachte, kaute sie gerade Betel mit Gambir und tat so, als beachtete sie mich nicht. Mit größter Geschicklichkeit – denn sie kaute bereits seit ihrem zehnten Lebensjahr Betel und Gambir – spuckte sie den roten Saft durch den schmalen Spalt des leicht geöffneten Fensters hinaus in die Gegend. Dann drehte sie sich langsam zu mir um und sah mich mit bohrendem Blick an.

»Wer ist A Ling?«, fragte sie langsam. Ihre Stimme war tief und kalt.

Was sollte ich machen? Ich musste ihr alles erklären, auch dass ich A Ling schon seit der vierten Klasse der Grundschule kannte und seitdem nie mehr wiedergesehen hatte. Dass ich sie überall gesucht, aber nirgends gefunden hatte. Dass ich seit vielen Jahren ständig an sie denken musste und dass ich, bevor ich sie nicht wiedergefunden hätte, keine Entscheidung fällen könnte.

»Bring mir mal dein Zeugnis, ich möchte es sehen.«

Ich traute mich nicht zu fragen, warum sie es sehen wollte. Ich holte das Zertifikat der Universität und reichte es ihr beklommen, denn mich beschlich die Sorge, sie könnte es voll Zorn in den Ofen stecken oder es zerreißen. Doch meine Mutter nahm das Zeugnis und hielt es am Fenster gegen die Sonne.

»Ich glaube, das ist gefälscht, Boi.«

Mein Onkel hatte natürlich auch seine Meinung zu verkünden:

»Du hast doch gesagt, du wolltest nur sechs Monate bei mir arbeiten? Was ist denn passiert?«

Ich konnte ihn nicht anlügen. Er war der jüngere Bruder meines Vaters und mein einziger Onkel. Die anderen Geschwister meines Vaters waren alle bereits gestorben. Mein Onkel war grob und konnte sehr unangenehm werden, nahm kein Blatt vor den Mund, doch im Grunde seines Herzens war er gutmütig.

Also erklärte ich meinem Onkel ganz offen, wie ich es auch meiner Mutter gegenüber getan hatte, warum ich meine Abreise nach Jakarta verschoben hätte. Er sprang auf: »Nur wegen dieser Liebe? Die erste Liebe ist eine Torheit!«

Er hätte mich sicher gern noch schärfer angefahren, aber sein Blasenleiden hinderte ihn daran. Ein Wutausbruch bescherte ihm unerträgliche Schmerzen im Unterleib. Doch er war noch verärgerter als meine Mutter. Es ging ihm gegen den Strich, dass ein Absolvent einer ausländischen Hochschule, der gezwungen war, vorübergehend in einer Kaffeebude zu arbeiten, nur wegen einer unglücklichen Liebesgeschichte einen für seine Zukunft wichtigen Entschluss zurücknahm. Er war richtig in Rage.

»Weißt du überhaupt noch, wer du bist? Du machst der Familie Schande! Was soll das für ein Akademiker sein. Einem wie dir hätte man niemals ein Stipendium geben dürfen! Du blamierst uns vor der ganzen Welt! Es wäre besser gewesen, ich wäre mit einem Stipendium nach England gegangen! Mit deiner Ausbildung wäre ich längst Informationsminister in Jakarta!«

Meinem Onkel schwollen die Zornesadern. Mit der rechten Hand am Unterleib verzog er das Gesicht vor Schmerzen. Doch sein Zorn war stärker als seine Schmerzen.

»Ich sorge mich ernstlich um deinen Verstand, Boi! Es ist doch gegen jede Vernunft, dir deine Zukunft zu versauen, um auf ein Schiff aus Singapur zu warten, dessen Passagierliste du nicht kennst!«

Ich senkte den Kopf.

»Liebe kann man nicht kochen! Willst du vielleicht Liebe essen?«

Und so ging es fort. Mein Onkel regte sich weiter auf und beschimpfte mich eine gute halbe Stunde lang.

48

Die folgenden Tage waren trist und niederdrückend. Mein Onkel zeigte sich tagelang nicht in seiner Kaffeebude, so böse war er auf mich. Zu Hause musterte mich meine Mutter unaufhörlich prüfend und missbilligend.

Der einzige Trost war mein Vater, der mir verstohlen zulächelte, wenn meine Mutter herumzeterte. Ansonsten war er mit seinem Netz beschäftigt und hörte Radio. Ab und zu, wenn am Beginn einer Sendung von Radio Republik Indonesia die Nationalhymne gespielt wurde, erhob er sich und nahm Haltung an wie ein Soldat, der bei seinem Vorgesetzten Meldung macht. Danach setzte er sich wieder und hörte in aller Ruhe seine Kroncong-Sendung. Ich habe immer die Fähigkeit, sich über ganz einfache Dinge freuen zu können, sehr bewundert und hätte sie selbst gern besessen.

Als mein Onkel eines Nachmittags wieder in die Kaffeebude kam und sogar lustig vor sich hin pfiff, war ich froh. Er hatte eine große Schachtel bei sich.

»Boi!«, rief er und kam direkt auf mich zu.

»Du wirst bestimmt A Ling wiedersehen, Boi! Es ist zu schön! Was sagst du jetzt?«

Ich war verlegen.

»Boi, darf ich dich fragen, ob A Ling die Tochter von A Miauw ist?«

»Ja, Onkel.«

Midah, Hasanah und Hasani mit ihrem sechsten Sinn für Tratsch, kamen näher. Mit Vergnügen bemerkte der Onkel, dass die drei neugierig geworden waren. Er flüsterte mir im Falsett etwas zu, aber so laut, dass es die anderen hören konnten.

»Ich habe Nachforschungen angestellt, hier und dort gefragt. Jetzt weiß ich, warum deine Suche nach A Ling die ganze Zeit vergeblich gewesen ist.«

»Wieso?«, meldete sich Hasanah zu Wort.

»Weil sie geflohen sind, die ganze Familie ist getürmt.«

Wir waren allesamt erstaunt.

»Du hast doch sicher ihre Verwandten nach ihr gefragt, oder? Und keiner konnte dir etwas sagen?« Der Onkel suchte eine Bestätigung für seine Behauptung.

»Sicher.«

»Was meinst du mit sicher?«

»Ja, ich habe A Lings Verwandte gefragt, keiner wusste, wo A Ling oder Miauws Familie wären.«

»Das ist eine Lüge! Ein dicke Luge!«

»Was willst du damit sagen?«, fragte Hasanah und trat näher.

»Sie wissen es natürlich, aber sie tun so, als ob sie nichts wüssten.«

»Warum denn?«

»Weil sie geflohen sind.«

Mir wurde abwechselnd heiß und kalt.

»Wovor sind sie denn geflohen?«

»Vor den Schulden.«

»Was für Schulden?«

»Spielschulden!«

Ich hatte mich oft gefragt, warum mir A Ling nie geschrieben hatte. A Miauw war immer ein großer und gewitzter Spieler gewesen.

Das war die Erklärung. A Ling hatte vermeiden wollen, dass ich sie suchte und wüsste, wo sie sich aufhielte. Es passte alles gut zusammen.

»Tut mir leid, Boi, aber durch deine große Liebe bist du mit Kriminalität in Berührung gekommen.« Mein Onkel seufzte und gab Hasanah den Auftrag, ihm einen Kaffee zu bringen:

»Einen schwarzen, Hasanah, so schwarz wie das Schicksal unseres Freundes hier.«

Das tat mir weh. Vor allem weil damit meine Hoffnung, A Ling wiederzusehen, schwand. Wenn es stimmte, dass sich die Familie wegen Spielschulden aus dem Staub gemacht hatte, war die Aussicht denkbar gering, dass A Ling jemals nach Belitong zurückkehrte. Ich hatte schon öfter gehört, dass Familien vor Spielschulden davongelaufen und nie zurückgekommen waren.

»Aber mach dir keine Sorgen, Boi«, mein Onkel klopfe mir auf die Schulter. »Um dich zu trösten, habe ich die hier gekauft«, sagte er und machte die mitgebrachte Schachtel auf. Eine elektrische Kaffeemühle kam zum Vorschein. Ich staunte.

»Schau dir die Marke an!«

Ich las »Jing Ling«.

»Das klingt fast so wie der Name deines verschwundenen Lieblings, nicht?« Er lächelte breit. Midah, Hasanah und Hasani ebenfalls. Sie sahen meinen Onkel voll Bewunderung für seine Originalität und Tatkraft an. Er war selbst unübersehbar außerordentlich stolz auf sich.

»Wir können doch nicht immer so weitermachen wie bisher. Die Zeiten sind jetzt modern. Die Art und Weise, wie wir bis jetzt Kaffee gemahlen haben, ist total veraltet. Wir haben viele Gäste, die Zeit ist knapp, da greifen wir zu dieser Kaffeemühle. Die Zeit, versteht ihr, die Zeit ist im Produktionsprozess der wichtigste Faktor. Wer keine Zeit einsparen kann, bleibt auf der Strecke! Habt ihr gehört, was ich gesagt habe?«

»Ja, haben wir«, antworteten alle. Mein Onkel sah mich scharf an:

»Dir übertrage ich die Verantwortung für den richtigen Einsatz des Gerätes«, sagte er und fuhr mit der Hand zärtlich über die Kaffeemühle.

»Hört mir gut zu! Dieses neue Modell ist gerade aus Jakarta gekommen, es ist das Beste, was die heutige Küchentechnologie zu bieten hat. Natürlich teuer. Behandelt es sorgfältig! Wenn es kaputtgeht, könnt ihr was erleben!«

Ich benutzte die Kaffeemühle nur, wenn es wirklich nötig war, und jedes Mal, wenn ich die Marke sah, musste ich lächeln. Da ich Angst hatte, es könnte etwas mit dem Gerät passieren, zerkleinerte ich die Kaffeebohnen immer erst in einem Mörser, bevor ich sie in die Maschine füllte, dann lief sie leichter. Nach dem Mahlen nahm ich die Teile auseinander, reinigte sie vorsichtig und legte sie wieder in die Schachtel.

Die Kaffeemühle erinnerte mich tatsächlich immer an A Ling. Nicht nur wegen des Markennamens, sondern auch wegen der Form, die etwas Weibliches hatte.

Mit der Zeit entstand eine eigenartige Verbindung zwischen mir und der Kaffeemühle. Ich war beeindruckt von der Intelligenz, die in dem elektrischen und mechanischen System steckte. Ich verliebte mich geradezu in ihr Design.

Mir gefielen die starken Schultern von Jing Ling und ihr schlanker Hals. Sie stand aufrecht und elegant. Ganz zu schweigen von ihrer Stimme. Mit dem Knopfdruck auf *on* blies ich ihr Leben ein. Und dann setzte ihr Gesang ein. Ein feines Heulen wie von den Düsen eines startenden Flugzeugs mit Motoren von Rolls-Royce. Kurz vor dem Abheben wurde der Ton immer heller und jagte mir wohlige Schauer über den Rücken.

Wenn ich Jing Ling ausstellte, war sie nicht sofort still. Der Ton durchlief vielmehr abermals verschiedene Stufen, von hellem Heulen und Pfeifen zu einem dunklen Summton, aus dem am Ende ein Rauschen und Prasseln wurde, bis sie sanft zur Ruhe kam.

Mein Verhältnis zu Jing Ling wurde immer inniger. Selbst wenn ich sie nicht benutzt hatte, putzte ich sie mit einem Lappen, obwohl sie bereits ganz sauber war.

Ich hatte das Gefühl, in der Welt gäbe es für mich außer A Ling nur die Kaffeemühle, die mich verstand. Niemand außer mir durfte sie benutzen.

Als ich jedoch eines Tages in die Kaffeebude kam, zuckte ich zusammen. In der Küche mahlte jemand Kaffee. Wer war so frech, ohne meine Erlaubnis die Kaffeemühle zu benutzen? Sie war mir persönlich anvertraut worden! Unerhört! Ich stürzte in die Küche und ertappte meinen Onkel, wie er Kaffeebohnen in die Mühle schüttete.

»Onkel, was machst du denn da? Die Bohnen sind ja noch nicht zerkleinert, die Maschine wird kaputtgehen!«

Er lächelte nur und ließ weiter Kaffeebohnen in die Mühle rieseln. Ich rief, er solle damit aufhören, doch er kümmerte sich nicht um meine Bedenken.

»Lass mich nur machen, Boi!«, sagte er und drehte den Geschwindigkeitsknopf auf Stufe fünf, während ich die Mühle nie höher als auf Stufe drei laufen ließ. Jing Ling heulte auf wie ein gequältes Tier. Mir brach es das Herz.

Mein Onkel füllte weiter Kaffeebohnen nach, die aber wieder herausgeschleudert wurden, weil die Maschine schon voll war. Aber mein Onkel war wie ein Kind, das ein wunderbares, aber gefährliches Spielzeug entdeckt hat. Er drehte die Geschwindigkeit auf das Maximum. Ich schrie, er solle aufhören, aber er achtete nicht auf mich, lachte vielmehr lauthals, als er sah, wie Jing Ling hin und her bockte und den gemahlenen Kaffee verstreute.

Mit einem zufriedenen Lächeln stellte der Onkel die Maschine ab. Das geschundene Gerät heulte noch einmal auf, summte eine Zeitlang, gab ein prasselndes Geräusch von sich und verstummte. Der Onkel nahm etwas Kaffee, schüttete ihn in eine Tasse, goss Wasser auf und ließ ihn ziehen.

Er ging und setzte sich in seinen Schaukelstuhl. Ich blieb fassungslos in der Küche zurück. Ich sah mir Jing Ling aus der Nähe an und fing hilflos an, sie zu reinigen. Ich bildete mir ein, Jing Ling sehe mich vorwurfsvoll an. Mein Onkel saß lächelnd in seinem Schaukelstuhl und schlürfte seinen Kaffee. Oh, wie ich ihn verabscheute!

49

In der folgenden Nacht konnte ich kaum Schlaf finden. Am nächsten Morgen sah ich zuerst nach Jing Ling. Obwohl ich sie am Tag zuvor sorgfältig geputzt hatte, nahm ich noch einmal den Lappen, um sie zu polieren, bis sie glänzte. Doch sie lief nicht mehr mit einem so sanften Ton wie sonst, sie hatte Husten. Mein Onkel hatte sie am Vortag überdreht und damit fast kaputtgemacht. Wie aus dem Boden gewachsen stand er auf einmal hinter mir.

»Boi, was hast du mit dem Gerät gemacht? Warum hört es sich an wie eine Raspel?«

Ich schreckte zusammen, wollte mich verteidigen, aber er gab mir keine Gelegenheit dazu.

»Sieh dir das an, gerade erst eingeweiht und schon kaputt! Bestimmt hast du das Gerät nachlässig behandelt.«

Ich sah ihn ungläubig an.

»Wirklich, du hast kein Feingefühl, Boi! Du bist unvorsichtig! Leute, die solch eine Maschine behandeln, wie es ihnen gerade gefällt, sollten eingesperrt werden!«

Am Nachmittag hatte sich mein Onkel immer noch nicht beruhigt und warf mir in Anwesenheit von Midah, Hasanah und Hasani meine angeblichen Fehler vor:

»Leuten wie dir, Boi, kann man nichts anvertrauen. Was soll denn später mal werden, wenn du verheiratet bist? Du bist ja ein Unglück für deine Frau.«

Ich schwieg. Midah, Hasanah und Hasani bemühten sich, nicht herauszuplatzen. Das ärgerte mich schrecklich.

»Falls ich A Ling treffen sollte, würde ich ihr den Rat geben, sich keinen Mann zu suchen wie dich! Du kannst ja nicht einmal auf eine Kaffeemühle aufpassen! Geschweige denn eine Frau beschützen!«

Midah, Hasanah und Hasani konnten sich nicht mehr beherrschen, sie brachen in ein großes Gelächter aus.

»Einer aus der Familie von A Miauw hat mir erzählt, dass A Ling mit Zinar verheiratet werden sollte. Der hätte gut zu ihr gepasst, jedenfalls besser als so ein Nichtsnutz wie du. Ich kenne Zinar, ein tüchtiger Mann. Er hat ein Tabakgeschäft. Er spielt hervorragend Badminton, er ist groß, sieht blendend aus, wirklich attraktiv, ein Typ wie Chow Yun-Fat, der berühmte Schauspieler aus Hongkong!«

Es gab mir einen Stich ins Herz. Zinar, wer war das bloß?

Ich verbrachte wieder eine schlechte Nacht. Midah meinte am nächsten Tag, es gebe tatsächlich einen Mann, der Zinar heiße. Er besitze auch ein Tabakgeschäft in Manggar, dreißig Kilometer entfernt. Und er habe bisher jede Meisterschaft im Badminton gewonnen.

»Natürlich ist er größer als du, Boi, groß und schlank. Und er sieht gut aus.«

Mir wurde ganz flau, als Midah nicht aufhörte, seine Größe zu betonen. Jeder wusste, dass das mein wunder Punkt war.

»Kein Wunder, dass er Badminton-Meister ist. Was er aus dem Stand mit der Hand erreicht, kannst du nicht einmal erreichen, wenn du springst. Wenn du gegen ihn im Badminton spielst, Boi, macht er fünfzehn Punkte und du keinen einzigen. Ich war mal in seinem Laden, als er eine Birne austauschen musste. Das war für ihn kein Problem, obwohl er sie von der Decke schrauben musste. Also wenn ich A Ling wäre, würde ich bestimmt Zinar nehmen und nicht dich, Boi. Was meinst du, Hasanah?«

»Ich würde auch Zinar nehmen. Deine Chancen sind so gering wie deine Größe, Boi.«

»Und du Hasani? Was meinst du?«

»Wie groß bist du, Boi?«

»Ein Meter zweiundsechzig.«

»Ach was, du bist nicht mal eins sechzig!«

Ich wollte mir Gewissheit verschaffen. Vielleicht hatten A Lings Eltern sie tatsächlich Zinar versprochen, als sie noch ein Kind gewesen war. Doch Heiratsversprechen von Seiten der Eltern, wie sie früher üblich waren, hatten auch bei uns inzwischen ihre Wirksamkeit verloren. Das konnte ich mir rational sagen, aber gleichzeitig spürte ich, dass ein Teil meiner Person rationalen Argumenten gar nicht zugänglich war. Ich hatte das Gefühl, zwei Menschen zu sein.

Der eine hatte in Europa studiert, der andere war jemand, der eine Liaison mit einer Kaffeemühle führte, jemand, der sich auf eine bloße gemeine Bemerkung hin in imaginäre Rivalenkämpfe hineinsteigerte. War ich, ohne es zu merken, vor Liebeskummer verrückt geworden?

Ich konnte mir noch so oft sagen, dass ich als gebildeter Mensch in der Lage sein müsste, alles logisch und rational zu sehen – gegen meine Gefühle war keine Logik gewachsen. Ich hatte mich als Schüler unsterblich in ein Mädchen verliebt und mich danach niemals wieder ernsthaft einer anderen Frau zugewandt. Ich war davon überzeugt, dieses Mädchen eines Tages wiederzusehen, obwohl das nahezu unmöglich schien. Und diese Verrücktheit empfand ich wider jede Vernunft als schön. Mehr noch, ich wagte zwar kaum, es vor mir selbst zuzugeben, doch tief in mir nährte ich die Gewissheit, dass ich, wenn ich nur A Ling wiedersehen würde, auch die richtige Arbeit für mich fände.

50

Auf der Post hatte ich vor einiger Zeit eine Werbebroschüre für ein Gerät gesehen, mit dem man seinen Körper vergrößern konnte. Ich hatte sie eingesteckt und mitgenommen. Die Erklärungen waren verführerisch:

Sie haben in Gesellschaft wegen Ihrer Körpergröße Minderwertigkeitsgefühle? Ihre Bewerbungen um eine Stelle werden abgelehnt, weil Sie zu klein sind? Sie haben Probleme, einen passenden Ehepartner zu finden? Machen Sie sich keine Sorgen, ihre Leiden werden bald ein Ende finden. Überlassen Sie Ihre Probleme unseren erfahrenen Fachleuten für Orthopädie.

Beigelegt waren positive Zuschriften von Leuten, die das Gerät mit Erfolg angewandt hatten. Fotos zeigten einen Patienten vor der Behandlung. Da war er klein und sah bedrückt aus. Auf dem Foto nach der Behandlung war derselbe Mann groß und lächelte selbstbewusst. Die Broschüre enthielt auch Fotos von gutaussehenden, großen Männern, die mit jungen hübschen Frauen im Minirock scherzten. Sie blickten voller Spott auf einen kleinen Mann in der Ecke, der sich offensichtlich minderwertig vorkam und ganz verlassen wirkte. Er musste einem leidtun. Ich fand mich in dem armen Mann wieder. Am Schluss stand das bewegende Motto der Firma: Das Leben ist zu kurz, als dass man es als kleiner Mann im Schatten vorübergehen lassen sollte!

Meine geringe Körpergröße war schon immer ein Problem für mich gewesen. Als ich noch in die Grundschule ging, musste ich zum Putzen der Tafel auf eine Bank steigen und das Gelächter der Klasse hinnehmen. Beim Wettbewerb zum Gebetsruf musste für mich das Mikrofon tiefer gestellt werden, und wenn das nicht ging, musste es einer von der Jury halten. Ein deprimierender Anblick, und da der Haltende dann oft nicht aufpasste und das Mikrofon zu weit weg hielt, schwoll der Ton an und ab. Beim Haareschneiden durfte ich mich nicht auf die Bank setzen, sondern musste stehen. Wenn mich die Leute so sahen, lachten sie mich aus, weil ich aussah wie ein Schaf, das geschoren wird.

All das sollte mit diesem Wundergerät ein Ende haben. Ich malte mir aus, wie entzückt A Ling wäre, mich größer zu sehen, wenn wir uns träfen. Das war auch bitter nötig, denn A Ling hatte mich damals schon um einige Zentimeter überragt.

Noch am selben Tag bestellte ich das gepriesene Vergrößerungsgerät.

Schlagartig fühlte ich mich glücklich. Meine Frustration darüber, als examinierter Wirtschaftswissenschaftler in der Kaffeebude meines Onkels arbeiten zu müssen, die Enttäuschung, die ich meiner Mutter Tag für Tag bereitete, war vergessen. So positiv gestimmt war ich zuletzt am Tag meines bestandenen Examens gewesen. Das Vergrößerungsgerät würde das Problem, das mich ständig belastete, endlich beseitigen.

Und es war, als würde mein neuer Optimismus lauter positive Entwicklungen heraufbeschwören. Der Briefträger brachte eine Nachricht von Arai. Er schrieb, er habe ein neues Stipendium erhalten und könne sein Studium der Mikrobiologie an der Essex University in England fortsetzen. Wenn alles gutginge, könne er Belitongs erster Mikrobiologe werden. Von Ninochka kam eine Mail mit der Nachricht, sie sei Landesmeisterin geworden. Manooj war in seinen alten Beruf als Beamter zurückgekehrt, und Gonzales war wieder Lehrer. Katja schickte mir ein Foto von ihrer Hochzeit mit einem Holländer. Sie sah glücklich aus, und ich freute mich mit ihr. Sogar Salamun meldete sich mit einer Mail und berichtete ausführlich über seine Forschungsprojekte. Wie Arai hatte auch er ein Stipendium erhalten und konnte damit seine Promotion verfolgen.

51

Es war ein Nachmittag wie viele. Ich trank gerade einen Kaffee, als plötzlich ein Stimmengewirr vor der Kaffeebude zu hören war. Kinder schrien, Frauen kreischten, jedoch nicht vor Angst, sondern vor Freude.

Ich stürzte nach draußen und sah zu meiner Verwunderung einen riesigen Schimmel vor der Tür stehen. Mir fiel fast das Kaffeeglas aus der Hand. Das Pferd kannte ich, es war der Schimmel aus Tasmanien, den ich damals im Hafen gesehen hatte. Und den jungen dicken Mann neben dem Tier kannte ich auch. Es war Jimbron. Er lächelte mich an.

Jimbron führte das Pferd näher an die Kaffeebude heran. Er war sichtlich stolz, wie er da mit seinem breiten Cowboyhut und den hohen Cowboystiefeln auf mich zukam. Immer mehr Kinder umringten das Pferd. Bei jeder seiner Bewegungen traten die Muskeln stark hervor. Das Tier war größer als wir alle, es reichte mit dem Kopf bis zum Dach der Kaffeebude. Wenn es gewollt hätte, hätte es ohne weiteres die ganz Bude zum Einsturz bringen können.

»Leg ihm ruhig mal die Hand auf den Hals, Boi! Du kannst es ohne Bedenken anfassen, es ist zahm. Pferde sind sensible Wesen, Boi, wenn du Angst hast, spürt ein Pferd das. Ebenso, wenn du scheu bist.«

Ich staunte, mit welcher Geläufigkeit Jimbron nun sprach.

Das Pferd wieherte.

»Ich habe ihm einen Namen gegeben, Boi. Willst du ihn wissen?«

»Natürlich.«

»Du wirst erschrecken, wenn du ihn hörst!«

»Wirklich?«

»Ja.«

»Also, wie heißt er?«

»›Schöner Prinz aus Tasmanien‹.«

Als der Schimmel seinen Namen hörte, wieherte er. Jimbron freute sich.

»Erst habe ich ihn ›Schöner Prinz aus Tasmanien mit den sanften

Augen und dem guten Herzen‹ genannt, aber das war zu lang und zu schwierig, um ihn zu rufen. Ist es nicht so, Prinz?«

Der Schimmel wieherte leicht und zog die Lippen hoch, so dass es aussah, als lächelte er. Mittlerweile hatten sich außer den Kindern auch eine Menge Erwachsene eingefunden.

»Ein toller Name, wirklich«, lobte ich Jimbron.

»Also, Prinz, sag guten Abend zu Ikal!«

Das Pferd blickte mich an und wieherte zweimal.

»Auch dir einen guten Abend, Prinz.«

»Es ist ein Australian Stock Horse, Boi. In allen Pferdebüchern ist diese Rasse beschrieben«, dozierte Jimbron ruhig, indem er dem Pferd den Hals kraulte.

»Die Rasse ist schon seit etwa 1700 in Australien bekannt. Sie ist das Ergebnis einer Kreuzung von mindestens fünf verschiedenen Rassen, darunter eine spanische, eine arabische und vor allem auch das Timor-Pony. Sieh her, die obere Kopflinie bildet mit der Brustlinie einen Winkel von fast fünfzig. Es ist ein aufrechtes Pferd. Es wird in der Landwirtschaft und in Australien auch beim Militär eingesetzt. Es ist stark, klug und besitzt einen sanften Charakter. Die Leitung des Gestüts hat mir die Verantwortung für den Schimmel übertragen. Stimmt's, Prinz?«

Der Prinz scharrte mit dem Vorderbein und nickte zustimmend. Es war deutlich, er war gern in Jimbrons Hand, und Jimbron strahlte die Gewissheit aus, es gebe in der Welt niemanden, der das Pferd besser pflegen könnte als er. Wer hätte damals, als Jimbron uns stotternd mit seiner Pferdemanie in den Wahnsinn trieb, gedacht, dass es ihm gelingen würde, seinen Traum so unmittelbar zu leben!

»Seine Beine sind denen lokaler indonesischer Rassen ähnlich, also zum Beispiel der von Sumba, die es auch in Java gibt, und der von Sumbawa. In der Pferde-Enzyklopädie steht seine Rasse an erster Stelle, Boi. Weißt du warum?«

»Nein.«

»Weil das Australian Stock Horse mit dem Buchstaben A beginnt. Also gut, Prinz, sag Ikal auf Wiedersehen. Es ist Zeit, zurück zum Stall zu gehen.«

Der Schimmel blickte mich an und wieherte zweimal.

»Auf Wiedersehen, Prinz. Ich habe mich gefreut, dich kennenzulernen.«

Jimbron zog seinen Cowboyhut und verneigte sich vor mir und den anderen Bedienungen der Kaffeebuden. Er führte Schöner Prinz aus Tasmanien fort. Dutzende von Kindern folgten ihnen und riefen ihnen nach. Auch Erwachsene reihten sich in den Zug ein. Die Gäste in den Kaffeebuden ließen ihren Kaffee stehen und ihr Schachbrett liegen, Verkäufer aus den Geschäften, Leute, die gerade beim Einkaufen waren, jeder, alle bildeten eine lange Reihe und gafften Jimbron und den Schimmel an, als wäre es der Präsident. Der Prinz klapperte mit seinen Hufen auf dem Asphalt, ab und zu wieherte er und ließ sich Beifall klatschen. Jimbron schritt selbstbewusst an seinem Publikum entlang. Wenn Zuschauer Beifall spendeten und nach ihm riefen, zog er den Hut. Leute, die ihn jahrelang wegen seines Pferdewahns verspottet hatten, rissen den Mund vor Staunen auf. Unter ihnen war auch Makruf. Er stand vor einem Kiosk und machte ein Gesicht, als traute er seinen Augen nicht.

52

Das ersehnte Gerät war gekommen. Zu Hause bei meinen Eltern konnte ich es unmöglich ausprobieren, deshalb schlich ich mich am frühen Morgen in die Kaffeebude und baute das Gerät auf. Ganz schlau wurde ich in meiner Euphorie aus der Bedienungsanleitung nicht. Aber ich konnte es einfach nicht erwarten und hängte mich auf gut Glück mit Feuereifer in die Seile.

Mir wurde schwarz vor Augen. Plötzlich hörte ich Schritte, sie kamen näher, jemand stand auf der Türschwelle, Midah!

»Boi! Was machst du denn da?«

Sie kam auf mich zu, der ich wie eine Nangka-Frucht an dem Balken hing. Sie ergriff meine beiden Füße und dann den ganzen Körper. Ich würgte, rang nach Luft. Midah war totenblass. Ich konnte das Seil, das sich mir um den Hals geschlungen hatte, abstreifen und fiel mit einem Plumps auf den Boden. Da lag ich nun, ausgestreckt, erschöpft. Langsam konnte ich wieder atmen.

»Du wirst dich doch nicht aus Liebe umbringen! Es gibt doch so viele Frauen! Nicht nur A Ling! Wie kann man nur so verblendet sein!«

53

Auf einmal waren alle gut und freundlich zu mir. Hasanah brachte mir Kuchen, den sie extra für mich gebacken hatte. Der dickköpfige Hasani war so liebenswürdig wie nie zuvor. Wenn ich ihn sonst bat, seine Kleidung und seine Haare in Ordnung zu bringen, da wir, wie der Onkel immer wieder betonte, ein Betrieb des Gastgewerbes seien, antwortete er patzig: »Du bist ja selbst so zerrupft wie ein Huhn auf der Dorfstraße!«

Jetzt sagte er in freundlichem Ton: »Gut, Boi«, und kämmte sich die Haare. Anschließend machte er mir, ohne darum gebeten worden zu sein, einen Kaffee und setzte ihn mir mit einer Geste vor, deren Beflissenheit mich fast schon wieder ärgerlich machte.

Midah klopfte mir auf die Schulter und sagte, sie könne mir ihre gesamten weiblichen Verwandten im Dorf dort am Berg vorstellen. »Dann kannst du dir eine aussuchen, Boi!«, rief sie voller Vorfreude. »Möchtest du eine junge, so sechzehn oder siebzehn, oder lieber eine ältere mit fast vierzig? Oder ist dir eine Witwe mit einem Kind oder mit zwei Kindern lieber? Du kannst auch eine Witwe ohne Kinder haben, die Auswahl ist groß.«

Ich schwieg.

»Das sind alles tüchtige Frauen vom Dorf. Sie gehen um sieben Uhr schlafen und stehen um drei Uhr morgens auf. Sie gehen selten aus dem Haus. Sie können gut jagen, haben auch keine Angst vor wilden Tieren!«

Mein Onkel kam und flüsterte mir ins Ohr:

»Boi, die einfachste Art, Selbstmord zu begehen, ist meiner Meinung nach, Insektenvertilgungsmittel zu schlucken. Hast du dir das schon mal überlegt? Das bringt nicht so viel Durcheinander mit sich, ist sauber, elegant und endet nicht in Skandalen.«

Ich versuchte zu erklären, dass ich mich keineswegs hatte umbringen wollen, auch wenn es so ausgesehen hätte. Doch keiner wollte mir glauben. Tagelang zog mich der Onkel noch auf. Ich konnte erst aufatmen, als er mit meiner Tante zu Verwandten nach Tanjung Pinang fuhr. Das machten sie ein paar Male im Jahr. Manchmal fuhren sie auch weiter bis Batam oder sogar Singapur. Mein Onkel würde also zwei Monate fort sein – was für eine Freude!

Wenn in der Kaffeebude wenige Gäste waren, teilten wir uns die Arbeit auf. Die einen bedienten, die anderen hatten frei. In Anwesenheit meines Onkels wäre so etwas nicht möglich gewesen.

An einem Nachmittag vertrat mich Hasani, und ich konnte nach Zinar schauen, dem Mann, der mir den Schlaf raubte. Ich wollte wissen, wie er aussah, ob er wirklich so groß und anziehend war, wie mein Onkel und Midah behauptet hatten. Vielleicht waren die Geschichten über ihn nur aufgebauscht, so wie das bei uns üblich war. Aus einer dicken Ziege wird ein Rind, aus einem dicken Ochsen ein Elefant. Mein Onkel und Midah hatten Spaß daran, mich eifersüchtig zu machen. In Wirklichkeit war Zinar vermutlich weder besonders groß noch schöner als andere Männer.

Ich nahm das Fahrrad und fuhr nach Manggar.

In zwei Stunden war ich dort. Ich kam an dem alten Kino vorbei und bog gegenüber in eine Nebenstraße ein. Ganz am Ende war ein Geschäft zu sehen. Das war Zinars Laden, wie von Midah beschrieben. Ich blieb davor stehen und besah mir das merkwürdige Geschäftsschild: Zinars Laden – Zucker und Tabak. Eine sonderbare Zusammenstellung. Zinars Geschäft war anders als die Gemischtwarenläden der Chinesen sonst. Es ähnelte einem einfachen Café, wie ich sie in Europa öfter gesehen hatte. Die Fensterflügel bestanden aus kleinen rechteckigen dunklen Gläsern, die in braune Leisten eingefasst waren. Auf den Fensterbrettern standen blühende Sukkulenten und Ardisien in Keramiktöpfen.

Ich trat in den Laden. Beim Öffnen der Tür war eine kleine Glocke zu hören. Der Fußboden bestand aus glänzenden Mahagonibrettern. Sie wurden sicher täglich mit feinem Sand und Öl gescheuert. Für Kunden standen drei Tische mit Marmorplatten bereit, dazu Bänke. Alles sehr ansprechend in einer Ecke des Ladens arrangiert.

Hinter dem schmalen, geschwungenen Ladentisch waren Glasbehälter aufgereiht. Darin befanden sich verschiedene Tabaksorten. Darunter eine Reihe von Gläsern mit Palmzucker, fein säuberlich eingepackt in Blättern der Arengpalme – der Besitzer des Ladens schien einen Sinn für Ästhetik zu haben.

An dem einen Ende des geschwungenen Ladentisches unterhielt sich ein Mann mit einigen jungen Frauen. Sie trugen feine, eng anliegende lange Kleider und kamen wohl gerade von einem Fest. Sie fühlten sich offensichtlich sehr wohl in der Gesellschaft des Mannes, der ebenfalls gut gekleidet war. Mehrmals fiel der Name Zinar. Leider konnte ich den Mann nicht richtig sehen, denn er kehrte mir den Rücken zu. Doch als er sich umdrehte, gab es keinen Zweifel mehr: Er war ein blendend aussehender Mann. Er lächelte mir freundlich zu und bat mich, Platz zu nehmen. Noch bevor ich antworten konnte, wurde er wieder von den Damen in Beschlag genommen. Ich betrachtete meine Beine, die beim Sitzen in der Luft baumelten, weil sie nicht auf den Boden reichten, und nahm meine ganze Willenskraft zusammen, um das Gefühl tiefer Niedergeschlagenheit zu ertragen.

Plötzlich kamen zwei kleine Mädchen, das eine vielleicht drei, das andere fünf Jahre alt, zur Tür hereingesprungen und riefen: »Papa! Papa!« Zinar streckte freudestrahlend beide Arme nach ihnen aus.

Ohne auf Wiedersehen zu sagen, ging ich still aus dem Laden. Ich spürte meine Schritte nicht, ich hätte fliegen mögen, so erleichtert fühlte ich mich. Ich stieg auf mein Fahrrad, die Welt um mich herum lächelte. Die Straße voller Schlaglöcher wurde zu einem Teppich, der sich vor mir ausbreitete. Die unscheinbaren Tauben wurden zu anmutigen Reihern. Die Spatzen sangen wie Nachtigallen. In räudigen Straßenhunden sah ich edle Fabelwesen. Bei Gott, so glücklich wie heute war ich schon lange nicht mehr gewesen.

54

Was für ein angenehmer Ort die Kaffeebude ohne meinen Onkel war! Der Morgen verging friedlich. Niemand meckerte herum. Hasani saß in seinem Sessel, las Zeitung und erhob sich ab und zu, um zu imitieren, wie dieser schimpfte. Midah wurde nicht herumgescheucht wie sonst, sondern konnte in Ruhe ihrer Arbeit nachgehen. Hasanah schwätzte mit den Bedienungen von der Kaffeebude nebenan. Auch der Nachmittag verlief in aller Ruhe.

Es war der fünfte Tag nach der Abreise meines Onkels, die Kaffeebude hatte mittags kaum Gäste, Hasani saß nachdenklich im Sessel. Midah war im Hof auf und ab gegangen, hatte sich dann unter den Kirschbaum gesetzt und hing ihren Gedanken nach. Hasanah schlug mit dem Löffel auf das Glas vor ihr, was ein unangenehmes Geräusch verursachte und sonst immer Midahs Zorn hervorrief.

Hasani stellte die Füße auf den Boden, damit der Sessel nicht mehr schaukelte. Er sah Hasanah an. Hasanah sah Midah an. Midah sah mich an. Wir dachten alle dasselbe, sagten aber nichts. Wir schämten uns, es zuzugeben. Midah brach schließlich das Schweigen:

»Ich habe Sehnsucht nach deinem Onkel …«, sagte sie traurig.

In jenem Augenblick wurde mir klar, warum wir trotz allem gerne dort arbeiteten. Auf seine grantelnde Art hatte er den Laden lebendig gehalten. Ohne ihn hatte die Kaffeebude ihre Seele verloren.

Die Tage vergingen entsetzlich langsam. Jedes Mal, wenn ich das Martinshorn der Polizei hörte, die Sirene vom Minarett mit einer Todesnachricht, ja selbst wenn bloß ein Auto hupte, dachte ich sofort an den Hafen und die Sirene das ankommenden Schiffes, auf das ich nun schon viele Wochen wartete.

Nachmittags nahm ich mein Fahrrad und fuhr zum Hafen, der relativ weit von unserem Haus entfernt lag. Jedes Mal kehrte ich enttäuscht zurück. Das Schiff aus Singapur kam nicht, und es fehlte auch jede Nachricht von ihm. Auch die Zuständigen in der Hafenmeisterei konnten mir keine genaueren Informationen geben. Ich ging ihnen mit meinen täglichen Nachfragen langsam auf die Nerven.

Was sollte ich tun, ich hatte meinen Neustart in Jakarta gegen den Willen meiner Mutter verschoben und damit womöglich meine Chance auf eine Stelle vertan. Nun konnte ich nicht einfach aufgeben. Es war Anfang Februar, und ich fuhr jeden Tag zum Hafen. Ich blickte auf das offene Meer, immer in der Erwartung, das Schiff würde sich am Ende der Halbinsel zeigen und in den Hafen einbiegen. Aber nie war etwas anderes zu sehen als die untergehende Sonne und die Möwen, deren Schreie meine melancholische Stimmung nur noch verstärkten.

So war es auch an einem Nachmittag, als ich abseits am Rand des Hafens saß und in A Lings Buch las. Die Sonne ging ganz langsam unter, die orangeroten Strahlen leuchteten im Westen. Es wurde still und stiller, denn die Schreie der Möwen und das Rattern der Boote verloren sich im Hafen. Auf einmal jedoch fuhr ich mir verwirrt mit der Hand über die Augen. Die Seiten in dem Buch, das ich gerade las, schimmerten blau. Ich blickte auf, blickte mich um – alles stand in blauem Licht. Ich hielt die Luft an, und einen Moment später war der blaue Augenblick vorüber.

Ende Februar raubte mir die Hafenmeisterei alle Illusionen. Es hieß, sie könnten mit Sicherheit sagen, dass das Schiff aus Singapur nicht kommen würde.

Ich versank in einen Zustand jenseits aller Enttäuschung. Nach außen hin funktionierte ich und bereitete alles für meine Abreise nach Jakarta vor. Aber innerlich war ich wie abgestorben. Immerhin wusste ich nun, dass die magischen Kräfte, die dem blauen Augenblick nachgesagt wurden, ein bloßes Ammenmärchen waren.

Ich war zu Hause, als der Postbote, der noch immer nicht besonders viel zu tun hatte in unserer Siedlung, einen Brief für mich brachte. Es war ein offizielles Schreiben aus Jakarta. Ich hatte nichts zu verlieren – diesmal öffnete ich den Brief selbst. Die staatliche Telekommunikationsgesellschaft teilte mir mit, dass sie meine Bewerbung mit größtem Interesse zur Kenntnis genommen habe. Sie suchten dringend einen Mitarbeiter mit meiner Qualifikation und würden sich sehr freuen, mich kennenzulernen. Noch vor wenigen Wochen hätte mich dieser Brief unsagbar glücklich gemacht, doch in meiner derzeitigen Verfassung war er mir beinahe gleichgültig. Beim besten Willen konnte ich keine wahre Freude empfinden. Allerdings spürte ich eine gewisse Erleichterung, endlich meiner Mutter zeigen zu können, dass mein Universitätsabschluss, dessen Echtheit sie inzwischen sogar angezweifelt hatte, tatsächlich zu etwas nutze war. Als ich meinen Eltern den Brief vorlas, regte sich in mir dann doch ein Anflug von Glück. Meine Mutter ergriff mit all ihrer Festigkeit meine Hand und ließ sie lange nicht los, und mein Vater, der in all den Jahren nie aufgehört hatte, an mich zu glauben – aus seinem Gesicht sprachen eine solch uneingeschränkte Liebe und ein solcher Stolz, dass mir die Tränen in die Augen stiegen.

So lange hatte ich davon geträumt, an einer berühmten Universität zu studieren, um dann zurückzukehren und mit meinen erworbenen Fähigkeiten mitzuhelfen, die Lage meiner Heimat zu verbessern. Nun würde dieser Traum, wenn alles gutging, tatsächlich Wirklichkeit werden. Wenn ich doch nur meinen Kummer um A Ling überwinden könnte! Doch es stand fest: In der nächsten Woche würde ich mich bei dem Unternehmen vorstellen. Hier hielt mich nichts mehr, nur die Rückkehr meines Onkels aus Tanjung Pinang wollte ich noch abwarten, um mich von ihm zu verabschieden.

Als die Nachricht von seiner Ankunft eintraf, fuhren wir alle, Midah, Hasanah, Hasani und ich zum Hafen, um ihn abzuholen.

Schon hörten wir die Schiffssirene, und tatsächlich kam die Fähre am Ende der Halbinsel in Sicht und bog in den Hafen ein. Langsam näherte sie sich der Mole.

In einer langen Reihe kamen die Passagiere die Treppe herunter. Ganz hinten erkannten wir meinen Onkel und meine Tante. Doch sie waren zu dritt: An ihrer Seite ging eine junge Frau. Mein Onkel hatte uns entdeckt und winkte uns zu. Die junge Frau schien zu lächeln, und noch ehe mein Gehirn verarbeitet hatte, was ich sah, fing mein Herz an zu jubeln. Wie in Trance beobachtete ich ihre Bewegungen. War sie es wirklich? Sie beschleunigte ihre Schritte. So viel Zeit war vergangen, doch die Art, wie sie ging, wie sie ihre Schultern bewegte, ihre Füße setzte und ihre Arme hielt, wie sie ihr Haar zusammengebunden hatte, wie sie lächelte und schaute, waren mir so vertraut, als hätten wir all die Jahre gemeinsam verbracht. Alles von A Ling hatte ich in meinem Herzen.